キラプリおじさんと幼女先輩

Kira-Puri
Ojisan to
Youjo Senpai

岩沢 藍
イラスト／Mika Pikazo

第一章

「め、めちゃくちゃ、可愛《かわい》い……！」

田んぼと畑に取り囲まれた大型スーパー『マルワ』のゲームコーナー『わくわくらんど』に設置された女児向けゲーム『キラプリ』の筐体《きょうたい》の前で、俺《おれ》は戦慄《せんりつ》している。

——誰《だれ》だ、こいつ……⁉

プレイヤーがアイドルとなり、好きなコーディネートを身にまとってライブをするリズムゲーム、キラプリ。アニメも放送中で、女児の間で大ブレイクしている。

半年前からわくわくらんどのハイスコア保持者として君臨し続けている俺《おれ》は、放課後、筐《きょう》体《たい》に流れる自身のハイスコアのデモムービーを見て、たっぷり愉悦《ゆえつ》に浸《ひた》り、ゲームに興じるのが日課となっている。

が、今日《きょう》は違《ちが》った。今デモムービーで歌い踊《おど》っているのは、俺《おれ》のプレイヤーキャラである〈みゆ〉ではなく、〈ちづる〉という謎《なぞ》の少女だった。

他人。

つまり、俺《おれ》のハイスコアを破った者がいる。

しかも、

「なんなんだ、このコーデ、可愛《かわい》すぎる……！」

キラプリにはプレイヤーが作成したアイドルのセーブデータが記録された『マイカード』と、トップス、ボトムス、シューズ、アクセサリーといった服飾類《ふくしょくるい》が印刷された『アイテムカード』がある。アイドルを可愛《かわい》くするには、同じブランドのアイテムカードでコーディネートを統一するのがベターとされている。

しかしキラプリ上級者は、あえてブランドを統一せず、自分だけの組み合わせ——ミックスコーデと呼ばれる高等テクニックを好んで使用する。

ただし、ミックスコーデはかなりのファッションセンスが問われる。

が、画面の中で大量の観客の声援《せいえん》を浴びながらステージで歌い踊《おど》る少女は、そのミックスコーデを完璧《かんぺき》にモノにしている。

好きなコーデで最高のライブをする。

それは、俺《おれ》の理想とするアイドルの姿だった。

「こ、こんなことは……あってはならないっ……！」

今すぐ、目の前で光《ひか》り輝《かがや》く他人の「可愛《かわい》い」を、自分の「可愛《かわい》い」で塗《ぬ》り潰《つぶ》さなければ……！

憑《つ》かれたように財布《さいふ》から百円玉を取り出し筐体《きょうたい》に投入する。飢《う》えたように筐体《きょうたい》のコントロールパネルにかぶりつき、赤いボタンを押《お》す。いまわしきデモ動画が中断され、スタート画面へと移行される。

焦《あせ》りに指を震《ふる》わせながらマイカードを筐体《きょうたい》に挿入《そうにゅう》。プレイヤーキャラである〈みゆ〉が登場、コーデを施《ほどこ》す。

「どこの誰《だれ》かは知らないが……味な真似《まね》してくれるぜ」

おそらく、地元の住人の仕業じゃない。ハイスコアを叩《たた》き出《だ》した〈ちづる〉が身に着けていたコーデは一朝一夕《いっちょういっせき》で手に入るものではない。キラプリは地元ではこの店でしか稼働《かどう》していない。ど田舎《いなか》ゆえにガチのプレイヤーはほとんどいなく、高ランク保持者は俺《おれ》だけだったはずだ。

おおかた、地元外のキラプリ廃人《はいじん》がふらっと立ち寄ってハイスコアをかっさらっていったのだろう。

「俺《おれ》の庭を勝手に荒《あ》らしやがって……」

今の自分の精神を落ち着かせるには、今すぐハイスコアを奪還《だっかん》し、この〈ちづる〉とやらを完膚《かんぷ》なきまでに叩《たた》きのめすしかない。難易度選択《せんたく》画面で最高難度の『HARD』を選択《せんたく》。ライブがスタートする。積み重ねたプレイ回数の果てに目を閉じれば画面を流れる譜面《ふめん》を完全に網膜《もうまく》で再生できる俺《おれ》は、楽曲に合わせて淀《よど》みなく赤、青、緑に振《ふ》り分《わ》けられた三つのボタンを押《お》していく。二分後、楽曲を完走し終えた俺《おれ》の目の前に表示されたのは、もはや見慣れて久しい金色に輝《かがや》く「FULL COMBO!」の文字。

しかし、リザルト画面で表示されたスコアは、〈ちづる〉のハイスコアに届かなかった。

「くっ……！」

コーデを変えてボーナスポイントを稼《かせ》ぐか……!?

いや、違《ちが》う。

〈ちづる〉のハイスコアを圧倒的《あっとうてき》に上回るには、『あれ』しかない……！

筐体《きょうたい》にすぐさま百円玉を投入する。

普通《ふつう》じゃない奴《やつ》に勝つには普通《ふつう》のことをやっても意味がない。

虎穴《こけつ》に入らずんば虎子《こじ》を得ず。

一つ深呼吸した。覚悟《かくご》を決める。曲の難易度選択《せんたく》時に青色のボタンを素早《すばや》く十回押《お》す。『HARD』の右隣《みぎどなり》に、血文字で表示された『EXTRA HARD』が出現した。すぐにそれを選択《せんたく》。

キラプリはアイドルのコーディネートを楽しむことが主目的のゲームだ。

リズムゲーム要素はいたってヌルく、片手だけでも難なく曲を完走できる。

しかし、『EXTRA HARD』は両手はおろか、人体の構造上ありえない運指を要求される、いわゆる『隠《かく》し難易度』だ。

おそらくキラプリ制作者のたんなる遊びで作られた代物《しろもの》で、キラプリ廃人《はいじん》でもクリアできた者がほとんどいない。

これを完走すればとんでもないスコアが叩《たた》き出《だ》されるはず……俺《おれ》の勝ちだ！

が、

「……やっぱり、だめか」

勢いのままライブに突入《とつにゅう》したが、ミスタッチの許容量を超《こ》え終盤《しゅうばん》でゲームオーバー。曲を完走できなければ、スコアは筐体《きょうたい》に反映されない。

ただ、クリア目前まで到達《とうたつ》できたのは、今日《きょう》が初めてだ。

譜面《ふめん》もほぼ暗記できた。

あと数プレイやれば、クリアできる……！

ハイスコアを破られた焦燥感《しょうそうかん》と、エキストラハード完走の期待に心臓の鼓動《こどう》が加速する。今まで味わったことのない高い集中力が漲《みなぎ》る。針の先のように反射神経が研《と》ぎ澄《す》まされていく。アスリートでいうゾーンとはこういうことだろうか。

二回目、失敗。三回目、失敗。繰《く》り返《かえ》されるトライ・アンド・エラー。瞬《また》く間《ま》に筐体《きょうたい》に吸われていく百円玉。関係ない。本日五枚目の百円玉を投入した。

そのとき、トントン、と指先で軽く肩《かた》を叩《たた》かれた。

迂闊《うかつ》だった。

後ろで待ってる人がいたのか……。

「す、すみません」

俺《おれ》は血走った目で、画面を凝視《ぎょうし》しながら謝《あやま》った。

このわくわくらんどのキラプリで順番待ちが生じるなんてこれまでなかった。

いつから並んでいたんだろう……。

なんにせよ、悪いことをやってしまった。あらゆるアーケードゲームにおいて、順番待ちが発生している際の連コインは最も恥《は》ずべき行為《こうい》だ。プレイ中であろうとも、即刻《そっこく》席を立ち、順番を譲《ゆず》るべきだ。が、

「よし……！　いける、今度こそいけるぞっ……！」

俺《おれ》は、どうしても、筐体《きょうたい》のボタンから指を離《はな》すことができなかった。もうクリアは目前に迫《せま》っている。

完走まであと十五秒。残りの体力ゲージは1。まるで両手の指がこのゲームをクリアするためだけに生えているかのような錯覚《さっかく》に陥《おちい》る。一度でもボタン操作を誤ればゲームオーバー。拷問《ごうもん》のようなノーツの弾雨《だんう》を次々と撃破《げきは》し、ついに未知の領域に突入《とつにゅう》。〈みゆ〉が舞《ま》い踊《おど》るステージが七色のカクテル光線で満《み》ち溢《あふ》れる。

トントン、と肩《かた》を叩《たた》く力が強まった。

「あと十秒——いや、あと八秒だけ待ってくれ……！」

曲の終わりが近づく。赤いボタンを連打する。〈みゆ〉が神秘的な光に包まれる。

——これはまさか……!?　……マジカルドリーミーチェンジだ!!

百分の一の確率で訪《おとず》れる、レアカード確定の激レア演出。興奮のあまり口から咆哮《ほうこう》が迸《ほとばし》る。

ボタンを穿《うが》つ指先が歓喜《かんき》の雄叫《おたけ》びを上げる。この世のものとは思えないきらびやかな演出に

魂《たましい》が涅槃《ねはん》へと導かれる。心が最高潮に高まった瞬間《しゅんかん》――

「痛《い》ツてぇぇぇぇぇぇぇぇぇぇぇぇぇ！」

右側頭部に、鋭《するど》い衝撃《しょうげき》が走った。

衝撃《しょうげき》は脳を揺《ゆ》らし、視界が左右にブレる。

結果、最後の最後でボタン操作を誤り、曲を完走することができなかった。

悲しげなBGMとともに画面上に表示される『GAME OVER』という大きな文字。

「あっ……あぁぁ……」

ステージでは〈みゆ〉が残念そうに眉《まゆ》をハの字にする。

「くっ……！　ちょっと待ってくれてもいいじゃないか！」

せっかくエキストラハードをクリアできると思ったのに……！

ヒリヒリと痛む頭部に手を当て涙目《なみだめ》で振《ふ》り返《かえ》りながら言うと、

ひらりと舞《ま》うスカートの白い裏地が視界に映った。

まるで高嶺《たかね》に咲《さ》く一輪の花のように。

綺麗《きれい》だった。

俺《おれ》の側頭部を蹴《け》ったであろう細く白い右脚《みぎあし》が折《お》り畳《たた》まれ、小さな体へと引《ひ》き戻《もど》される。

「……」

少女の歳《とし》は小学校高学年くらい。赤いランドセルを背負っている。背も低く、全体的に容姿が幼い。しかし、そう遠くない未来、凄絶《せいぜつ》なまでに美しい女性に成長すると確信させる色気が目元をはじめ体の端々から萌芽《ほうが》している。

しばらく見惚《みと》れていると、

「――れんぞくプレイは、禁止」

少女は冷たい声でそう言うと、筐体《きょうたい》上部のポップに貼《は》られている注意書きを指さした。

『おともだちがうしろにならんでいるときは、じゅんばんをかわってあげてね！』

正直、俺《おれ》は自分以外のキラプリプレイヤーを友達だと思ったことは一度もない。しかし、この注意書きは、キラプリに拘《かか》わらずあらゆるアーケードゲームにおける鉄の掟《おきて》だ。とくに女児向けゲームにおいて――なにかとユーザー間でのトラブルの引き金となり社会問題化されかけている『キラプリおじさん』と呼ばれる俺《おれ》のような男性プレイヤーは、本来の想定ユーザー層である女児――『幼女先輩《せんぱい》』に、絶対に失礼があってはならない。

「……悪かったよ…………でもさ、なにもハイキックしなくてもよくない⁉」

「どいて」

「……お、おう」

幼い容姿に不釣《ふつ》り合《あ》いなほどの冷酷《れいこく》な視線に気圧《けお》され、俺《おれ》の体は意思とは無関係に椅子《いす》から

おともだちがうしろに
ならんでいるときは、
じゅんばんをかわって
あげてね!
てんちょう

腰《こし》を上げた。

なんだこいつ、女児のくせにすさまじい圧迫感《あつぱくかん》だ……！

「……まったく、いつまでプレイしてるのよ」

少女は筐体《きようたい》の椅子《いす》に腰《こし》を下ろすと、ぶつくさ言いながら財布《さいふ》から取り出した百円玉を筐体《きようたい》に投入する。

画面に表示されたアイドルを見た瞬間《しゆんかん》——俺《おれ》は驚愕《きようがく》した。

「ちょ、〈ちづる〉っておまえかよ！」

スタート画面に出現したのは、俺《おれ》のハイスコアをぶち破った——〈ちづる〉だった。

「しずかにして。気が散る」

コーディネート選択《せんたく》画面で、少女は慣れた手つきで〈ちづる〉に、それはもう——目が覚めるほど可愛《かわい》いコーデを施《ほどこ》していく。

「あ、あわわ……」

開いた口がふさがらない。〈ちづる〉が少女の手により施《ほどこ》されたのは、プレイヤーである少女の雰囲気《ふんいき》とは正反対の、ピンクやフリルをふんだんに取り入れた、甘々《あまあま》でガーリーなお姫《ひめ》様コーデだった。

プリティ系コーデにあえてクール系アイテムの【せめせめチョーカー】を組み合わせるなんて……！

ともすれば甘《あま》すぎになりがちなピンク色中心のコーデが、首元の漆黒《しっこく》のチョーカーが差し色になることで全体が引《ひ》き締《し》まり、かつ〈ちづる〉の可愛《かわい》さを引き立てている。

こいつ、只者《ただもの》じゃねぇ……！

目の前で構築された神々《こうごう》しいまでの可愛《かわい》さは、完全に想像の埒外《らちがい》だった。

それまでのコーデの常識を木《こ》っ端《ぱ》微塵《みじん》に粉砕《ふんさい》する斬新《ざんしん》なコーデテクを目の当たりにして頭が混乱する俺《おれ》に少女はさらに追い打ちをかける。

「なっ…んだと……？」

少女は、あろうことか、曲の難易度選択《せんたく》時に青のボタンを十回押《お》し――隠《かく》しモードである『EXTRA HARD』を選択《せんたく》したのだ。

俺《おれ》が絶句している間にライブはスタート、画面いっぱいに満《み》ち溢《あふ》れる悪意の権化《ごんげ》のようなノーツの群れ。少女はそれら悪意の塊《かたまり》を無表情で、しかし小さな指先はそれが少女と乖離《かいり》した別の生き物のような高速機動で的確に処理していく。

「う、ウソだろ……⁉　すべて、パーフェクト判定……だと⁉」

キラプリは画面の端《はし》から流れてくる赤、青、緑の〇《マル》――通称《つうしょう》『ノーツ』に合わせて適応したボタンを押《お》すゲームだ。タイミングによって『PERFECT！』、『GREAT』、『NICE』の三つの判定に分かれ、タイミングを完全に外すと『MISS』となる。

キラプリは女児向けではあるが、なぜかタイミング判定が厳しい。

高ランカーでも『PERFECT!』でコンボを繋《つな》ぐのは難しい。

しかし、目の前の少女は――まるで精密機械のごとく、ライブスタートから漏《も》らすことなく『PERFECT!』判定のコンボを継続《けいぞく》しているのだ。

「ば、化け物か、こいつ……⁉」
280、290、300……積み上げていく『PERFECT!』のコンボ。超絶技巧曲《ちょうぜつぎこう》を演奏するピアニストを想起させる華麗《かれい》な指さばきによって生命を吹《ふ》きこまれた〈ちづる〉は、大勢の観客の前で愛嬌《あいきょう》を振《ふ》りまき元気いっぱいに舞《ま》い踊《おど》る。
凄《すご》すぎて、わけがわからねぇ……！

オールパーフェクトコンボとまではいかなかったが、七色に輝《かがや》くサイリウムの海を我《わ》が物顔《ものがお》で泳ぎまわる〈ちづる〉の創造主である少女は、二分間の悪夢ともいえるエキストラハードを、表情ひとつ変えることなく完走、そして、少女自身が打ち立てたハイスコアをさらに破った。

「くっ……！」

リザルト画面にはエキストラハード完走のご褒美《ほうび》として、排出率《はいしゅつりつ》の低い最上級レアリティであるSRの【こなゆきニーソックス】が表示されている。少女は眉《まゆ》ひとつ動かさずにそのアイテムを選択《せんたく》。筐体《きょうたい》下部の排出口《はいしゅつこう》からプリントアウトされたアイテムカードには【こなゆきニーソックス】を着用した〈ちづる〉とそのランクが表示されている。少女は腰《こし》に下げた桜色のカードデッキのフタを開いて丁寧《ていねい》にそれを納めた。

こんな凄《すさ》まじいプレイを見せつけられては、居ても立ってもいられない。

俺《おれ》はおまえに、絶対に勝つ……！

少女が席を立つのも待てず、手の熱で溶《と》けるのではないかというくらいに握《にぎ》り締《し》めた百円玉をポケットから出そうとした瞬間《しゅんかん》、

「ちょ、おまえなにしてんだよ」

少女は席を立って俺《おれ》に順番を譲《ゆず》るどころか――あろうことか、俺《おれ》よりも早く百円玉を筐体《きょうたい》に投入したではないか。

「見てわからないの。連続プレイよ」

少女はさも当然のようにスタートボタンを押《お》す。唖然《あぜん》としている俺《おれ》を片目だけでチラリと見やり、

「あなただってやってたじゃない。私が見た範囲《はんい》でも、あなたは計四回連続プレイを行ったわ」

「ぐぬぬ……っ」

くそ、むかつく。むかつくが……少女の言うとおり、たしかに文句を言える立場ではない……。

どうやらこの少女は、俺《おれ》が最初に連コインした時点で、すでに後ろで順番待ちしていたようだ。おそらく四回目の連コインで我慢《がまん》できなくなり、肩《かた》を叩《たた》いてきたのだ。〈ちづる〉のハイスコアを抜《ぬ》くために我を失っていたとはいえ、完全に俺《おれ》に非がある。

非常に辛《つら》いが……ここは引こう。

俺《おれ》は固く目を閉じ、コイン投入口に伸《の》ばしかけていた手を震《ふる》わせながら引《ひ》っこめた。

「わかればいいのよ」

「くっ……！」

少女は薔薇《ばら》色《いろ》の唇《くちびる》に不敵な笑《え》みを浮《う》かべると、再び画面に視線を戻《もど》した。そして、〈ちづる〉に先程《さきほど》とはまったく違《ちが》うコーデを施《ほどこ》していく。目の色やヘアスタイルなどの容姿面を変更《へんこう》し終えた〈ちづる〉は、今度は露《ろ》出《しゅつ》度《ど》の高い、色気たっぷりな小《こ》悪魔《あくま》へと変貌《へんぼう》を遂《と》げた。

「あ、アゲハ系もいけるのか……！」

少女の華麗《かれい》なコーデテクに息を呑《の》んでいる間に二回目のライブが終わり、三枚目の百円玉が小さな手により投入される。我慢《がまん》だ。同じ回数の連コインは受け入れよう。三回目のライブを終え、さらに四枚目の硬貨《こうか》投入。少女のコーデはカレイドスコープのように華《はな》やかに移ろい、かつ恐《おそ》ろしいことにそれらすべてが「可愛《かわい》い」に帰結している。

俺《おれ》の完走できなかったエキストラハードを、見たこともない可愛《かわい》いコーデで、何度も何度も俺《おれ》の目の前でクリアする年端《としは》もいかない少女。

順番を待つ一秒がこんなに長いなんて知らなかった。

「早く……早く終われ……！」

祈《いの》るような気持ちで、一刻も早く少女の「時間」が過ぎ去るのを待つ。こんな屈辱《くつじょく》生まれて初めてだ。なんだか屈辱《くつじょく》が一周してへんな性癖《せいへき》に目覚めそうだ。得体《えたい》の知れない何かによって身体《からだ》の震《ふる》えが強まっていく。

震《ふる》えすぎてあわや失神するかと思われた頃《ころ》、ようやく、少女は俺《おれ》と同じ回数である五回のプレイを終えた。アイテムカードの排出《はいしゅつ》が終了《しゅうりょう》し、待ち受け画面に切《き》り替《か》わる。少女が席を立つのを今か今かと焦《じ》れていると——少女は、百円玉を投入した。

「は？　おまえ待てよ」

「一週間ぶりのキラプリなの」

「だから？」

「もっとやりたい」

え、じゃあ俺《おれ》がさっき食らったハイキックってなんだったの？

「なにか文句ある？」

こちらを振《ふ》り返《かえ》り、さも当然の行為《こうい》だとでも言わんばかりにすました表情を浮《う》かべて少女は画面に向き直った。

「いやあるだろ！　俺《おれ》がやったのは四回の連コインだ。おまえは今五回目の連コインをした！」

「どうせヘタクソなのだから、後ろで私のプレイを見て勉強していなさい」

「お、おまえ……！　俺《おれ》だってあと少しでクリアできたんだ！　今すぐそのハイスコア塗《ぬ》り替《か》えてやる！」

「あなたなんかに塗《ぬ》り替《か》えられるわけないでしょ。ほら、お勉強の時間よ。この赤いボタンを押《お》すと、好きな楽曲を選べるの。次にこの緑のボタンを押《お》すと、なんとコーデを選ぶことができるわ」

「そんな基礎的《きそてき》なことから教えようとすんな！」

「あら、ごめんなさい。てっきり『初心者』かと思ったから」

「くそっ、なめやがって……！　いいからとっとと替われ！」

　幼女先輩《せんぱい》には絶対に失礼があってはならない。それは当然だ。しかし、さすがに我慢《がまん》できない。俺《おれ》は少女に詰《つ》め寄《よ》る。これではまるで俺《おれ》のほうが子どもだ。理性はそう叫《さけ》んでいる。しかし、本能がその叫《さけ》びを駆逐《くちく》した。次は俺《おれ》の〈みゆ〉でおまえの〈ちづる〉を震《ふる》えさせる番だ。

「かわれ、はやく、席を、かわれ！　さあ！　さあ！」

「……」

　少女はコーデ選択《せんたく》の手を止め、振《ふ》り返《かえ》り、一瞬汚《いっしゅんお》物《ぶつ》を見るような目で俺《おれ》を見上げた。そして、瞳《ひとみ》を閉じ、小さくため息をつく。ランドセルの金具に引《ひ》っ掛《か》けていた『なにか』を取り外すと、俺《おれ》の顔の前に突《つ》きつけた。

「なんだ、よ……」

　頭に血が上りすぎて一瞬《いっしゅん》それが何なのかわからなかった。が、その丸くて小さな黄色い物の持つ意味を汲《く》んで、俺《おれ》は青くなった。

「おまえ、それ、防犯ブザーじゃないか！」

どんな男でも、社会的に抹殺《まっさつ》することができるアイテム、防犯ブザー。

少女は無表情のまま、長い睫毛《まつげ》に縁取《ふちど》られた瞳《ひとみ》で俺《おれ》の目をじっと見つめる。

「あなた、さっきから本当にうるさい。あと三秒以内に私の前から立ち去らなければ――放つ」

放つ、て。

放課後はわくわくらんどへ直行し女児向けゲームに興じている俺《おれ》としてはこれ以上失うものもとくにないので平気っちゃ平気だ。が、社会的に死んでしまう。そうなると――俺《おれ》は二度とキラプリができなくなってしまう！

「ま、待て！　考え直せ！」

「――ゼロ。時間切れ」


ビヨビヨビヨビヨビヨビヨビヨビヨビヨビヨビヨビヨビヨビヨビヨ！


うわっ⁉　本当に鳴らしやがった！

少女が手に持つ防犯ブザーから放たれるえげつない音に反応した買い物中の主婦達《たち》が、遠くの食品売り場からこちらをうかがってくる。

「⁉　やばい！　警備員来た！」

スーパー内を巡回《じゅんかい》していた警備員が異変を察して、三十メートルほど離《はな》れた家電売り場からこちらに向かって走ってくる。

捕《つか》まったら、確実に面倒臭《めんどうくさ》いことになる……！

俺《おれ》は警備員がやって来る方角と反対側の出入り口へと走り出そうとした。

が、

「しまった！」

そのとき、フタを閉じ忘れたデッキケースからカードが飛び出してしまった。

「あぁあぁあぁ……！」

ホログロム加工された色とりどりのアイテムカードが汚《きたな》い床《ゆか》にばら撒《ま》かれる——これらはすべて、俺《おれ》の血と汗《あせ》と涙《なみだ》とバイト代が詰《つ》まった、宝物だ。

慌《あわ》ててカードを拾いながら警備員の動向を素早《すばや》く確認《かくにん》する。

「おい！　おまえ！　そこを動くな！」

怒声《どせい》を上げる警備員が、すぐそこまで接近している！

「お、俺《おれ》の、カード……！」

悠長《ゆうちょう》に拾っていたら、確実に捕《つか》まってしまう。

「ち、ちくしょう！」

迷った末、俺《おれ》は主力のカード数枚をポケットにねじこむと、目にいっぱい涙《なみだ》を浮《う》かべながら、出口へと走り、わくわくらんどを脱出《だっしゅつ》した。

年《とし》の瀬迫《せせま》る十二月二十日。いまにも雪が降り出しそうな寒空の下、俺《おれ》——黒崎翔吾《くろさきしょうご》の身に突然《とつぜん》降りかかった、楽園追放だった。

＊＊＊

わくわくらんどから自宅に帰還《きかん》した俺《おれ》は、夕飯にもほとんど手をつけず、庭にある納屋《なや》に籠《こも》った。

この納屋《なや》は庭にある小さな畑を耕すための農耕器具を格納する八畳《はちじょう》のトタンづくりの小屋だ。

しかし現在その内部は、キラプリを始めるようになって自分で改造を施《ほどこ》した、キラプリ特訓ルームへと進化を遂《と》げている。

入り口付近には農耕器具を寄せ、部屋《へや》の奥《おく》半分は畳《たたみじ》敷きの居住スペースとなっている。

俺《おれ》は室内の電気を消し、冷たい畳《たたみ》の上で、座禅《ざぜん》を組んでいた。

右耳に装着したイヤホンタイプのメトロノームが、無機質な電子音を刻む。

使わなくなった耕耘機《こううんき》の操作パネルに改造を施《ほどこ》した自作の練習パッドを手元に引き寄せる。

パッドに取り付けた三発のボタンをメトロノームの音に合わせ四分、八分、十六分、三連符《ぷ》と順繰《じゅんぐ》りに押《お》していく。

そして、目を閉じて、アイドルである〈みゆ〉が踊《おど》る姿を、強く強くイメージする。

メトロノームの単調なリズムには、頭の中で、ドラム、ベース、ギター、シンセとあらゆる楽器の音が重なり合い、ひとつの楽曲へと昇華《しょうか》されていく。

楽曲には〈みゆ〉の可憐《かれん》な歌声が乗る。

闇《やみ》はしだいに青や黄色やピンク色が折り重なったサイリウムの海に満たされる。

七色の海にはステージが出現し、周囲には〈みゆ〉のファンが星のように湧《わ》き上《あ》がる。

ステージの中心でたった一人《ひとり》歌う〈みゆ〉。

頭上からはありとあらゆる色彩《しきさい》の照明が浴びせられる。

ステージの四方からは『EXTRA HARD』の譜面《ふめん》が洪水《こうずい》のように押《お》し寄《よ》せる。

彼女《かのじょ》の歌とダンスに合わせて赤、青、緑の三色に振《ふ》り分《わ》けられたノーツが〈みゆ〉の頭上のターゲットマークに重なる。その瞬間《しゅんかん》に合わせて適応した色のボタンを押《お》す。

——いいぞ、この調子だ！　このままクリアまでいける！

バックスクリーンに表示されたコンボ数は途切《とぎ》れることなく上昇《じょうしょう》し、スコアは天井《てんじょう》知らずに跳《は》ね上《あ》がる。〈みゆ〉のコーデは周囲の光を圧するほどのまばゆい輝《かがや》きを放っていき——

「翔吾《しょうご》ー！　剣道《けんどう》しよー！」

スパーン！　と勢い良く納屋《なや》の引き戸が開かれ、白い電灯がパッと灯《とも》された。

「うおっ、まぶし、目が、目がぁー！」

俺《おれ》は背後を振《ふ》り返《かえ》り、

「……って、なんだ、夏希《なつき》か。ノックくらいしろよな」

突然《とつぜん》の来訪者をじっとりと見つめる。白い剣道着《けんどうぎ》を身にまとった少女は弾《はじ》けるような笑みを浮《う》かべて部屋《へや》に上《あ》がり込む。素足《すあし》だ。野性児かよ。

隣《となり》の家に住む夏希《なつき》はこうやって毎晩納屋《なや》に遊びに来るのが日課になっている。

「いいじゃんべつに、幼なじみなんだし、今さらな恥《は》ずかしがってんの？　……って、あれ？　なんか翔吾《しょうご》、顔色悪いよ？　なにかあった？」

「な、なんでもねーよ……いいから夜練戻《よるれんもど》れって」

まさかゲームで女子小学生にボッコボコにされてヘコんでたとは恥《は》ずかしくて言えない。ちなみに『夜練《よるれん》』とは毎日近所の剣道場《けんどうじょう》に通う夏希《なつき》が、帰宅後自宅の庭で素《す》振《ぶ》りや打込《うちこみ》台相手に竹刀《しない》を振《ふ》るうことだ。

てか寒い。戸の外から冬の冷気がガンガン流れこんできてるよ。せめて戸閉めさせて。

「んんん～？　なんか悩《なや》みごと？」

夏希《なつき》は俺《おれ》の顔をまじまじと見つめていたが、俺《おれ》の腕《うで》をぎゅっとつかむとキラキラした瞳《ひとみ》で、

「よしっ！　なんだかよくわかんないけど、こういうときこそ外で剣道《けんどう》だ！　跳躍素振《ちょうやくすぶ》りで

汗《あせ》を流して心のモヤモヤをスッキリさせよう！　ちょっと待ってて、いま翔吾《しょうご》の分の竹刀《しない》取ってきてあげるから！」

「だから、俺《おれ》はもう剣道《けんどう》やんないんだって」

「えー⁉　ダメだって！　もったいない！　翔吾《しょうご》剣道《けんどう》強いのに！」

「そんなのどうだっていいだろ。それにいくら剣道《けんどう》強くてもキラプリで全国一位にはなれないからな」

小１のとき、夏希《なつき》から「いっしょにやろー！」と誘《さそ》われて俺《おれ》は剣道《けんどう》を始めた。

高学年になると試合に出ればまずまずの成績を収めるようになっていた。でも、いくら対戦相手に勝利しても、なにか物足りなかった。

しだいに夏希《なつき》を含《ふく》め剣道《けんどう》に打《う》ち込む周囲の人達《ひとたち》と、自分との間にある温度差が大きくなって、中３の冬、なんとなく剣道《けんどう》から離《はな》れていった。

俺《おれ》が本当にやりたいことってなんだろう。

高校に進学したら見つかるかも。

そう思っていたけど、いざ高校生になったところで、気になる部活も見つからず、なんとなく学校に通い、放課後は家でゴロゴロするだけの一年を過ごした。

そして、半年前。

暇《ひま》つぶしにたまたま立ち寄ったマルワのゲームコーナーで、とある筐体《きょうたい》と出会う。

衝撃《しょうげき》を受けた。

さびれた田舎《いなか》のゲームコーナーにあって、その筐体《きょうたい》だけはまばゆい光を放っていた。

画面の中できらびやかな衣装《いしょう》に身を包み、舞《ま》い踊《おど》る少女の姿に、俺《おれ》は完全に目を奪《うば》われた。

まさか自分が、こういうものに興味を示すとは、自分自身でも信じられなかった。

もちろん、当初はプレイすることに迷いと羞恥心《しゅうちしん》はあった。明らかに女児向けのゲームだったし。

来店する親子連れに気を遣《つか》いながら、わくわくらんどの隅《すみ》から筐体《きょうたい》を眺《なが》めた。子ども達《たち》は皆真剣《みなしんけん》にこのゲームに興じ、そしてプレイ後は、皆笑顔《みなえがお》で帰っていく。

興味は日増しに膨《ふく》れ上《あ》がり、そして、一週間後、チャンスは巡《めぐ》って来た。ゲームコーナーに誰《だれ》もいないタイミングを見計らって、筐体《きょうたい》に百円玉を投入し、赤いボタンを押《お》した。

刺激的《しげきてき》な、まったく新しい世界が広がっていた。

これまでリズムゲームは何度かプレイしたことはあるが、自分だけのアイドルを生み出しコーデを施《ほどこ》す未知の体験に得も言われぬ高揚感《こうようかん》を覚えた。努力を重ねれば重ねるほど、アイドルはどんどん可愛《かわい》くなっていく。自分のコーデセンスで新たな価値を創造することができる驚《おどろ》きと歓喜《かんき》。魂《たましい》が震《ふる》えた。この感情は、剣道《けんどう》では味わえなかった。気づけば自分も、筐体《きょうたい》の中のアイドルといっしょに笑顔《えがお》になっていた。

自分だけの『正解』を作り上げていく手応えが、たまらなく俺《おれ》を魅了《みりょう》し、夢中にさせた。

今では休日は朝起きてご飯食べてキラプリして寝《ね》るという修行僧《しゅぎょうそう》のようにストイックな生活を送っている。ゲーム代を捻出《ねんしゅつ》するためバイトすら始めた。

当面の目標は、来春開催《かいさい》される全国キラプリ大会の地区予選で優勝し、俺《おれ》の〈みゆ〉に着せてあげるための激レアアイテムを手に入れることだ。

「まったく！　こんなえっちな本ばっかり読んでるから翔吾《しょうご》はダメになるんだ！」

夏希《なつき》は畳《たたみ》の上にあった雑誌を拾い上げてぷんすかと怒《おこ》る。

「おいおい、女性ファッション誌はそんな軟弱《なんじゃく》なものじゃねーぞ」

「十分えっちだよ！　雑誌なんて『剣道時代《けんどう》』だけあればいい！」

「む、無茶苦茶《むちゃくちゃ》言うなぁ……」

こんな軟弱《なんじゃく》雑誌あたしが検閲《けんえつ》してやる！　と夏希《なつき》は雑誌のページをバッサバッサとめくる。

キラプリのコーデ研究のため、俺《おれ》はあらゆる女性ファッション誌をこの納屋《なや》に収集している。

とくにティーン誌は男性向けのそれとは違《ちが》い個性が細分化されているので非常に勉強になる。

てか真剣《しんけん》に読み始めちゃったよこの子……体育座《ずわ》りして……リズムトレーニング再開できないんだけど……。

「……翔吾《しょうご》ぉー」

「んー？」

開けっ放しになった戸をやれやれと閉めていた俺《おれ》が振《ふ》り返《かえ》ると、

「……こ、こういうのどうかな？　……似合うかな？　あたしに」

夏希《なつき》がおずおずと開いて俺《おれ》に見せてきたページには、ちょっと大人《おとな》めのコーデを身にまとった背の高いモデルが写っている。

「あー……似合わねぇんじゃねーの？　おまえそういうガラじゃねーだろ」

夏希《なつき》には剣道着《けんどうぎ》や体操着のほうがよっぽど似合う。良《い》い意味でな。それぞれの女性に合ったコーデってものがある。

「そ、そっか……そだよね」

夏希《なつき》は「たはは」と照れくさそうに笑いながらそっと雑誌を閉じた。

「てかどうしてそんなこと俺《おれ》に聞いてくんだ？　なんか変なもんでも食ったか？」

女子高生らしいお洒落《しゃれ》に無頓着《むとんちゃく》で、いつも動きやすさ重視の短パンにシャツみたいなラフな格好してるのに。いきなりどうしたんだ？

「べ、べつにっ！　……そうそう翔吾《しょうご》！　あのメール、ちゃんと返信した？」

「あのメールって？」

「あーもー！『クリスマスパーティーのお知らせ』だよ！　クラスの！　磐田《いわた》からのメール！　誰《だれ》も翔吾《しょうご》の連絡先《れんらく》知らないからあたしが教えたの！」

「ああーアレな」

磐田《いわた》は俺《おれ》のクラスの学級委員長を務める男だ。さすがに学級委員長の名前くらいは覚えてる。

教室でいつも目立ってるしな。こないだ俺《おれ》のスマホに、そいつの名前が件名に入ったメール受信したっけ。

「二十四日の終業式のあと、伊倉町《いくらちょう》の公民館でクリスマスパーティーやるって……翔吾《しょうご》、もちろん返信したよね？　参加するって」

「え、行かないけど」

てか、メールすら開いてないけど。

「来、な、よ！　あれクラスの全員参加するんだよっ⁉」

「いやだよ。そもそもその日キラプリのイベント最終日だぞ？」

明後日《あさって》から開催《かいさい》予定の、全国のキラプリユーザー待望の一ヶ月に一度のイベント。どんな趣向《しゅこう》を凝《こ》らしているのか。そしてどんな限定アイテムがゲットできるのか。

今から楽しみでしょうがねぇぜ……！

「しょうごぉぉぉ～～……！」

夏希《なつき》はもう我慢《がまん》ならんといった感じでわなわなと震《ふる》えて、

「もうさ、やめなよ、あのゲーム！　そんで教室でちゃんと友達つくろ？　このままだとホントやばいって。クラスメイトの名前とか全然おぼえてないでしょ。こないだ調理実習で同じ班だった芽衣《めい》が名前間違《まちが》えられたって言ってたよ？」

「友達作ってるヒマがあったら俺《おれ》はキラプリするよ」

「あっちゃー……友達といたほうがいろいろ成長することが多いじゃん。なにより楽しいし！」

友達の多い夏希《なつき》らしい言葉だ。

「友達なんてそんなにいらないだろ。俺《おれ》には夏希《なつき》がいるし」

夏希《なつき》とは進学した高校も同じで、クラスまで同じだ。腐《くさ》れ縁《えん》にもほどがある。

「なぁっ⁉　な、なに言ってんのっ⁉　あ、あたしはべつじゃんっ？　その、お、幼なじみ、なんだし……」

夏希《なつき》は急にもじもじしだした。左手の竹刀《しない》ダコをいじりしつつ、言葉は尻《しり》すぼみに小さくなっていく。どうしたんだこいつ。

「それに……もうあたし達《たち》も高校二年生なんだよ……？　いつまでも一緒《いっしょ》にいられるって保証はないし……だから翔吾《しょうご》ももっとあたしと」

「？」

「あぁーっとそういうことじゃなくってー！」

夏希《なつき》はあたふたしながら袴《はかま》についた埃《ほこり》をパンパン！　と払《はら》うと、

「と、とにかくっ！　絶対連れてくからね！　パーティー！」

俺《おれ》をビシリと指さして、スパーン！　と勢い良く戸を開いて納屋《なや》から出て行った。

「……どうでもいいけど、戸閉めろっての」

俺《おれ》はため息をつき、薄暗《うすぐら》い天井《てんじょう》を見上げて、

「友達、か……」

ぼんやりしてると、戸の外から冷たい風が吹《ふ》き込んできた。

「うおっ、寒っ……さて、そろそろ練習に戻《もど》るか」

冷えた体をさすりながら、開きっぱなしになった戸を閉める。くそ、夏希《なつき》がやって来ては勢い良く開閉するもんだからすっかりガタがきてしまったな……。

隙間風《すきまかぜ》の入らないように戸をきっちりと閉め終えると、電気を消した。

静寂《せいじゃく》の中、耳の中でメトロノームの音が響《ひび》く。

目を閉じて座禅《ざぜん》を組み、ライブのイメージ作りに集中する。

「……うぅ」

しかし、なかなかうまくいかない。

理由はわかっている。

今日《きょう》の、あの、わくわくらんどに突然《とつぜん》出現した少女のせいだ。

あいつの衝撃《しょうげき》が雑念になり、ライブのイメージ作りが阻害《そがい》される。

俺《おれ》のハイスコアをぶち抜《ぬ》き、俺《おれ》の庭をさんざんに荒《あ》らしまくったあの憎《にく》たらしい少女。

『──れんぞくプレイは、禁止』

氷のように冷たい声と、神秘的な無表情が脳裏《のうり》に蘇《よみがえ》る。

一体何者だったんだろう……。

まあいい。どうせたまたま立ち寄ったのだろう。

きっと、明日《あす》は、わくわくらんどはいつもどおり俺《おれ》の庭に戻《もど》っている。

メトロノームの音が静かにリズムを刻む暗闇《くらやみ》の中で、俺《おれ》は〈ちづる〉の残していった「可愛《かわい》さ」を塗《ぬ》りつぶすように、〈みゆ〉の踊《おど》るステージを何度も強くイメージした。

第二章

「うわ……あいつ今日《きょう》もいるよ」

翌日。

学校が終わった後、わくわくらんどに到着《とうちゃく》すると、昨日《きのう》の少女が筐体《きょうたい》の椅子《いす》に座《すわ》っていた。

最悪だ。

「またきたの」

背後に近づく俺《おれ》の気配《けはい》を察したのか、少女は桜色のカードケースを開こうとした手を止めて、ちらりとこちらを振《ふ》り返《かえ》る。あいかわらず、幼い容姿のわりに凄《すさ》まじく整っている面立《おもだ》ちだ。まるで高価な西洋人形のような——粗雑《そざつ》に扱《あつか》うと壊《こわ》れてしまいそうな——神秘的で、儚《はかな》げな雰《ふん》囲気《いき》がある。表情も普通《ふつう》の小学生と違《ちが》って大人《おとな》びている……こいつやっぱ、ここらの田舎者《いなかもの》じゃねーな。

後ろに並んで腕組《うでぐ》みすると、少女は冷たい表情をものすごくイヤそうに歪《ゆが》めて、ぷいと手元のカードデッキに視線を戻《もど》した。そんな少女の右回りのつむじを見下ろして、

「ここは俺《おれ》の庭《ホーム》なんだよ。おまえこそなんでまたここにいるんだ」

このわくわくらんどは、退屈《たいくつ》な学校生活で日々溜《た》まったストレスを発散できる唯一《ゆいいつ》の癒《いや》しの

空間なのだ。

　しかし少女は手元のカードを整理しながら、

「私がどこにいようがあなたには関係ない。店舗《てんぽ》ランキングが私より下の順位の『2位』のくせに一人前に筐体《きょうたい》の占有権《せんゆうけん》を主張するのね」

「ぐ……」

　くそ、俺《おれ》のプライドをズタズタに引《ひ》き裂《さ》いてきやがる。昨日《きのう》受けた仕打ちが脳内にまざまざと蘇《よみがえ》る。ハイスコア強奪《ごうだつ》……ハイキック……舞《ま》い散《ち》るアイテムカード……迫《せま》り来る警備員………ドブ色のフラッシュバックに苦しんでいると、

「そんなにキラプリやりたければ、他のお店にいけば？　なにも私のうしろに並んで順番待ちしなくてもいいでしょ」

「ふん、俺《おれ》だって好きでおまえの後ろに並んでるわけじゃねーよ。このあたりでキラプリが設置されてる店はここしかないんだからな」

「え……ほんと？」

　少女はきつく眇《すが》めていた目を少し丸くして驚《おどろ》いている。なんだ、意外に子どもっぽい顔もできんじゃねーか。てか、なんで今さらこいつそんなことに驚《おどろ》いてんだ？

「……おまえさ、ひょっとして、最近ここに引《ひ》っ越《こ》してきたのか？」

「……そ、そうだけど」

なるほど。ならば新参者に、この土地の衝撃《しょうげき》の事実を教えてやらねばなるまい。

「あのな、おまえがどんなすげー都会から越《こ》してきたか知らないけど、この町でキラプリやれるのはこのマルワのわくわくらんどだけだ」

本州最西端《せいたん》、三方を海に囲まれた中核市《ちゅうかくし》、下関《しものせき》。中核市《ちゅうかくし》とは名ばかりで、過疎化《かそか》が進む地方によくあるように、この市はさびれにさびれている。その市内でもさらにど田舎《いなか》に属するこの町でキラプリやろうと思うならば、このわくわくらんどか、あとは電車を乗り継《の つ》いで、海の向こうの北九州《きたきゅうしゅう》まで行かなきゃならない。

もっとも、田舎《いなか》住みが染《し》み付《つ》いている俺《おれ》としては、わざわざ海を渡《わた》らずとも、自分の生活圏《けん》内《ない》にキラプリ設置店があっただけでも信じられない幸運だと思っている。もはや神にキラプリせよと言われているのではないかと使命感すら覚えている。

「……信じられない……」

少女は顔を青くし、

「……筐体《きょうたい》一つでよくいままで生きてこられたわね……」

「いや、一台あれば充分《じゅうぶん》だろ」

「私が以前住んでいた場所ではキラプリは一店舗《てんぽ》につき四台設置されていたわ」

「よ、よんだい⁉」

すげぇ、都会すげぇ！　そんなにプレイ人口がいるのか！　盛り上がってんな！

まあそのかわり、ここみたいな田舎《いなか》はキラプリのプレイ人口が少ないので、ほぼキラプリやり放題という素晴《すば》らしい恩恵《おんけい》がある。といってもこの小学生のせいでその恩恵《おんけい》さえも潰《つい》えたが……。

「よいしょ……と」

ふいに、少女は筐体《きょうたい》に立《た》て掛《か》けていたランドセルから分厚いカードファイルを取り出した。ランドセルの肩《かた》ベルトに、桜の花びらの意匠《いしょう》——近所の私立校の校章を象《かたど》ったワッペンが縫《ぬ》いつけてある。ランドセル側部の金具には給食袋《ぶくろ》の紐《ひも》がひっかけてある。給食袋《ぶくろ》の名前欄《らん》には黒いマジックで『5-2　新島千鶴《にいじまちづる》』と繊細《せんさい》な字が書かれている。

昨日筐体《きのうきょうたい》の画面で元気いっぱいに跳《は》ね回《まわ》っていた〈ちづる〉を思い出す。

当然だけど、女性は自分のアイドルに自分の名前をつけても違和感《いわかん》がない。その点、俺《おれ》のような男性プレイヤーが実名をつけると悲惨《ひさん》だ。

「勝手にじろじろ見ないでくれる？　けがらわしい。ランドセルが腐《くさ》る」

「腐《くさ》りゃしないだろ。おまえさては頭悪いな」

「放つ」

千鶴《ちづる》はランドセルの金具から防犯ブザーを取り外した。

「や、やめてくれ！」

くそっ！　こいつ、小学生って立場をフル活用しやがって……！

千鶴《ちづる》は無表情で俺《おれ》の顔にじりじりと防犯ブザーを近づけてくる。

「や、やめろ、俺《おれ》が悪かった！」

千鶴《ちづる》が防犯ブザーのスイッチに手をかけた瞬間《しゅんかん》、

「わーい！　ふくべぇだぁ！」

「ん？」

社会的な死の恐怖《きょうふ》に怯《おび》えていると、わくわくらんどのすぐ近くのおもちゃ売り場から、幼い歓声《かんせい》が湧《わ》き起こった。

「風船ちょうだい！」「わたしがさきー！」「ぼくもー！」

子どもたちの賑《にぎ》やかな声に反応して、防犯ブザーを握《にぎ》りしめて猫《ねこ》みたいに俺《おれ》を威嚇《いかく》していた千鶴《ちづる》は毒気を抜《ぬ》かれたような顔で、おもちゃ売り場に視線を向けた。

そして、おばけを怖《こわ》がる幼子《おさなご》みたいな顔になった。

「な、なに、あの新種の妖怪《ようかい》は……？　なにが進化すると一体あなるの……？」

「失礼な、ちょっとアグレッシブな造形なだけだ」

千鶴《ちづる》は恐怖《きょうふ》に打ち震《ふる》える声を漏《も》らしながら、子どもたちに風船を配っているきぐるみをわなわなと指さした。なんだ、あのお方を知らないのか。

「あれはふくべぇだ」

「ふ、ふくべぇ……？」

ふくべぇ。ご当地ゆるキャラブームの波に乗って七年前に生まれたマルワのイメージキャラクターであり、我《わ》が郷土を代表するゆるキャラだ。まあこの町に引《ひ》っ越《こ》してきたばかりのこいつが知らないのも無理はない。

ふくべぇの容姿は下関《しものせき》の名産である魚の「ふぐ」をモチーフにしている。気はやさしくて力持ちな、地元の子どもたちに大人気のキャラだ。ほんの少し造形がおぞましいけど。なんてったって、顔が魚で、首から下がムキムキのボディービルダーの全身黒タイツだからな。

それはそうと誰《だれ》があいつをゆるキャラに推薦《すいせん》したんだ……。

「な、なんであんな不気味な生物が子どもたちに人気なの……？」

幼い顔を恐怖《きょうふ》に歪《ゆが》める少女に、俺《おれ》は諭《さと》すように肩《かた》をすくめる。

「おいおいゆるキャラを見かけで判断するなよ。たしかに最初は俺《おれ》もふくべぇの造形のあまりのおぞましさに戦慄《せんりつ》したよ。けどな、ああ見えて案外良《い》い奴《やつ》なんだぞ？　俺《おれ》も昔はふくべぇに風船貰《もら》ったり、鬼《おに》ごっこしたものさ。ほら見ろ、子どもたちからあんなに愛されてる」

ふくべぇは自慢《じまん》の二《に》の腕《うで》にぶら下がった子どもたちを軽々と持ち上げている。大はしゃぎする子どもたち。幸せを絵に描《か》いたような、なんとも微笑《ほほえ》ましい光景だ。

「い、田舎《いなか》って、変なところ……」

千鶴《ちづる》は戸惑《とまど》う心に無理やり折り合いをつけようとしたのか、目の前に展開する不可思議な事象をその一言で総括《そうかつ》した。若干《じゃっかん》今でも引き気味である。

しかし気を取り直したのか、ゲームを開始するべく、筐体《きょうたい》にマイカードを挿入《そうにゅう》しようとした。

「おい、ちょっと待て」

「……なに？」

俺《おれ》はつばを飲《の》みこみ、

「……俺《おれ》が昨日帰り際《きのうかえぎわ》に床《ゆか》にばら撒《ま》いたカードの行方《ゆくえ》知らない……？」

恥《はじ》を忍《しの》んで訊《き》いてみた。

千鶴《ちづる》は「ああ」と気のない返事をして、

「あなたが昨日《きのう》負け犬みたく尻尾《しっぽ》を巻いて泣きながら帰った後、警備員さんが拾って、そこの受付カウンターにあるリサイクルボックスに入れてたわ。そのあとしばらくして店内で遊んでいた子ども達《たち》が持って帰っちゃったみたいだけど」

「……まじか……せめて止めてくれよ……」

空になっているリサイクルボックスを遠くから涙目《なみだめ》で見つめる。俺《おれ》のカードに肉食獣《にくしょくじゅう》のごとく群がる幼女達《たち》が容易に想像できた。あれらのカードがどれほど貴重なものか彼女達《かのじょたち》にはわからないだろう。

しかし、可愛《かわい》い服のカードを目の当たりにして、テンションが上がって全部持って帰ってしまったのだろう。

「……ああ、俺《おれ》が苦労して集めたカード達《たち》……」

　カードをゲットしたときの一つ一つの思い出が走馬灯《そうまとう》のように頭の中を駆《か》け巡《めぐ》る。さすがにもう高校生なので人前では泣かない。帰ったあと納屋《なや》で泣く。

「残念だったわね」

　憔悴《しょうすい》しきった俺《おれ》をちらりと横目で確認《かくにん》した千鶴《ちづる》は、いい気味だ、といわんばかりの顔で形の良《い》い唇《くちびる》の端《はし》を上げる。薄々《うすうす》感じていたけど、こいつドSだな。

「……いいさ、失ったのなら、また集めればいい」

　前向きに考えなくてはならない。普段《ふだん》使っているカードの一部を失ったのは痛いが、なにも金輪際キラプリができなくなったわけではない。セーブデータが記録されたマイカードを失《な》くしさえしなければ、今後も〈みゆ〉の可愛《かわい》さを追求し続けることができるのだ。

　それに、アイテムカードを集めるのも、キラプリの魅力《みりょく》だしな……！

「え、ひょっとして、泣いてるの？」

「な、泣いてねーよっ」

　悲しんでいる暇《ひま》があったら、敵のことをより深く知ることに注力したほうが建設的だ。

　そう、前向きに。

　千鶴《ちづる》のプレイも始まったことだし。

　この少女の駆《か》る〈ちづる〉のアイドルっぷりを、注意深く観察してやろうではないか。

『やっほ～♪　『きらめきアイドル』の〈ちづる〉ちゃん！　今日《きょう》もさいこうのライブよろし

くね〜♪』

千鶴《ちづる》がマイカードを挿入《そうにゅう》すると、筐体《きょうたい》からキラプリの主人公であるキッコの声が流れた。

「……やっぱおまえも『きらめきアイドル』か」

昨日《きのう》〈ちづる〉のライブとアイテムカードを見て確認《かくにん》したが、やはりそうだ。俺《おれ》と同じランクだ。

「あなたと一緒《いっしょ》にしないでくれる？　私とあなたでは同じ『きらめきアイドル』でも格が違《ちが》うわ」

「……おまえ、今月の全国ハイスコアランキング何位？」

「21位。『れじぇんどアイドル』ももう目前ね。あなたは？」

「くっ………52位だ」

「ふーん、そう」

千鶴《ちづる》が満足そうにニヤリと笑った。くそっ……腹立つな……！

キラプリは、公式ホームページにマイカードのＩＤを登録すれば、自分のハイスコアが全国で何位なのかが月単位で確認《かくにん》できる。全国1位の『きゅうきょくアイドル』を頂点として、2〜20位が『れじぇんどアイドル』、21位〜100位が『きらめきアイドル』といった、順位には『ランク』が与《あた》えられる。ちなみに101〜300位が『うわさのアイドル』と続き、1000位以降が『よちよちアイドル』となる。よちよちて。

「まさか、おまえ自宅に筐体《きようたい》があるなんてことないだろうな……」

「そんなわけないでしょ。自宅に筐体《きようたい》を置くなんて邪道《じやどう》よ。置こうと思えば置けるけど」

「置こうと思えば置けるんだ……」

すげぇ、どんな裕福《ゆうふく》な家庭だよ。おこづかい、いっぱい貰《もら》ってんだろうなぁ……羨《うらや》ましい……。

「……てか、俺《おれ》より順位が上のやつなんて、生まれて初めて見た……」

「ふん、井《い》の中《なか》の蛙《かわず》ね。せいぜい目の前の大海を崇《あが》め奉《たてまつ》りなさい」

「くっ、高飛車なやつ……」

『ライブのきょくをえらんだあとは、〈ちづる〉ちゃんにきせるコーデをえらんでね！』

そして、肝心《かんじん》の、コーデテクニックである。

画面上ではデフォルト衣装《いしよう》である白無地のTシャツとピンク色の短パンを身につけた〈ちづる〉が、トップス、ボトムスといった各部位のアイテムカードを代わる代わる筐体《きようたい》に挿入《そうにゆう》する千鶴《ちづる》の手によりドレスアップされていく。

「ま、まぁまぁだな……」

「なにか言った？」

「べ、べつにっ。ま、まぁまぁ普通《ふつう》くらいのコーデだって言ったんだよ」

やはり、悔《くや》しいがセンスが抜群《ばつぐん》に良《い》い。誰《だれ》の真似《まね》もしていないのに、奇抜《きばつ》ではなく、ちゃんと均整の取れた可愛《かわい》さを有している。

……てか。

「……なんだそのバカデカいカードファイル。鈍器《どんき》かよ。人殺せるレベルじゃねーか」

俺《おれ》は筐体《きようたい》のコントロールパネルに開かれている、百科事典のように分厚いカードファイルを見て冷《ひ》や汗《あせ》をかく。

千鶴《ちづる》は鋭《するど》い目つきで俺《おれ》を振《ふ》り返《かえ》り、

「……なにか文句ある？」

「い、いや、ねぇけどさ……つーかおまえそれだけでランドセルの中パンパンになるだろ……ちゃんと教科書とか入れてんの？」

「当たり前でしょ？　勉強はおろそかにしないわ」

「どうなってんだよおまえのランドセル……四次元か」

ともかく、万華鏡《まんげきよう》のように移ろう多彩《たさい》なコーデを実現可能にしているのは、まさにこのアイテムカードの尋常《じんじよう》じゃない所持数の賜物《たまもの》だ。

……ファイルの中、見てみたいな……。

コントロールパネルの上に開かれたカードファイルを千鶴《ちづる》の背中越《ご》しに注意深く観察すると、

「うわ！　それ【マジカルかんざし】じゃん！」

驚《おどろ》いた。こいつ、俺《おれ》の欲《ほ》しいもの第一位のアイテムカード持ってやがる！

この【マジカルかんざし】はレアリティが低いわりに出現率が低いという理不尽《りふじん》アイテムだ。

「……欲《ほ》しいの？」

「えっ⁉」

千鶴《ちづる》はちらりと俺《おれ》を振《ふ》り返《かえ》る。

俺《おれ》は脊髄《せきずい》反射でぶんぶんと首を縦《たて》に振《ふ》る。思わぬ発言に、もう理性とか簡単に吹《ふ》き飛《と》んでしまった。欲《ほ》しいも何も、それさえあれば俺《おれ》の思《おも》い描《えが》く、現状で最高に可愛《かわい》いコーデが完成する！

しかし千鶴《ちづる》はすぐに画面に向き直り、

「あげるわけないでしょ」

「ぐっ……」

鬼《おに》！　悪魔《あくま》！　ちづる！

「私がこれを手に入れるのに、どれほど苦労したと思っているのよ」

「……ちょっとでも期待した俺《おれ》が馬鹿《ばか》だったよ」

たしかに、俺《おれ》だって自分が苦労して手に入れたカードを他人にあげようとは思わない。

年端《としは》のいかない少女に翻弄《ほんろう》されながら、完成されていく〈ちづる〉のコーデを眺《なが》めていると、

「……おい、それ、シューズ変えたほうがいいんじゃないか？」

「……は？」

「いや、だって……楽曲とマッチングしたブランドでコーデ統一したほうがボーナスポイント付くだろ。高スコア狙《ねら》わねーの？」

アイドルには1から99までのレベルがあり、一回のライブで稼《かせ》いだスコアが経験値として蓄《ちく》積《せき》され、一定値に達するとレベルアップする。高スコアを取得したほうが、より早くレベルアップできる。レベルが上がれば、アイドルの選べる顔のパーツや着用できる服が増え、より可愛《かわい》くすることができるのに。

「そりゃ『キャンディ・ハウス』のミュールのほうが可愛《かわい》いだろうけどよ、素直《すなお》にトップスと同じブランドにしたほうが遥《はる》かにスコア効率いいだろ。なぜ選ばない？」

「……ばかね。そんなの、決まってるじゃない」

千鶴《ちづる》は、挑戦的《ちょうせんてき》な表情を浮《う》かべて、俺《おれ》を振《ふ》り返《かえ》った。

そして、熱い『なにか』を宿した瞳《ひとみ》で、言い放った。

「私が好きじゃないからよ」

力強く、迷いのない手つきでコーデ決定のボタンを押《お》し、〈ちづる〉のライブがスタートした。

「……！」

人は、なんのためにキラプリをするのか。

哲学的《てつがくてき》な問い。プレイヤーによって答えは様々だろうけど、本来このゲームの目的は、自分が生み出したアイドルに、自分の好きなコーデを着せて楽しむことにあるはずだ。

が、このゲームを長くやっていると、誰《だれ》しもついリズムゲームとしての側面にのめりこんでしまう。筐体《きょうたい》のハイスコアを出すことや、ランクアップが目的になってしまう。

しかし、なおかつ高スコアのためにコーデを選ぶなんて本末転倒《ほんまつてんとう》。好きなコーデでライブをし、『スコアを叩《たた》き出すのが真のアイドルでしょ？』

千鶴《ちづる》は口にこそ出さないが、彼女《かのじょ》の操《あやつ》る〈ちづる〉の在り様によって、己《おのれ》の『信念』を雄弁《ゆうべん》に語っているのだ。

「……やるじゃやねぇか」

思わず笑《え》みがこぼれた。

高ランカーなのに、初めてプレイしたときのあの感動を、今でもこいつは忘れていない。

ゾクゾクする。

俺《おれ》はひょっとしたら、こいつがこう回答することをどこか期待していたんじゃないか……？

自然と、手に汗《あせ》を握《にぎ》っていた。

筐体《きょうたい》の画面では〈ちづる〉のライブがスタートし、観客の爆発的《ばくはってき》な声援《せいえん》がステージに投げかけられている。

「それにしても……ほんと化け物じみてるな……おまえ、どんな特訓やってんの？」

完璧《かんぺき》なリズム感。そして運指には無駄《むだ》な動きや思考の迷いが一切《いっさい》なく、非常に流麗《りゅうれい》。

「……人に物を尋《たず》ねるときは、まずは自分から手の内を明かすのが礼儀《れいぎ》よ」

まあ、そうだな……。

「……俺《おれ》は毎日腕立《うでた》て百回を三セット、メトロノームを用いての運指練習を二時間だ」

「……ふーん。そう」

「で、おまえは？」

「ひみつ。教えてあげるとは一言も言ってないわよ？」

「くっ……！」

　ほんとむかつくな……まあ、しかし、こいつも——いや、ひょっとすると俺《おれ》以上にリズムの特訓を積んでいるに違《ちが》いない。

〈ちづる〉が二分間のライブステージを踊《おど》りきり、リザルト画面へと移行した。

「……難易度『ＮＯＲＭＡＬ』とはいえ、オールパーフェクトコンボか……な、なんだこの演出？」

「あら、初めて見たかしら？　オールパーフェクトコンボでライブをクリアすると、リザルト画面でアイドルがこちらにピースサインを送ってくれるのよ。特殊《とくしゅ》演出が見られてよかったわね」

「くっ……！　俺《おれ》も次で出してやるさ！　早く替われよ、席！」

「ふん……言われなくても替わるわよ」

　不満げな表情で椅子《いす》から腰《こし》を上げた千鶴《ちづる》に替わって、俺《おれ》は椅子《いす》に座《すわ》る。

「待たせたな」

これがおまえの〈ちづる〉への回答だ。

俺《おれ》はマイカードをスキャンし、出現した〈みゆ〉にカードファイルから取り出したアイテムカードを用いてコーデを施《ほどこ》していく。

「っ……！　あなた、それ、やっぱり昨日《きのう》と同じ……！」

ふふ、驚《おどろ》いてやがるな。

トップス、ボトムス、シューズ……コーデを重ねていくうちに、腕《うで》を組んで〈みゆ〉を観察していた千鶴《ちづる》の目の色が変わり、驚愕《きょうがく》の声が漏《も》れた。

それもそのはず。

俺《おれ》が〈みゆ〉に施《ほどこ》しているコーデは、アクセサリーからシューズに至るまで、高レアリティはほとんど使用せず、低レアリティを中心に揃《そろ》えているのだ。高ランク保持者――同じ『きらめきアイドル』としてはありえない選択《せんたく》だろう。

だが、俺《おれ》は平凡《へいぼん》な素材を極限までレベル上げすることにより、レアコーデ並みのステータスにまで成長させている。ＲＰＧでいえば初期装備でラストダンジョンへ挑《いど》むような暴挙。しかし創意工夫《そういくふう》と努力により、スコアアタックに耐《た》えうる武器にまで昇華《しょうか》させたのだ。

「ど、どうして……？」

「こんなスコア効率の悪いコーデをするのか、って？」

俺《おれ》は〈みゆ〉のコーデを施《ほどこ》し終えて、決定ボタンを押《お》した後、振《ふ》り返《かえ》り、満を持して言い放った。

「もちろん、これが〈みゆ〉に一番似合うコーデだからだ」

「……っ！」

レアリティでコーデを選ぶんじゃない。

〈みゆ〉がもっとも可愛《かわい》くなるコーデを選ぶ。

その選択《せんたく》基準に、アイテムのレアリティは一切関与《いっさいかんよ》させない。

「初心を忘れていないのは、なにもおまえだけじゃねーんだよ」

「……ふん」

千鶴《ちづる》はなにやら悔《くや》しそうに薔薇《ばら》色《いろ》の唇《くちびる》を歪《ゆが》めて、腕《うで》を組んだままぷいっとそっぽを向いた。

俺《おれ》は画面に向き直り、昨日《きのう》の〈ちづる〉のハイスコアを抜《ぬ》くべく、『EXTRA HARD』に設定したライブに意識を集中する。

「な、なかなか良《い》い反応じゃない……」

「へっ、そりゃどうも。昨日《きのう》クリア目前まで行ったからな。ノーツの譜面《ふめん》も暗記済みだ」

九年間の剣道《けんどう》で鍛《きた》えた反射神経と集中力、そして腕《うで》の筋肉の持続力により、まるで色彩《しきさい》の洪《こう》水《ずい》のように流れてくる大量のノーツを着実に撃破《げきは》していく。

いける……俺《おれ》は確実に成長してるぞ……！

そして、最後のセクションを抜《ぬ》け、

「よっしゃああああああああああああああああ！　初クリアだ――――！」

体力ゲージを一割ほど残して、生まれて初めて『EXTRA HARD』を完走した！

「初完走ッ……超《ちょう》気持ちいいぜッ……！」

絶好調だ！

〈ちづる〉のハイスコアにはまだ届かないものの、この調子なら、今日中《きょうじゅう》に抜《ぬ》けるかもしれん！

その後、千鶴《ちづる》と席を交代し、お互《たが》い二回のプレイをして、

「ふはは、次は抜《ぬ》くぜ！」

三回目のライブ終了後《しゅうりょうご》、千鶴《ちづる》は俺《おれ》が席を立つよりも早く筐体《きょうたい》に百円玉をねじこんできた。

「お、おい待てってまだカード排出《はいしゅつ》されてないじゃねーか」

「早くどいて」

俺《おれ》を押《お》しのけるようにして強引《ごういん》に席に座《すわ》った千鶴《ちづる》は、マイカードをスキャンすると、決定ボタンを連打し、すぐさまコーデ選択《せんたく》画面に移行した。ふふふ、徐々《じょじょ》にエキストラハードの譜面《ふめん》に慣れてきた俺《おれ》に焦《あせ》ってやがるな。

「……」

そして、千鶴《ちづる》の手がピタリと止まった。

「……なんだよ？　早く次の画面に進めろよ」

不審《ふしん》に思い、背中に声をかける。すると、その小さい背中からドス黒いオーラが立《た》ち昇《のぼ》った。

濃密なドSの波動が場を支配する。

そして、トップスの選択《せんたく》にやたらと時間を割《さ》きはじめた。

「……なあ、ちゃっちゃと決めろよコーデ」

「いいでしょ。制限時間内なんだから」

「いや、そりゃそうだけどさ……」

トップスを選ぶのに三十秒。ボトムスを選ぶのに四十秒。長い。後にシューズとアクセサリー選択《せんたく》も控《ひか》えているというのに、あまりの長考だ。

「後つかえてんだけど。つーかおまえさっきはそんなにコーデで悩《なや》んでなかったじゃん」

「なんのことかしら。私はいつでもコーデ選びは真剣《しんけん》に悩《なや》んでいるわ」

こいつ、さては……。

少しでも俺《おれ》の待機時間を長くして、俺《おれ》の今の好調子を崩《くず》そうとしてるんじゃ……筐体《きょうたい》のハイスコアを抜《ぬ》かれるのが嫌《いや》だから……。

俺《おれ》が不信感《ふしんかん》を抱《いだ》いていると、千鶴《ちづる》がこちらを振《ふ》り返《かえ》り、ニヤリと笑った。

「くっ……！」

こいつ、やっぱり……！　むかつくことしやがって……！

「おっ、と」

俺《おれ》が歯噛《はが》みしていると、ポケットからスマホの通知音が鳴った。いかん、マナーモードが解除されていたようだ。

「……！」

その音にビクッと、小さな体を硬直《こうちょく》させる千鶴《ちづる》。ゲームに集中していたから、ふいを突《つ》かれたのだろう。たしかにけっこうびっくりするもんな。スマホの『ピコーン』っていう通知音。

……これはいいな。

俺《おれ》が背後でほくそ笑《え》んでいるとも知らず、千鶴《ちづる》はようやくアクセサリーを選んでコーデセクションを終えた。ライブがスタートした直後、俺《おれ》はスマホの音楽アプリを起動。

そして、現在千鶴《ちづる》がライブをしている楽曲と同一の曲をさりげなく流し始めた。

「んっ……」

千鶴《ちづる》が珍《めずら》しくボタン操作を誤る。そうだろうそうだろう。現在プレイ中の曲と同じ曲をすぐ後ろで、かつちょっとズレたタイミングで鳴らされたら、ボタンを押《お》すタイミングをミスるだろう。

千鶴《ちづる》はタンッ！　と赤色のボタンを強く押《お》し、

「どういうつもり？」

「なにが？」

こちらを振《ふ》り返《かえ》ってギロリとにらみ、

「携帯《けいたい》、うるさいんだけど」

「ああ、悪いな、友達からメール来てさ。着信音なんだ、この曲」

「あなたに友達はいないでしょう」

なんで知ってんだこいつ。

「ごめんなさい、言い方が不適切だったわ。あなたみたいな性格が劣悪《れつあく》な人間に友達はきっといないでしょうって言いたかったの」

「より不適切になった気がするけどな。さ、ライブ終わったぞ……って……おいおい」

俺《おれ》は千鶴《ちづる》のライブ結果を見て噴《ふ》き出した。

「スコアボロボロじゃねーか！」

「……ううう」

「ふはは！　うーうーうなってもなにも出ねーぞ？」

「うううううううううう……！」

「へっ、普段《ふだん》は大人《おとな》ぶってるけど、まだまだお子ちゃまだな！　さ、ステップもまともに踏《ふ》めない三下アイドルはアイテム貰《もら》ってとっとと席を替わりな」

千鶴《ちづる》は悔《くや》しそうに俺《おれ》をにらみつけながら席を立つ。嫌《いや》がらせ目的の無駄《むだ》なコーデ長考という、キラプリマナーを逸脱《いつだつ》した天罰《てんばつ》だ。いい気味である。

「さってと、俺《おれ》も制限時間ギリギリまで、ゆっくりコーデを選ぶか」

千鶴《ちづる》の殺気を背後で感じた。

「おっと、ハイキックはやめろよ。昨日《きのう》と違《ちが》って、俺《おれ》はおまえの直接的な暴力に対して正当に異を唱えることができる。もし次やったら、店員に言いつけて、おまえを出禁にしてやるよ」

といっても、その肝心《かんじん》の店員の姿が周囲にないんだけど……まあこのわくわくらんどではよくあることだが。

「がっはっは、やっぱりキラプリは最高だぜ！」

甘辛《あまから》ＭＩＸで攻《せ》めた最高に可愛《かわい》いコーデを身にまとった〈みゆ〉をご機嫌《きげん》に歌い踊《おど》らせていると、

ぴひょろー！

「あぁ!?」

いきなり、たてぶえの間の抜《ぬ》けた音が俺《おれ》の鼓膜《こまく》をつんざいた。

「おまえなに俺《おれ》の耳元でたてぶえ吹《ふ》いてんの？」

耳に手を当て振《ふ》り返《かえ》ると、すました顔でたてぶえの先を咥《くわ》えた千鶴《ちづる》がいた。

「明日《あした》リコーダーのテストがあるのよ」

ぴひょ。

「いま練習しなくてもよくない？」

「ほら、リズムミスってるわよ」

ぽぉー！　ぷぉー！

「くっ……！　集中できねぇ、そのクソみたいなエーデルワイスを今すぐやめるんだっ……！」

こいつ、キラプリはあんなに上手《うま》いのに、リコーダーヘタすぎだろ！　同一人物とは思えねぇ！

「ぷはっ……これで明日《あした》の音楽のテストは満点ね」

「確実にゼロ点だよ。どこからその自信が湧《わ》いてくんだ。ありえないサウンドすぎてどこの部族の儀式《ぎしき》かと思ったぞ」

むっ、と千鶴《ちづる》は顔をしかめ、

「……いけない、アマリリスの練習もしなくちゃ」

ぷぉーぷぽー！　ぴひょっ！　ぴっ！　ぷぉぷぽぉー！

「うおぉぉ……！　や、やめてくれ……！」

それから、俺《おれ》と千鶴《ちづる》は代わる代わる椅子《いす》に座《すわ》ってプレイするたびに、お互《たが》いにありとあらゆる妨害《ぼうがい》工作を繰《く》り返《かえ》した。近くの太鼓《たいこ》ゲームでバチをわざと大きく叩《たた》いたり、動物カーにまたがり筐体《きようたい》の周囲をグルグルしたり。

「……なあ、提案なんだが」

俺《おれ》は五回目のライブを終え、疲《つか》れきった顔で背後の千鶴《ちづる》に声をかけた。

千鶴《ちづる》はお経《きよう》のように繰《く》り返《かえ》された『おれはかまきり』の音読を止めて、国語の教科書をパタンと閉じた。小さな汗《あせ》が額にかすかに浮《う》かんでいる。

「き、奇遇《きぐう》ね………私も今あなたに言いたいことがあったところよ」

俺《おれ》は店内を見回し、

「どうせプレイしてるの俺《おれ》たち二人《ふたり》しかいないんだからさ、なにか勝負して、敗者は勝者に今日《きょう》一日のプレイ権を譲《ゆず》るってことにしようぜ」

「2位のくせに名案ね」

こんなに足を引っ張り合うくらいなら、どちらかが今日《きょう》は諦《あきら》めたほうがいい。

「そうだな……例えば、エストレアチェンジだけのスコア勝負はどうだ？」

「ふむ……エストレアチェンジね」

リズムに合わせて筐体《きょうたい》のボタンを押《お》すのがライブの基本システムだが、終盤《しゅうばん》で、十秒間ただひたすらボタンを連打するという脳筋セクションが存在する。それがエストレアチェンジだ。エストレアチェンジ終了《しゅうりょう》時には、十秒間の連打のみで稼《かせ》いだスコアが画面に表示される。

このエストレアチェンジで表示されるスコアの値《あたい》で雌雄《しゆう》を決しようというのだ。

「といっても、連打はフィジカルな要素が強いし、一度きりの勝負だとお互《たが》いにコンディションの善《よ》し悪《あ》しもあって思うようにスコアが伸《の》びず、遺恨《いこん》が残る可能性があるだろう」

「2位のくせに存外まともな意見ね」

「1位様のお褒《ほ》めにあずかり光栄です」

ふむ、それで？　と気持ちよさそうな顔で俺《おれ》の言葉に耳を傾《かたむ》ける千鶴《ちづる》に、俺《おれ》は右手の指を二本立てた。

「二回チャレンジして、エストレアチェンジのスコアがより高かった方の勝ちとしよう。……1位様、お気に召《め》しましたか？」

「わるくないわね………いいわ、乗ってあげる」

俺《おれ》の提案に、千鶴《ちづる》は自信ありげに首肯《しゅこう》する。

馬鹿《ばか》め、かかったな。

俺《おれ》は心の中でほくそ笑《え》む。連打は単純に運動能力で勝敗が決まる。つまり、高校生の俺《おれ》が勝つ。このクソ生意気な女子小学生に吠《ほ》えづらかかせてやる絶好のチャンスだ。わざわざ二回勝負にしたのも、プライドの高そうなこいつが勝敗の結果に難癖《なんくせ》をつけられないよう、完膚《かんぷ》なきまでに叩《たた》きのめす必要があるからだ。

「言っておくが、定規や特殊《とくしゅ》な器具を使っての連打は禁止だからな」

「当然よ。あなたこそ『早打名人《はやうちめいじん》　高橋《たかはし》くん』なんて使ったら許さないから」

「た、たかはし……？　なにそれ？」

「……なんでもないわよ」

「……まあ、なんにせよ、よからぬ器具を使えば筐体《きょうたい》に負担をかけ故障の原因にもつながるからな」

キラプリは激しい連打にも充分《じゅうぶん》耐えうるようボタン部分を強化しているが、なにより人力以外の連打なぞキラプリプレイヤーとして邪道《じゃどう》だ。ともあれ、プライドの高そうなこいつがそんな卑怯《ひきょう》な手段を使う心配はなさそうだ。

「先攻《せんこう》は『1位』のおまえに譲《ゆず》ってやろう」

「ふん。当然よ。2位はせいぜい王者の後塵《こうじん》を拝しなさい」

高慢《こうまん》な顔で千鶴《ちづる》は筐体《きょうたい》の椅子《いす》に腰《こし》を下ろす。〈ちづる〉のコーデを終え、ライブがスタート。楽曲の終盤《しゅうばん》まで到達《とうたつ》し、画面が一瞬《いっしゅん》暗転する。エストレアチェンジ突入《とつにゅう》前の演出だ。それと同時に、千鶴《ちづる》は人差し指と中指を赤ボタンに添《そ》えた。

「ほほう。やはりピアノ連打でいくか」

二本の指を同時に動かす動作がピアノの演奏を想起させるため、その呼称《こしょう》がついている。キラプリの筐体《きょうたい》のボタンは直径3・5センチとやや大きい。ある程度の打撃《だげき》面積が必要なこの連打法はとくに有効だ。俺《おれ》も平時のエストレアチェンジではピアノ連打を採用している。千鶴《ちづる》は連打勝負の際も、そのスタイルは変えないようだ。

が、エストレアチェンジに突入《とつにゅう》した瞬間《しゅんかん》、千鶴《ちづる》は人差し指と中指に加え、薬指をボタンに添《そ》えた。

「さ、三本指か……！」

息を呑《の》む。三本指ではそれぞれの指の動きが不均一になりやすく、かえって効率が悪い。よほど精密な動きを継続《けいぞく》できなければ三本指の効用は無い。こいつほどのキラプリプレイヤーともなればおそらくそれは理解しているはず。となれば、三本指によるピアノ連打によほど自信があるのか……?

「んんっ……!」

千鶴《ちづる》は椅子《いす》から腰《こし》を浮《う》かせ、高速で動く指と連動して上昇《じょうしょう》していくスコアの数字ただ一点を見つめる。ビラビラビラビラと触手《しょくしゅ》のような動きをする三本の指が多足生物を連想させてやたら不気味だ。

「んっ!」

十秒後――三本指によって千鶴《ちづる》が叩《たた》き出《だ》した連打のスコアは、1390だった。

ちなみにランク制度の中間に位置する『へいぼんアイドル』のエストレアチェンジの平均値が800ほど。1200を超《こ》えれば廃人《はいじん》とネットでいわれているスコアを千鶴《ちづる》はやすやすと上回ってきた。

「ふぅ……」

ライブを終えた千鶴《ちづる》は、かすかに額に浮《う》いた汗《あせ》を手《て》の甲《こう》で拭《ぬぐ》う。色素の薄《うす》い、新雪のように白い肌《はだ》がほのかに上気している。

本気の連打は誰《だれ》しも無呼吸になるし、体力も大幅《おおはば》に消耗《しょうもう》する。疲労《ひろう》はどうしても隠《かく》せない。

しかし、

「どう? 私のピアノ連打は。『ねこふんじゃった』百本ノックで鍛《きた》えた集中力は伊達《だて》じゃないわよ」

「なにその特訓方法……」

疲労《ひろう》を悟《さと》られたくないのか、得意げな表情を作って俺《おれ》を見上げてくる。ふん、負けず嫌《ぎら》いもここまでくれば天晴《あっぱれ》だ。

「……毎秒14連打といったところか。なかなかやるじゃないか」

千鶴《ちづる》のスコアを素直《すなお》に称賛《しょうさん》する。それなりの修羅場《しゅらば》はくぐってきたようだな。

「よし、次は俺《おれ》だ」

俺《おれ》は制服のブレザーを脱《ぬ》ぎ、カッターシャツ一枚になる。百円玉を投入して、腕《うで》まくりをする。

ちなみに、俺《おれ》は連打には自信がある。

低レアリティばかり好んで使用しているためコーデでボーナスポイントを稼《かせ》げない俺《おれ》にとって、このエストレアチェンジは高スコアを叩《たた》き出《だ》すための生命線といっていい。

エストレアチェンジでのスコアはライブの中でも結構なウェイトを占《し》めている。

俺《おれ》は自らのプレイスタイルの弱点をカバーするべく、エストレアチェンジ──連打に対して誰《だれ》よりもシビアに取り組んでいるのだ。

「さて……魅《み》せますか」

エストレアチェンジ突入《とつにゅう》の演出に差《さ》し掛《か》かる。

俺《おれ》は椅子《いす》から立ち上がると、開いていた拳《こぶし》を握《にぎ》り締《し》め、人差し指と中指の隙間《すきま》から親指の尖《せん》端《たん》を露《ろ》出《しゅつ》させる。

背後で千鶴《ちづる》が鼻で笑った。

「ふん、痙攣《けいれん》連打ね……あなたごときがかの名人達《めいじんたち》が築き上げた伝統ある連打法を用いるなんて生意気よ」

「なんだよ名人《めいじん》って」

「な、なんでもないわよ」

さっきからなんなんだろな……こいつが口にする『高橋《たかはし》』とか『名人《めいじん》』っていう聞き慣れない単語は……まあそんなのはどうでもいい。勝負に集中だ。

エストレアチェンジに突入《とつにゅう》した瞬間《しゅんかん》、俺《おれ》は拳《こぶし》に溜《た》めていた力を解放した。

「うおおおおおおおおおおおおおおおおおおおおおおおおお！」

「な……っ！」

肩《かた》から指が爆散《ばくさん》するかと思うほど腕《うで》を痙攣《けいれん》させて赤いボタンを連打した。それはもう親の敵のように、ボタンに振動《しんどう》を与《あた》えまくる。

「ふぅ……１５４０ポイントか」

エストレアチェンジが終了《しゅうりょう》したと同時に、呼吸を再開する。

スコアを換算《かんさん》すれば毎秒15連打ってところか。

「……ふん」

千鶴《ちづる》の眉間《みけん》に深い皺《しわ》が刻まれる。まさか俺《おれ》がこんなにも高いスコアを出すとは思ってもみなかったのだろう。

「よし、まああだな。じゃあ第二ラウンド、おまえからな」

「……わかってるわよ」

どうだ、このスコア、さすがに抜《ぬ》くことはできまい。

俺《おれ》は余裕綽々《よゆうしゃくしゃく》の笑《え》みを浮《う》かべて席を立った。千鶴《ちづる》は無表情で椅子《いす》に座《すわ》る。かすかに闘志《とうし》を宿した瞳《ひとみ》で、〈ちづる〉に気合いの入った攻《せ》め攻《せ》めなコーデを施《ほどこ》していく。

ライブ終盤《しゅうばん》に至り、エストレアチェンジ突入《とつにゅう》の演出が画面に流れ始める。千鶴《ちづる》は先程《さきほど》と同様ボタンに指を三本添《そ》える。あくまでピアノ連打にこだわるつもりだ。

「まあたしかに、キラプリはピアノ連打が最適解ではあるがな」

しかし、最適解では辿《たど》りつけない境地もあるのだ。

俺《おれ》が勝利を確信していると、

「……甘《あま》いわね」

「……!? ……まさか、おまえそれ……!?」

千鶴《ちづる》は、なんと、赤いボタンにもう一本、指を添《そ》えた。

「……なるほど、そういうことか」

三本の指に新たに加わった千鶴《ちづる》の小指を見て、戦慄《せんりつ》が走る。

高校生に比べて、女子小学生は体が小さい。もちろん体力もない。痙攣《けいれん》連打に適していない。ならば、その弱点を逆に活《い》かせばいい。

高校生に比べて女子小学生の指は小さい。指を四本添《そ》えてもボタンの面積に収まりきってしまう。そして、その四本の指をすべて意のままに操《あやつ》れるとすれば——俺《おれ》の痙攣《けいれん》連打をも凌駕《りょうが》する超《ちょう》高速連打を発揮する可能性を秘めている……！

エストレアチェンジに突入《とつにゅう》した途端《とたん》、千鶴《ちづる》が豹変《ひょうへん》した。

「んんんんんんんんんんんんんんんんんんんんんんんんんん〜〜っっっ！」

色白の顔は茹《ゆ》でダコみたいに真《ま》っ赤《か》に染まり、腰《こし》を浮《う》かせた上体は画面を突《つ》き破《やぶ》らんばかりに前傾姿勢《ぜんけいしせい》になっている。見開かれた二つの瞳《ひとみ》は上昇《じょうしょう》していくスコアだけを見つめている。

「うわぁぁ……」

千鶴《ちづる》の鬼気迫《ききせま》る連打っぷりに絶句する。狂《くる》いなく律動する四本の指はもはや現《うつ》し世《よ》のものではなく、宇宙的恐怖《きょうふ》すら感じる。下唇《したくちびる》を強く噛《か》み締《し》めて、充血《じゅうけつ》した目を見開いた千鶴《ちづる》の表情は、女の子が絶対してはいけないそれだ。そこまでして勝ちたいか。いやむしろそこまでして俺《おれ》に負けたくないのか。いずれにせよとんだドSだ。

「んあぁっ！」

そして、人差し指でボタンにフィニッシュを決め、エストレアチェンジが終了《しゅうりょう》した。

千鶴《ちづる》が叩《たた》き出《だ》したスコアは、信じられないことに1608をマークしていた。毎秒にすればなんと16連打という人外の領域だ。

化け物だ。バケモノの子だ。

「……普段《ふだん》は体力を消耗《しょうもう》するし指を痛めるからめったに使わないけど、いざというときに敵を打ち倒す技《わざ》くらい持ってる。この四本指連打を駆使《くし》すれば、硬《かた》いスイカだってなんなく破砕《はさい》できるわよ」

「いや……べつにスイカは割らなくてもいいだろ」

千鶴《ちづる》はフルマラソンを完走したような表情でぜーはーぜーはーと荒《あら》い息を吐《は》きながら俺《おれ》を不敵な表情で見上げてくる。

「……すごいな……まさか俺《おれ》の本気の連打が破られるとは思わなかった」

だが、なぜだろう。

窮地《きゅうち》に陥《おちい》っているはずなのに、俺《おれ》の心は今、これまで味わったことのない高揚感《こうようかん》に打ち震《ふる》えている……！

「さあ！　次は俺《おれ》の番だ。ちなみに忘れてもらっては困るが、勝敗は二回のエストレアチェンジで、より点数の高かった方の勝利だ」

「もちろん。でも、先程《さきほど》あなたが出したスコアは１５４０……どうあっても私が今叩《たた》きだした１６０８という数字は抜《ぬ》けないでしょうけど」

「それはどうかな」

俺《おれ》は千鶴《ちづる》と入《い》れ替《か》わり、筐体《きょうたい》の前に座《すわ》る。百円玉を投入する。

精神を深い海に沈《しず》めるイメージで、ゆっくりと〈みゆ〉にコーデを施《ほどこ》してゆく。

ライブがスタートするとほとんど無心──明鏡止水《めいきょうしすい》の境地でノーツを処理する。

そして、エストレアチェンジの演出が始まったのを右脳が知覚した瞬間《しゅんかん》──俺《おれ》は右手の拳《こぶし》を握《にぎ》り込み、人差し指の第二関節の尖端《せんたん》を突出《とっしゅつ》させた。

「そ、それは……ひょっとして……『一本拳《いっぽんけん》』！　あなた、正気っ⁉」

俺《おれ》の拳《こぶし》の型を見て千鶴《ちづる》が驚愕《きょうがく》に彩《いろど》られた悲鳴を上げる。

そう。俺《おれ》が今形作っているのは、空手で言うところの『一本拳《いっぽんけん》』……てかなんで女子小学生のこいつが一本拳《いっぽんけん》なんて物騒《ぶっそう》な武術用語を知っているのかはこの際さて置くとして。この拳《こぶし》の型は空手において『一撃必殺《いちげきひっさつ》』として継承《けいしょう》されている奥義《おうぎ》である。

だが、一度放てば指に深刻なダメージを及《およ》ぼす諸刃《もろは》の剣《つるぎ》。

もちろん台を打ち抜くわけではなく、その拳《こぶし》を俺《おれ》は痙攣《けいれん》連打に用いる。

キラプリのボタンでもっとも効率的に連打を出入力するにはどうすればいいか──半年間にわたる試行錯誤《しこうさくご》の旅の果て、辿《たど》り着《つ》いたのが、この一本拳《いっぽんけん》による痙攣《けいれん》連打だ。

もちろん、この連打法をみだりに用いれば指の骨を痛める。

しかし、俺《おれ》は納屋《なや》に設置した巻藁《まきわら》相手に毎晩一本拳《いっぽんけん》による拳打《けんだ》の反復練習を重ねることにより、インパクト時の負荷《ふか》を最小限に抑《おさ》え、かつ筐体《きょうたい》のボタンも傷《いた》めない力加減を習得するに至るまでこの連打法を昇華《しょうか》させた。

とはいえ、放った後は筋の激痛で、しばらくは指としてまともに機能しなくなる。ハイスコア更新《こうしん》を狙《ねら》うときのための、とっておきの、一日一度限りの最終決戦奥義《おうぎ》だ。

だが、それでもいい。

〈みゆ〉がより可愛《かわい》くなるならば、俺《おれ》は自分の痛みを厭《いと》わない。

ましてや今日《きょう》一日キラプリし放題というこの勝負、絶対に、死んでも負けられない。

放つなら、今！

「さあ、エストレアチェンジ突入《とつにゅう》だ！」

見せてやる、黒崎《くろさき》翔吾《しょうご》の拳《こぶし》を！

「うおおおおおおおおおおおおおおおおおおおおおおおおおおおおおおおおおおおおお！」

ズガガガガガガガガッ！　とまるで電動ドリルでコンクリートを掘削《くっさく》するように、俺《おれ》は力んだ右腕《みぎうで》の振動《しんどう》をボタンに押しつけていく。

画面に表示されるスコアの数値は目にも止まらぬ速度で伸《の》びていく。開始4秒ですでに800を突破《とっぱ》！

「し、信じられない、私が、負け、る……？」

常識外れのスコアの上昇《じょうしょう》速度に傍《かたわ》らで千鶴《ちづる》が愕然《がくぜん》としている。さらに1500を突破《とっぱ》！

残り3秒、1600突破《とっぱ》！　よし、いける！　この勝負俺《おれ》の勝ちだ！

バツン。

きらびやかな光をまとった〈みゆ〉が、天井《てんじょう》知らずに伸《の》び続けるスコア表示が、突如《とつじょ》目の前から消失。

「……は？」

真っ暗な画面に、呆気《あっけ》にとられた俺《おれ》の顔が映っていた。

よく見ると、筐体《きょうたい》の背後にある電源コードが抜《ぬ》けている。抜《ぬ》け落《お》ちたコードの先を目で辿《たど》っていく。白いコードは、子どもたちとじゃれあっているグロテスクな生き物の足部に絡《から》まっていた。

「ふくべぇてめぇえええええええええええええええええええええ！」

ふくべぇは俺《おれ》と目が合うと「あ、やっちまった」みたいな妙《みょう》な間を置いて、電源コードを差し直し、一目散に衣料品売り場のほうへ逃《に》げていく。

「おいこらふざけんなよ！　その黒光りする体かっさばいてふぐ刺《さ》しにしてやる！」

俺《おれ》が追いかけようとすると、

「あなたの負けね」

ふいに、背後から千鶴《ちづる》の冷たい声が浴びせられた。

その声に縫《ぬ》い付《つ》けられたように、俺《おれ》の体の動きがピタリと止まる。

ギギギ、と首だけで背後を振《ふ》り返《かえ》ると、

「私の二回目のスコアは、１６０８。対してあなたの一回目のスコアは、１５４０。少しひやりとしたけれど……この勝負、私の勝ち。……ふふっ。この町の子どもたちにふくべぇが愛されている理由が少しだけ理解できたわ」

皮肉たっぷりな微笑《びしょう》を薔薇色《ばらいろ》の唇《くちびる》に浮《う》かべて、千鶴《ちづる》は満足げに黒い髪《かみ》をかきあげた。

「あ……あぁ………」

俺《おれ》の、負け……？　今日《きょう》一日、キラプリ、できない……？

千鶴《ちづる》は放心している俺《おれ》に嗜虐的《しぎゃくてき》な笑《え》みを投げかけると、筐体《きょうたい》の椅子《いす》に静かに腰《こし》を下ろした。

「……いや、いやいや！　ちょっと待て、仕切り直しだろ！　普通《ふつう》に考えて！」

俺《おれ》は背後から千鶴《ちづる》に詰《つ》め寄《よ》る。あのような事故で生まれた勝負の結果に納得《なっとく》できるわけがない！

「くそ、もう一回だ！　もう一回勝負っ！」

ポカン。

「痛！　誰《だれ》だよ⁉」

いきなり後ろから頭を叩《たた》かれて振《ふ》り返《かえ》ると、

「……な、夏希《なつき》？」

「……しょうごぉぉぉ」

握《にぎ》りこぶしをつくってわなわなと震《ふる》えている夏希《なつき》がいた。

「えっ、おまえなんでこんなところにいんの？」

わくわくらんどに運動大好きの夏希《なつき》。ありえない取り合わせに頭を混乱させていると、

「……昨日《きのう》からず――っと翔吾《しょうご》の様子がおかしかったから……授業中も『今日《きょう》は抜《ぬ》く』とかつぶやいて目が血走ってたし……それで、放課後、翔吾《しょうご》のあとを追っかけてみれば……」

「いや、心配してくれるのは嬉《うれ》しいけど、なにもストーキングしなくてもいいだろ？　さすがにちょっと引くぞ？」

「なっ……!?」

夏希《なつき》は顔を真《ま》っ赤《か》にしてわなわな震《ふる》え、

「ひ、引くのはこっちだアホしょうご！　さっきから見てたら、なにちっちゃい女の子向けのゲームでちっちゃい女の子相手にムキになってるの!?　は、恥《は》ずかしい！」

「何も恥《は》ずかしいことなんてねぇ！　これはキラプリプレイヤー同士の純然たる真剣《しんけん》勝負だ！」

「ごめんねぇおじょうちゃん、このお兄《にい》ちゃん、ちょっとアホだから」

「アホとはなんだアホとは！」

夏希《なつき》は俺《おれ》を無視して、所在なげに筐体《きょうたい》の椅子《いす》に座《すわ》る千鶴《ちづる》に困ったような笑《え》みを浮《う》かべる。

「い、いえ、べつに……すみません」

「な、なぜこいつ夏希《なつき》には敬語？」

千鶴《ちづる》はなぜか夏希《なつき》と目を合わせず、きょどっていた。人見知りなの？

「じゃあ、このお兄《にい》ちゃんのことは気にしないで、ゲーム続けてね！」

「……は、はい」

「おい、おまえなに勝手に仕切ってんだよ！」

「ダメ！　もう、いっしょに帰る！」

夏希《なつき》は俺《おれ》の右腕《みぎうで》をがっしりと摑《つか》んで、両開きのガラス扉《とびら》——昨日《きのう》俺《おれ》が警備員から逃《に》げたときに使用した、開けるとそのまま店外に出る扉《とびら》へぐいぐいと引っ張っていく。

「ちょ、待て、う、うぉ」

華奢《きゃしゃ》な身体《からだ》してるくせに相変わらずなんて馬鹿力《ばかぢから》だ。剣道《けんどう》やってたときもこいつと鍔迫《つばぜ》りして押《お》し勝ったためしがない。インナーマッスルが過ぎるぞ。

「俺《おれ》は……！　俺《おれ》は、キラプリをするんだ……！」

夏希《なつき》に腕《うで》を引っ張られながら、筐体《きょうたい》の椅子《いす》に座《すわ》る千鶴《ちづる》に目をやる。

俺《おれ》を完全に無視して、淡々《たんたん》とキラプリに興じている。

その後ろ姿に闘争心《とうそうしん》がむらむらと燃え上がる。

「もう一戦。もう一戦だけ勝負させろ！　こいつと、この憎《にく》たらしい小学生と白黒はっきりつけさせろ！」

夏希《なつき》は俺《おれ》の言葉を無視して腕を引っ張ったまま、どんどん出口の方へと歩いていく。

「翔吾《しょうご》、いいかげんに……あ」

ふいに猛《たけ》り狂《くる》っていた夏希《なつき》の勢いが衰《おとろ》え、視線は俺《おれ》の肩越《かたご》しの何かに固定された。夏希《なつき》の視線につりこまれるように背後を振《ふ》り返《かえ》る。

クレーンゲームだ。

筐体《きょうたい》の中には、様々なぬいぐるみが所狭《せま》しと詰《つ》まっている。

その頂きには、不細工な顔をしたパンダのぬいぐるみが鎮座《ちんざ》していた。

「なんだおまえ、あれ欲《ほ》しいのか？」

ずっとクレーンゲームの筐体《きょうたい》を見つめる夏希《なつき》に問いかける。

そういやこいつ昔から意外とぬいぐるみ好きだったな。とくにパンダ大好きだったし。幼稚《ようち》園《えん》の遠足で初めて動物園に行ったときもパンダばっか見てて『あたししょうらいパンダになる！』とか微笑《ほほえ》ましいこと言ってたっけ。パンダどころかゴリラになってるぞ、筋力的に。

「べ、べつに、あんな可愛《かわい》くてフワフワしてて抱《だ》いたら気持ちよさそうなモノ欲《ほ》しくないよ！」

「おい、心と口が裏腹になってるぞ」

夏希《なつき》は「むむむ〜〜！」とうなって腕組《うでぐ》みして、真《ま》っ赤《か》になった顔をクレーンゲームからそらす。でもやっぱり我慢《がまん》できないのか、ちら、ちらとクレーンゲームを見てる。

そんなに欲《ほ》しいのか……。しかし、かわいそうだが、現実を教えてやらねばなるまい。

「やめとけ夏希《なつき》、あのぬいぐるみは単なる客寄せだ。アームの設定いじってるから絶対に取れない仕組みになってるぞ」

クレーンゲームの難易度設定は店側で任意に設定できる。あの筐体《きょうたい》に入っているパンダのぬいぐるみは、女子高生の間で大流行《だいりゅうこう》している。学校帰りの女子高生達《たち》がたまにあの筐体《きょうたい》にチャレンジしているのを目にするが、取れたためしがない。どうやら、あの筐体《きょうたい》はかなり厳しい設定になっている。

「……あ、そうなんだ……取れないんだ……」

なんだか残念そうに唇《くちびる》をとがらせる夏希《なつき》は、はっと我に返り、

「そ、そんなのどうでもいいの！　さ、早く帰る！　明日《あした》数学の小テストなんだから！」

「ああ⁉　いいよそんなもん！　俺《おれ》にはキラプリがあればいい！」

「しょうごのばかっ！　そんなこと言ってると留年しちゃうよ⁉　どうせ数学の吉田《よしだ》先生が言ってた出題範囲《はんい》もまともに聞いてないんでしょ。ほ、ほら、あたしが教えてあげる！」

「ま、待て、待てって！　ああ！」

夏希《なつき》に襟首《えりくび》を摑《つか》まれた俺《おれ》は、出口へ向かってズルズルと引きずられる。

俺《おれ》は筐体《きょうたい》の椅子《いす》に座《すわ》る千鶴《ちづる》を睨《にら》みつけ、

「ちっ！　おいおまえ！　決着はまだついてないぞ！」

すると、それまで我関せずとゲームに興じていた千鶴《ちづる》がこちらを振《ふ》り返《かえ》り「お生憎様《あいにくさま》だったわね」という表情を浮《う》かべて、ベーっと舌を出した。

「ち、ちくしょおおおおおおおおおおおお！」

千鶴《ちづる》の顔が脳裏《のうり》にこびりついて離《はな》れないまま、俺《おれ》は夏希《なつき》に引きずられてわくわくらんどを後にした。

Kira-Puri Avatar Guide 01

アイカラー：エターナルコスモ
ヘアスタイル：ゆるふわスターヘアー
ヘアカラー：ロイヤルプリンセスブロンド
スキンカラー：やんちゃお姫さま
めがね：なし

ちづるのコーデ

【トップス＆ボトムス】
マーベラスプリンセスドリームワンピ【SR】
ブランド：サブリナ・ヘヴン
タイプ：プリティ

【シューズ】
ファイティングシンデレラシューズ【SR】
ブランド：キャンディ・ハウス
タイプ：ポップ

【アクセサリー1】
せめせめチョーカー【R】
ブランド：マゴット・ブレイン
タイプ：クール

【アクセサリー2】
かがやきティアラ【N】
ブランド：パプロ・ハニー
タイプ：プリティ

♥ちづる♥

アイドルレベル 92
全国ハイスコアランキング 21位
ランク きらめきアイドル

ブランドやタイプを統一しない「ミックスコーデ」による究極の可愛さを追求した千鶴のメインアバター。自分の名前を与えているが、外見や服装は、自身とは真逆なフリフリでカラフルな系統のものを好んで着せる傾向にある。

第三章

翌日。

「……ようやく終わった」

教室に四限目終了《しゅうりょう》のチャイムが鳴り、俺《おれ》は椅子《いす》の背もたれに体を預けて、息をついた。

昨日《きのう》はほんとに悪夢だった……。

わくわくらんどを出た後「今日《きょう》は今から二人《ふたり》だけでみっちり勉強するから！」とやたら張り切る夏希《なつき》に連行され、夏希《なつき》の自室で机を挟《はさ》んで出題範囲《はんい》と問題対策を徹底的《てっていてき》に叩《たた》きこまれた後、夜練《よるれん》に付き合わされた。

おかげで小テストはうまく対応できたから感謝しきりだが、あんなにムキになった夏希《なつき》は珍《めずら》しい。あいつそんなに勉強教えたがりだったか……？　まあいい、そろそろ飯食うか。

「おい急げ！　限定カレーパン売り切れちまうぞ！」

「わたし今日《きょう》お弁当なんだ～♪」

教室では購買部《こうばいぶ》や食堂に走る生徒や、机を寄せ合って弁当箱を広げる生徒など、各々《おのおの》が自由に動き回っている。

俺《おれ》は登校時に購買部《こうばいぶ》で買った焼きそばパンと缶《かん》コーヒーを鞄《かばん》から出して机に置く。

そして、引き出しからブックカバーを装着した本を取り出し、ページを開き、熟読する。

「ふむ……そういう組み合わせもあるのか……」

無論、女性ファッション誌だ。

キラプリ最大の魅力《みりょく》のひとつは、そのファッションアイテムの多さである。定期アップデートによりアイドルを可愛《かわい》くするための選択肢《せんたくし》がどんどん増えていく。その選択肢《せんたくし》に対応するためには、日々の研鑽《けんさん》が欠かせない。今年《ことし》の冬の最新アイテムを上手《じょうず》に着こなす読者モデルのピンナップを丹念《たんねん》に観察する……ほう、ガウンにガウンを重ねるとは。こいつなかなかやりおる。

「うわ！　清盛《きよもり》！　すごいじゃん！　あのライブ抽選《ちゅうせん》当たったんだね！」

「がっはっは！　当たり前で候《そうろう》！」

窓際《まどぎわ》の席から、大きな笑い声が上がった。

輪の中心では、爆発《ばくはつ》アフロが嬉《うれ》しそうに笑っている。名前はたしか……とにかくいつもテンションが高いアフロだ。

「前売り抽選《ちゅうせん》ゲットするために、シングル50枚買ったんだ！　この下敷《したじ》きはライブの限定物《ぶっ》販《ぱん》！　某《それがし》の命より大事なものだ！」

楽しそうだな。

俺《おれ》は缶《かん》コーヒーのプルタブを開け、口をつける。現実のアイドルファンの事情には疎《うと》いが、彼《かれ》らの異様なまでの熱意には俺《おれ》も見習わなければならない点が多い。

「よくそんな金あったなぁ」

「ライブ会場のある博多《はかた》まで自転車で行って、浮《う》いた電車賃を物販購入費《ぶっぱんこうにゅうひ》に当てたんだ!」

は、博多《はかた》まで自転車だと……!? 100㎞近くあるぞ……? 正気かこいつ……!?

「宗像《むなかた》あたりで死ぬかと思ったぞ。しかし! それも『ゆみりん』と握手《あくしゅ》できると思えばこそ、踏《ふ》ん張《ば》れたぜ!」

「すげぇ、やっぱすげぇよ清盛《きよもり》は!」

「ハッハッハ! いやー某《それがし》、心がぴょんぴょんしてまいりました! この喜び、ひとつ敦盛《あつもり》で表現し候《そうろう》!」

扇子《せんす》広げて歌い始めちゃったよ……。

……まあでも、たしかに、苦労の末に手に入れたものは格別に嬉《うれ》しいはずだ。俺《おれ》もそういうのはよくわかる。ただ、向こうは世間で広く市民権を得ている三次元のアイドルグループ、かたや俺《おれ》は二次元の女児向けゲーム。

だから、誰《だれ》にもわかってもらえなくていい。

俺《おれ》の信念や情熱を。

……でも、気持ちいいんだろうな。

理解し合える奴《やつ》らと、ああやって大きな声で話し合えたら……いやいや、何を甘《あま》えたことを。

俺《おれ》はキラプリさえあればいい。

「いやぁ清盛《きよもり》はほんと會田《かいだ》さん好きだなぁ」

「違《ちが》う！　ゆみりんと呼べ！　あぁああ、あのふんわり包みこむような優《やさ》しい笑顔《えがお》……！　博《はか》多《た》に舞《ま》い降《お》りた天使……！　ゆみりん王国へ連れてって……！」

ん？　なんか今……聞き覚えのある名前が……。

「おい、さっきからデケェ声でうるせーんだよ」

「ひっ」

雑誌から顔を上げると、教室のリア充《じゅう》のひとりがアフロに絡《から》んでいた。

アフロ達《たち》は目をそらして無視を決《き》めこんでいる。まぁそりゃそうだよ。名前は知らないけど、なんかあいつ いつもうぜぇもん。

「……なんだこれ？」

「ああっ！　それは某《それがし》の！　触《さわ》るな！」

……いいんだ、俺《おれ》には関係ない。雑誌に視線を戻す。

しかし、彼《かれ》らに再び視線を向けてしまう。

アフロが両手で懸命《けんめい》に抱《だ》いていた下敷《したじ》きを、リア充《じゅう》は無理やり取り上げた。

教室にいた生徒達《たち》が彼《かれ》らから素早《すばや》く視線をそらした。

「へぇーけっこう可愛《かわい》いじゃんこの人……でもさぁ、よくアイドルなんかに夢中になれるなぁ。いくら金を貢《みつ》いだところでこの人と付き合えるわけでもないんだぞ？　なにが楽しいの？」

「……おまえは……なにもわかってない」

「は？　なんか言った？　……って、あー手が滑《すべ》ったー」

リア充《じゅう》はヘラヘラと笑いながら、下敷《したじ》きを教室の窓から投げ捨てた。

「な、なんてことを……！」

「あーすっきりしたー」

アフロが絶句する。

俺《おれ》の腹の中に、ふっと小さな火が点《とも》った。

おい、いくらなんでもやりすぎだろ、それは……！

「あれ、どうしたの？　命より大切なものなんだろ？　取りにいかないの？　……ああ、でも、運動音痴《おんち》の君らにはちょっと無理かー」

アフロ達《たち》はなすすべなくうつむいている。リア充《じゅう》が楽しそうに笑った。

「……っ」

俺《おれ》は席を立って、アフロとリア充《じゅう》の間を横切りベランダに出た。

「あ？　なにやってんだよ黒崎《くろさき》」

ちっ、柄《がら》にもないことしてるな、ほんと。

隣《となり》の校舎の壁《かべ》まで、たぶん二メートルくらい。

下を見ると、二階だからけっこう高い。

落ちたらケガではすまないな……まあいいか、俺《おれ》がケガしても悲しむ奴《やつ》なんていねーしな。

「よっ……と」

腰《こし》のバネをきかせて跳躍《ちょうやく》、隣接《りんせつ》する校舎のトイレの庇《ひさし》を足場にして、両手で窓枠《まどわく》を摑《つか》んで雨樋《あまどい》に接近、手を伸《の》ばして、下敷《したじ》きを懐《ふところ》に入れる。窓枠《まどわく》を足場にして教室のベランダ目掛《めが》けて一気に跳躍《ちょうやく》、手すりを摑《つか》んで身体《からだ》を持ち上げ、再び教室に戻《もど》った。

「ほらよ」

下敷《したじ》きをアフロに手渡《てわた》した。久々にいい足腰《あしこし》の運動になったな。

「……あ、ありがとう」

アフロはおずおずと、小さな声でつぶやいた。

……べつに、このリア充《じゅう》に腹が立ったから勝手にやっただけだ。

「すげー大切なモノなんだ……本当にありがとう、黒崎《くろさき》……」

しかし、下敷《したじ》きを大切そうに胸に抱《だ》いてうつむくアフロの声を聞いて、俺《おれ》の心の中に、不思議な、こそばゆい、あたたかいものが宿った。

「おい、なにやってんだよ黒崎《くろさき》。せっかくアフロのダセー姿動画サイトにアップしようと思ったのに」

しかし、スマホを片手にヘラヘラ笑うリア充《じゅう》によりもたらされた大きな感情の波が、胸の中のあたたかさをさらっていった。

……いいかげんにしろよ。

「ダセーんだよ」

「ああ？　なんて？　聞こえないんだけど？」

もう止まらなかった。

「お前のやってることのほうが、よっぽどダセーって言ったんだよ」

「は？　つーかおまえだっていつも教室で女性誌読んでんじゃねーか。マジキモいんだよ」

ちっ、うるせーなこいつ。ちゃんと周囲を憚《はばか》ってブックカバー掛《か》けてんじゃねーか。

「他人の趣味《しゅみ》に口出ししてんじゃねーよ、校則違反《いはん》スレスレ茶髪野郎《ちゃぱつやろう》」

「……調子のんなよ」

リア充《じゅう》はこれみよがしに指の骨をパキパキ鳴らして俺《おれ》に近づいてくる。こいつ、俺《おれ》を殴《なぐ》る気満々らしい。上等だ。

「ちょ、ちょっとなにやってるの翔吾《しょうご》!?」

「……夏希《なつき》」

教室の騒《さわ》ぎを聞きつけたのか、剣道場《けんどうじょう》に行ったはずの夏希《なつき》が俺《おれ》とリア充《じゅう》の間に割って入ってきた。

……そんな目で、見るなよ。

胸がきゅっとする。心配そうな表情を浮《う》かべる夏希《なつき》を見て、急にいたたまれなくなった。

「なんだよ、逃《に》げんのかよ黒崎《くろさき》」

うるせーな……ああそうだよ、逃《に》げるんだよ。これ以上誰《だれ》とも関わらないで済む場所にな。

俺《おれ》は踵《きびす》を返《かえ》して、教室を出た。

「待ってよ、翔吾《しょうご》！」

昼休みの喧騒《けんそう》に包まれる廊下《ろうか》を黙々《もくもく》と歩く。談笑《だんしょう》する女子生徒達《たち》、肩《かた》を叩《たた》いて笑い合う男子生徒達《たち》。それらが視界に映るたびに、胸の奥で冷たいものが滲《にじ》んでいく。なるべく視界に入れないように下を向いて歩く。男子トイレの手前の階段を上りきり、突《つ》き当《あ》たりの扉《とびら》を開ける。

「……寒」

屋上へやってきた。いつもはカップルに人気のスポットだが、こんな真冬に屋上に上がってくる奇特《きとく》な奴《やつ》などいない。遠くの海岸から吹《ふ》き付《つ》ける風が激しく俺《おれ》の髪《かみ》をなぶる。ごろんと寝《ね》転《ころ》がる。曇天《どんてん》を見上げる。

「……はぁ」

教室、戻《もど》りづれぇな……。

「……リズム練習でもするか」

ポケットからイヤホンタイプのメトロノームを取り出したそのとき、扉《とびら》がギィ、と重い音を立てて開いた。

ペタペタと素足《すあし》でこちらに歩いてくる気配《けはい》が地面を伝ってくる。

おそらく夏希《なつき》だろう。

「……寒いね、ここ」

「……おう」

俺《おれ》は寝返《ねがえ》りを打って夏希《なつき》の足元を見て、

「おい、おまえ袴《はかま》じゃん。しかも裸足《はだし》で。足冷えるって、風邪《かぜ》引くぞ」

「あっ……あたしの、心配はいいからさ」

夏希《なつき》はか細い声で、

「……さっき、なにがあったの？」

「……」

教室で俺《おれ》とリア充《じゅう》が睨《にら》み合《あ》っているところしか見ていないから、どういう経緯《けいい》でああなったのか知りたいのだろう。

「……まぁ」

できれば、言葉で説明して、俺《おれ》の行動の理由や、気持ちを夏希《なつき》に伝えるべきだ。でも、アフロのことが頭をよぎり、口がうまく開かない。あいつからすれば、あのときどんなことがあったかなんて、他人からベラベラ喋《しゃべ》られるのはイヤだろう。

「……なんでもねーよ。気にすんな」

「……なんでもなくないよ」

夏希《なつき》はうつむいて、口ごもってしまった。

なんでこいつはこんなに優《やさ》しいんだろう。俺《おれ》をいつも気にかけて。

たぶん、夏希《なつき》はこういうふうに、誰《だれ》に対しても分《わ》け隔《へだ》てなくその優《やさ》しさを向けることができるから、友達が多いんだろうな。

「……翔吾《しょうご》、ホントはあんなことするやつじゃないのに……喧嘩《けんか》なんてしないで、もっと、仲良くしようよ……キラプリばっかりじゃなくてさ……」

『キラプリばっかり』、か。

夏希《なつき》みたいになれない自分と、自分の気持ちをうまく言葉にできないもどかしさと、先程《さきほど》リア充《じゅう》と一触即発《いっしょくそくはつ》になりかけた感情が尾《お》を引いてしまったのだろう、余計な言葉が口をついて出てしまった。

「夏希《なつき》、おまえもなんだな」

「え……？」

夏希《なつき》がきょとんとする。短い髪《かみ》が風になびいている。俺《おれ》は寝転《ねころ》んだまま曇《くも》り空《ぞら》を見上げて、

「どんなものであれ、なにかに一生懸命《いっしょうけんめい》になるのって、そんなにわるいことじゃないだろ。それを馬鹿《ばか》にする奴《やつ》のほうが、ダセーと思わないか」

べつにあのアフロ達《たち》に肩入《かたい》れするわけじゃない。

でも、なにが違《ちが》うんだろう。

野球で甲子園《こうしえん》を目指すことと、吹奏楽《すいそうがく》のコンクールで金賞を目指すことと、ゲームで日本一を狙《ねら》うことと、大好きなアイドルに夢中になることと。

ベクトルの違《ちが》いはあれど、それらの情熱は決して否定されるべきものじゃないはずだ。

「……べつに、そういうつもりで言ったわけじゃ……」

夏希《なつき》は、紺色《こんいろ》の袴《はかま》のヒダをぎゅっとにぎり、うつむいてしまった。

こんなこと言いたいんじゃないのに。いい言葉がでてこない。

「……俺《おれ》のことはいいから、昼練《ひるれん》、行ってこいよ。再来週、大切な試合なんだろ？　ここにいたら、本当に風邪《かぜ》引くぞ」

「……」

夏希《なつき》は俺《おれ》に背を向けると、うつむいたまま歩き、ギィと扉《とびら》を開け、屋上の階段を下っていった。

「……ああもう」

頭をばりばりとかく。

べつに、夏希《なつき》にあんなこと言うつもりなかったのに。

……俺《おれ》だって、教室であんなことしたかったわけじゃない。

クラスメイトといがみあいたいなんてこれっぽっちも思ってないのに。

俺《おれ》は胸の中でもやもやしたものをかき消すべく、右耳にイヤホンタイプのメトロノームをねじこんだ。

＊＊＊

「おっ⁉　ポップが新しくなってる！」

放課後、わくわくらんどに着いた俺《おれ》は、リニューアルされたキラプリのポップ台を見た瞬《しゅん》間《かん》、体中の血が沸《わ》き立《た》った。

「へぇー、『キラプリ ふれんず♪』かぁ……！　どんな新機能が実装されたんだろう」

わくわくするぜ……！

しかも、

「今日《きょう》はいない！」

千鶴《ちづる》の姿がないことに、さらにテンションが上がる。

「やっぱり誰《だれ》にも邪魔《じゃま》されずにやるキラプリは最高だぜ！」

筐体《きょうたい》に百円玉を投入し、〈みゆ〉に着せるコーデを選んでいると、学校で起こった出来事が頭からきれいに流れ落ちていく。ライブスタートとともに至福の時が訪《おとず》れる。やっぱこれだよ！　生きてる実感が湧《わ》いてくるぜ……！

「さーて、お楽しみのカード排出《はいしゅつ》だ」

新バージョンのカードどうなってんだろ……？

カード排出口《はいしゅつこう》に手を伸《の》ばすと、

「翔《しょう》ちゃん♪」

「うおっ……！」

突然《とつぜん》、耳元に甘《あま》い吐息《といき》が吹《ふ》きかけられる。慌《あわ》てて振《ふ》り返《かえ》ると、

「ひさしぶりぃー♪」

このわくわくらんどで見慣れた女性がゆるゆるの笑顔《えがお》でひらひらと手を振《ふ》っていた。手を振《ふ》るのに合わせて、綺麗《きれい》な髪《かみ》の先が揺《ゆ》れている。

「二日ぶりの翔《しょう》ちゃんだぁー♪　あったか～い♪」

「……！　か、會田《かいだ》さんっ、ちょっとくっつきすぎ……！」

背中に……！　おっきな二つの物が……！　当たっているッ……！

難しい漢字を想起して雑念を振《ふ》り払《はら》う……臥《が》薪嘗胆《しんしょうたん》、魑魅魍魎《ちみもうりょう》、廃藩置県《はいはんちけん》、覇《は》王翔吼拳《おうしょうこうけん》……。

會田《かいだ》さんはわくわくらんどのたった一人《ひとり》の従業員だ。客もほとんどいないし、店は手狭《てぜま》なので、たまに店を空けてもなんとかなっている。まぁバックヤードに店長とかいるんだろうな。

……てか、これ以上くっつかれたままだと本格的にやばい……！

俺《おれ》は會田《かいだ》さんの腕《うで》からそっと脱出《だつしゆつ》し、

「ていうか會田《かいだ》さん……ほんとにそんなのでアイドルなんですか……？」

「あーまた疑ってるー」

そう言って、會田《かいだ》さんは「ほらぁ」と受付カウンターに貼《は》っているポスターを指さす。そこにはステージで観客に手を振《ふ》っている、ゆるーい笑顔《えがお》の會田《かいだ》さんが写っている。煽《あお》り文句には『1000年に二人目《ふたりめ》の美少女！』『奇跡《きせき》の十九歳《さい》！』『ゆるふわ天使のお姉《ねえ》さん♪』などと書かれている。にわかには信じ難《がた》いが、會田《かいだ》さんはわくわくらんどのアルバイトと並行《へいこう》して、博多《はかた》のアイドルグループに所属しているれっきとしたアイドルだ。

「ねえ翔《しょう》ちゃんもたまにはわたしのライブおいでよぉ」

アルバイト先があまりに地味なところだから、會田《かいだ》さんがここで働いていることをファンも知らないようで、ファンがこの店を訪《おとず》れているのを見たことがない。

「前にも言いましたけど……俺《おれ》は現実のアイドルには興味ないんですよ」

「えぇーアイドルゲームやってるのにー」

會田《かいだ》さんは口をとがらせる。

このあたりの微妙《びみょう》な感覚はわかる人にはわかるかもしれないが、アイドルゲームが好きだからといって現実のアイドルも好きだというわけではない。本当の『可愛《かわい》い』はキラプリにあると思っているからな。

　といっても、たしかに會田《かいだ》さんの顔やスタイルはとてつもなく良《い》い。こんな綺麗《きれい》な女性がステージ上で歌い踊《おど》っていれば、ファンが熱狂《ねっきょう》する理由もわからなくもない。それにしてもこのゆるふわっぷりが――田舎《いなか》のおおらかさを体現したようなこの雰囲気《ふんいき》が受けているのか……。同じクラスのアフロもこの笑顔《えがお》がいいって言ってたしなぁ……。

「さーて、わたしもゲームやろーっと。よっこいしょういち、と」

　美人が台無しなひとりごとを言いながら、會田《かいだ》さんはキラプリの隣《となり》に設置された年季の入ったジャンケンゲームの椅子《いす》に腰《こし》を下ろす。自然な動作でメダルを投入した。『じゃーん、けーん』という機械の音声が流れる。

　店を完全に私物化している會田《かいだ》さんに当初はビビったが、もう慣《な》れた。

「やっぱり翔《しょう》ちゃんって、将来はキラプリ屋さんになろうと思ってるの？」

「なんですかそのお店……」

　會田《かいだ》さんが『パー』のボタンを押《お》すと、筐体《きょうたい》が『ぽん！』と言い、点画の粗《あら》いＬＥＤで『パー』を表示した。『あーい、こーで』と再び音声が流れる。

「まあ……そうなれば最高なんですけどねぇ」

　格ゲーを生業《なりわい》としている人は存在しても、さすがに女児向けゲームのプロなんていない。もっと大衆受けする娯楽《ごらく》になれば話は違《ちが》ってくるんだろうけど。あーあ、キラプリだけやって生活できないかなぁ。

「てか、會田《かいだ》さんがいない間、大変だったんですよ……」

「んー？　お店でなにかあったの？」

俺《おれ》はここ二日間の悪夢を思い出しながら、

「女子小学生に防犯ブザー鳴らされて……あやうく警備員に捕《つか》まってスーパーを出禁になるところでした……」

「あらら、それは大変だぁ。ごめんね、お店にいてあげられなくて」

隣《となり》から『あーい、こーで』という掛《か》け声《ごえ》が聞こえる。なんかあいこ多いな。故障してんじゃないの？

「でもね、だいじょうぶだよ」

會田《かいだ》さんはにこにこと笑い、指に力がまったく入っていないゆるゆるなピースサインを俺《おれ》に向けてきた。なんだか會田《かいだ》さんといるとあたりがゆるふわ空間になる。

「もしこのスーパーが翔《しょう》ちゃんのこと出禁にしても、わくわくらんどだけはそんなことしないよ。搬入口《はんにゅうぐち》からこっそりお店に入れてあげるね」

「會田《かいだ》さん……！」

天使……！　あふれる母性……！　會田《かいだ》さんの発言が嬉《うれ》しくて思わず目を潤《うる》ませていると、

「だって、ゲームにたくさんお金使ってくれる上客だもーん」

「ですよねー」

さすが大人《おとな》。ゆるふわに見えてけっこうしっかりしてらっしゃる。おおらかさだけじゃなく、田舎《いなか》の持つ抜《ぬ》け目《め》のなさをも体現する高クオリティな田舎《いなか》アイドルだ。

「それにしても……」

俺《おれ》は客がほとんどいない店内を見回す。

スーパーに併設《へいせつ》されたゲームコーナーというのは、得体《えたい》の知れない客がごくまれに紛《まぎ》れこんでくる。一日中コインゲームをしているおばあちゃんだったり、ずっとうつむいてクレーンゲームをしているスーツ姿の男だったり。居場所が見つけられない、そんな彼《かれ》らの受け皿を提供しているのが、會田《かいだ》さんなのだ。會田《かいだ》さんにとって、俺《おれ》もその「居場所が見つけられない」者のひとりなのかもしれない。

「しょうぶっ！」

隣《となり》の筐体《きょうたい》が『ズコー！』と声を出す。會田《かいだ》さんは「むぅぅ」とうなるとジャンケンゲームの筐体《きょうたい》に再びメダルを投入して、俺《おれ》の顔を横からまじまじと見つめる。

「な、なんですか」

美人なので、そんなに見つめられると正直緊張《きんちょう》する。

「なーんか今日《きょう》の翔《しょう》ちゃんさー、いつもと雰囲気《ふんいき》違《ちが》うよねえ。普段《ふだん》はもっと無邪気《むじゃき》な顔でキラプリやってるのに、今日《きょう》はなんだか焦《あせ》ってるよー？」

う、ゆるふわなのになかなか鋭《するど》いな……そういえば昨日夏希《きのうなつき》にも様子がおかしいって言
てたっけ……。

「ほらほらー、なにがあったか話してごらん？」

優《やさ》しく包《つつ》みこむような瞳《ひとみ》で俺《おれ》の目を覗《のぞ》きこんでくる。くっ、母性に飲まれる……！　……

まあいいか、會田《かいだ》さんには打ち明けることにしよう。

「実は……ある者に〈みゆ〉のハイスコアが破られまして」

無論、〈ちづる〉のことだ。

會田《かいだ》さんは大げさに口に手をあて、

「うっそ、たいへん！　翔《しょう》ちゃんから市内ナンバーワンキラプリプレイヤーって肩書《かたが》き取った
ら、あとにはなにも残らないよぉ」

「いや、そんなことはないでしょ、なんか残るでしょ」

……やばい、なんも残んないな。

會田《かいだ》さんは「なるほどねー」とものすごく嬉《うれ》しそうにうんうんうなずき、

「でもさ、燃えるでしょ？」

「はい？」

會田《かいだ》さんが『パー』を出す。筐体《きょうたい》も『パー』を出した。てかこの人パー出しすぎだろ。勝
つ気あんのか。

「これまでたった一人《ひとり》のトップランカーだったけど、ついに宿命のライバル登場じゃーん！　熱い展開だよぉ♪」

「いや、あれはライバルとかじゃないっす……」

「んー？　ライバルじゃなかったらなんなの？」

俺《おれ》は筐体《きょうたい》のコントロールパネルを見つめながらちょっと考えて、

「……あいつはただ、俺《おれ》の『可愛《かわい》い』の庭に突如《とつじょ》降ってきたクソみたいな岩で、邪魔《じゃま》だからどかしたいだけなんです」

「ふーん。そうなんだぁー……。そっかそっかぁー」

會田《かいだ》さんはなにやら嬉《うれ》しそうにニコニコしながら、大きく膨《ふく》らんでいるワイシャツの胸ポケットからパラソルチョコを取り出した。

「會田《かいだ》さん、それ、そこのクレーンゲームの中に入ってたやつですよね、なに食ってんすか」

「あーうんいいのー。どうせそうそう取れないんだからー♪」

出た！　わくわくらんどのクレーンゲームの鬼畜《きちく》設定の生みの親！

「……會田《かいだ》さん、ここのクレーンゲームのアーム設定って、やたら厳しいですよね……？　ひょっとして、景品のお菓子《かし》を自分で食べるためじゃ……」

「ちがうよぉー翔《しょう》ちゃん。ああいうのはね、『取れそうで取れない～っ』ってくらいがいち
ん興奮するんだからぁ。『見えそうで見えない～っ』っていう女の子のぱんつと同じだよぉ

「いや、そのたとえはよくわかんないですけど……」

會田《かいだ》さんは顔中をとろけさせて「しあわせ～♪」とお菓子《かし》を頬張《ほおば》る……それにしても、會田《かいだ》さんはよくゲームの景品用のお菓子《かし》をモフモフ食べているので、いつも甘《あま》い匂《にお》いがする。とりわけチョコが好きらしく、その甘《あま》い匂《にお》いに当初は辟易《へきえき》したが、慣れてしまった今はなんとなく落ち着くから不思議だ。お菓子《かし》の匂《にお》いは、正しく會田《かいだ》さんの匂《にお》いだ。

「でもさ翔《しょう》ちゃん、そんなにキラプリ上手《じょうず》なのに、シーモールのちゃんとしたリズムゲームはやらないの？　きっとゲームセンターのヒーローになれるよ？」

シーモールとは、市内にある一番大きなデパートだ。そこに市内最大級のゲームセンターがある。が、なぜかそこにはキラプリが設置されていない。俺《おれ》だったら十台置くな。

「俺《おれ》は他のリズムゲームには興味が無いんです」

〈みゆ〉に少しでも可愛《かわい》くなってもらうために必要な技術だから必然的にリズム要素が上手《うま》くなっただけのことだ。

となりから『ズコー！』という音声が流れる。會田《かいだ》さんは腕《うで》を組んで「うーん」とうなり、

「わかんないなー。そんなに女の子向けのゲームがいいの？」

「……やっぱ変、ですかね」

誰《だれ》にもこの気持ちをわかってもらおうとは思わない。けど、わりと変わり者の會田《かいだ》さんの目から見ても、やはり俺《おれ》はいびつに映るのだろうか。

「んー、いいと思うよ」

會田《かいだ》さんは天井《てんじよう》に吊《つ》るされた蛍光灯《けいこうとう》を眺《なが》め、本当にそう思っているような顔で言った。

「なんにも好きなものがない男の子よりは、翔《しよう》ちゃんみたいに、なにかに夢中になってるひとのほうがお姉《ねえ》さん好きだよ？」

「……會田《かいだ》さん」

會田《かいだ》さんは唇《くちびる》の両端《りようはし》に愛嬌《あいきよう》のあるえくぼをつくって笑った。俺含《おれふく》めて童貞《どうてい》をまとめて千人くらいぶっ殺せる笑顔《えがお》だ。伊達《だて》に『1000年に二人目《ふたりめ》の美少女』ではない。

「おや、うわさをすれば、ライバルさんの登場かな」

「え？」

俺《おれ》があやうく會田《かいだ》さんのファンになりかけていると、會田《かいだ》さんが後ろを振《ふ》り向《む》いた。俺《おれ》もつられて振《ふ》り返《かえ》る。

「……」

俺《おれ》の真後ろに、ものすごくイライラした顔の千鶴《ちづる》がつっ立っていた。

——うわぁ、出やがった……。

俺《おれ》の気持ちとは裏腹に、ジャンケンゲームが『やったね！』とテンションの高い声を上げた。てか、後ろにいるならなんか喋《しやべ》れよ……席立つのに……。

「わぁーかわいいー!!」

會田《かいだ》さんは瞳《ひとみ》を爛々《らんらん》と輝《かがや》かせてジャンケンゲームの椅子《いす》から腰《こし》を上げ、

「ランドセル背負ってるー！　本物のｊｓだー♪」

「う……っ⁉」

千鶴《ちづる》に抱《だ》きついて小さな体をぺたぺた触《さわ》りまくる。

まぁ、たぶんこうなるだろなとは思っていたけど……ほんと可愛《かわい》い女の子に目がないな……

まさか、近隣《きんりん》に住む幼女を呼《よ》び込むためにキラプリ設置してんじゃないだろうな……。

「あ、あのっ……」

「ほっぺたやわらか～い♪　ちっちゃいおててもぷにぷにしててきもちいい～♪　肌《はだ》も白くて髪《かみ》も綺麗《きれい》♪　あ～んもうっ、お人形さんみたーい♪　ぎゅってさせて～♪」

「ひぅっ……」

もてあそばれてんなぁ。でも俺《おれ》も、最初はあんな感じでいじられまくったっけ……若い客が珍《めずら》しいからついついかまってしまいたくなるのかもしれないな。

會田《かいだ》さんは硬直《こうちょく》する千鶴《ちづる》に抱《だ》きついたまま頬《ほお》ずりして、

「黒い制服もおとなっぽくて似合うね～。あ、ひょっとしてぱんつも黒なの？」

「ち、ちがいますっ」

「どれどれ～♪」

「や、やめっ、スカートめくらなっ……きゃっ⁉　へ、へんなとこ、さわらないでっ……！」

……とりあえず、目くらいそらしとくか……。

會田《かいだ》さんが千鶴《ちづる》の発育途上《とじょう》の体を堪能《たんのう》していると『ピンポーン』と受付カウンターの呼び出し音が鳴った。

「あらいけない、お客さんがお呼びだー。じゃあねお嬢《じょう》ちゃん、ゆっくり遊んでってね♪　翔《しょう》ちゃんも、けんかしないで、ちゃーんと仲良く遊ぶんだよー♪」

會田《かいだ》さんはニコニコしながら俺《おれ》の肩《かた》をぽむぽむと叩《たた》く。なぜか知らんがめっちゃ嬉《うれ》しそうだ。

そんなに千鶴《ちづる》の幼い体がお気に召《め》したのだろうか……。

會田《かいだ》さんは嬉《うれ》しそうな顔のまま、受付カウンターの方へ走っていった。

千鶴《ちづる》は遠のく會田《かいだ》さんの後ろ姿におびえた視線を向けながら、

「……あの人なに者？」

「すごいだろ、ここの店員さんだ」

「景品のお菓子《かし》食べてたみたいけど……」

「そこは触《ふ》れるな」

「……それはともかく」

千鶴《ちづる》は不機嫌《ふきげん》な顔になって腕《うで》を組み、

「なんで今日《きょう》もいるの？」

あいかわらず高圧的な物言いだな。

「言ったろ、ここは俺《おれ》の庭《ホーム》だ」

「勝手に決めないで。2位のくせに」

「うるせー、てか、なんだおまえ今日《きょう》は遅《おそ》かったじゃないか」

「掃除《そうじ》当番だったのよ」

「へぇ、ごくろうだったな。せっかくだから先生に頼《たの》んで一生掃除《そうじ》当番させてもらえよ」

千鶴《ちづる》は防犯ブザーを取り出した！

「あ、あのさ！　今日《きょう》は大切な日だからそういうのはナシにしようぜ！」

「……それもそうね」

千鶴《ちづる》は防犯ブザーをしまった。

そう、今日《きょう》はこいつとつまらない言い合いをしてる場合ではない。

なんといっても、ついに、今日《きょう》は、待ちに待ったキラプリ新イベント開催《かいさい》初日なのだ！

一ヶ月に一度の周期で開催《かいさい》される、数日間限定のイベント。期間中はそのイベントでしか手に入らないアイテムをゲットすることができる。高ランカーがもっとも燃える数日間となるのだ。

「公式ツイッターの情報では、今回のイベントはこれまでにない趣向《しゅこう》を凝《こ》らしてるそうだぞ」

「アニメも先週新展開に突入《とつにゅう》したし、ストーリーに連動している内容でしょうね」

ポップも一新され、筐体名《きょうたいめい》も『キラプリ』から『キラプリ ふれんず♪』に変わっている。

「胸が躍《おど》るぜ……！」

イベントの時限開放は夕方五時。あと三分もすれば、新イベントの情報が公開される。

「ちょ、おまえ割《わ》りこむなよっ」

椅子《いす》に座《すわ》ってイベント開始を待ちわびていると、ランドセルを背負った千鶴《ちづる》が背中を向けて俺《おれ》に体当たりしてきた。生じた椅子《いす》のスペースに千鶴《ちづる》が小さな尻《しり》をねじこんでくる。

「『2位』の肩越《かたご》しに画面を見るなんて御免《ごめん》よ。どいてくれる？」

……こいつ、なんてわがままな奴《やつ》。まあ座《すわ》って待機していた俺《おれ》も人のこと言えないけど。

「……じゃあ、せめてもう一個椅子《いす》持ってこいよ」

「他の筐体《きょうたい》の椅子《いす》を勝手に移動させようっていうの？　あなた、ほんとマナーがなってない」

「席を横取りしようとしてるおまえが言えたことか。つーか、ゲームコーナーの椅子《いす》一つ動かすくらい誰《だれ》も咎《とが》めねーよ。ほら、どけっての」

「私の体に触《ふ》れたら放つ」

「……なに言っても聞かないつもりだな」

席の取り合いは膠着《こうちゃく》状態となり、結果、お互《たが》いの体に触《ふ》れないように、千鶴《ちづる》の学校のプリントを挟《はさ》んで、二人《ふたり》で座《すわ》るはめになった。くそっ、とにかく目の前のことに集中だ。なんといっても月一の楽しみのイベントが今から始まろうとしているのだからな……！

「イベント期間中はアクティブユーザー数も増えるからな。順位を落とされないようにしないと。腕《うで》がなるぜ……！」

「私はこれまですべてのイベント限定コーデを入手している。もはや私にとってイベントはぬるいわ」

千鶴《ちづる》は「ふふん」と鼻を鳴らし、高慢《こうまん》な顔で言い放った。

「私を喜ばせるくらい、しゅげきてきなものだったらいいけれど」

「嚙《か》んでるぞ。『刺激的《しげきてき》な』だろ」

「か、嚙《か》んでないわよ。そういう言葉があるのよ」

千鶴《ちづる》は顔を赤くする。どうやらこいつもイベントを前にして興奮してんだな。そりゃそうだ。なんてったってイベントだもんな。

そして、五時になった瞬間《しゅんかん》、キラプリアニメの主人公のキッコ（好きな教科は図工。算数が苦手）が筐体《きょうたい》の画面に姿を現わした。

『みんなーげんきー？　きょうからみんながまちにまったイベントがはじまるよー♪』

「きたぁああああああああああああああああああああああ！」

「うるさい、静かにして」

『イベントきかんちゅうにつうじょうきょくのライブをすると、こーんなにかっわいーコーデがもらえるよー！』

「わぁぁぁっ……！」

「おまえだって声出てんじゃん」

編み上げのブーツやコートなど、冬らしさを前面に押《お》し出《だ》した可愛《かわい》らしいイベント限定アイテムがキッコの手により次々と紹介《しょうかい》されていく。千鶴《ちづる》はそれらのアイテムが登場するたびに小さな口から感嘆《かんたん》の声を漏《も》らし、瞳《ひとみ》を輝《かがや》かせる。いつもの大人《おとな》っぽい表情はどこかに置き忘れたかのようだ。

『そしてそして～！　イベントげんていライブをクリアしたおともだちには、このコーデをあげちゃうよー！』

画面が雪のちらつく夜空のシーンに切《き》り替《か》わる。月の彼方《かなた》からソリを曳《ひ》くトナカイが姿を現した。ソリにはサンタ服に身を包んだキッコが乗っている。キッコは背負っている大きな袋《ふくろ》からプレゼント箱を取り出し、雪の降りしきる夜の街へパラパラと振《ふ》りまいていく。最後にこちらに投じられた箱が開かれ、出てきたのは、キッコとお揃《そろ》いの、サンタの衣装《いしょう》をモチーフにしたコーデだった。

「おおっ、これは可愛《かわい》い！　ぜひ〈みゆ〉に着せてあげたい。絶対に似合う！」

「私の〈ちづる〉のほうが絶対に似合うわ……！」

「いいや俺《おれ》の〈みゆ〉だね！」

「〈ちづる〉！」

まさに〈みゆ〉のために存在するようなコーデだ。これはなんとしてでも手に入れねば！

『あ、そうそう～♪』

「おお、なんだ⁉」

「キッコが何か続きを……⁉」

『それとね～♪』

「おう！　それと⁉」

「はやく言って！」

このあとに続くキッコのセリフで、俺《おれ》たちは天国から地獄《じごく》の底に叩《たた》き落《お》とされた。

『こんかいのイベントは、これまでにできたおともだちといっしょじゃないとあそべないよ！　おともだちときょうりょくして、げんていコーデをゲットしてね！』

「おとも……だち……と……？」

「きょう、りょく、して……？」

俺《おれ》と千鶴《ちづる》は目が点になったまま、口を揃《そろ》えてつぶやいた。

「「終わった……」」

まじかよ！　なんだよ、このソロプレイ殺しのイベント！

たしかに、筐体《きょうたい》の元ネタになっているアニメは、友達って素晴《すば》らしいというテーマを謳《うた》っている。最新話でも、主人公のキッコと、その宿敵である少女ミラが激しいエアホッケー対決の末ついに和解して、『フレンドチケット』を交換《こうかん》するという熱い展開を見せた。

ちなみに、ゲームのキラプリにもこの『フレンドチケット』は実装されている。毎回のプレイで排出《はいしゅつ》されるアイテムカードに半券として付属し、これを切《き》り離《はな》してプレイヤー同士で交換《こうかん》してゲームでスキャンすれば、交換《こうかん》相手のアイドルが自分のアイドルと一緒《いっしょ》にライブに参加してくれるのだ。

さらにスコアにボーナスポイントまで付与《ふよ》される。

チケットの裏面《うらめん》をはがせばシールになり、これを親友同士でお互《たが》いのマイカードに貼《は》り付《つ》けるのが『最高のともだち』の証《あか》しとして流行している。

といっても、ソロプレイヤーの俺《おれ》にとって、このようなチケットなぞ無用の長物である。

ちなみに、千鶴《ちづる》もこれまで俺《おれ》が見た限りでは、マイカードにシールを貼《は》っていないし、ゲームで他人のフレチケを使用したことがない。誰《だれ》ともチケット交換《こうかん》をしたことがないのだろう。

そりゃそうだ。いくらキラプリ上手《うま》くても、こんな高圧的なやつと誰《だれ》も友達になりたくないもん。

「……協力プレイときたかぁ……」

アニメのテーマと照らし合わせれば、今回のイベントの新システムはまさにキラプリというゲームにふさわしい。でも、アニメはアニメ、現実は現実。友達など不要。アイドルは〈みゆ〉一人《ひとり》で十分だ。

「たしかにキラプリの筐《きょう》体《たい》は三発のボタンが二対、左右にそれぞれ付属してるから、遠からずなにかしらの対人要素をぶっこんでくると思ったが……」

対戦プレイならまだしも、協力プレイか……。

友達がいないと、イベントに参加すらできないとはなかなか手厳しい……。

イベント開催《かいさい》期間は本日二十二日から二十四日までの三日間となる。

それまでに、イベントをクリアしないと限定コーデは手に入らない。

「これはまずいな……」

俺《おれ》が困惑《こんわく》していると、

「……」

千鶴《ちづる》は何か思いついたのか、制服のポケットからおもむろに財布《さいふ》を取り出すと、俺《おれ》に向かって目で「どいて」と合図してきた。

「何か良《い》い案でも浮《う》かんだのか？」

「……」

千鶴《ちづる》は何も答えない。

「……ちっ、いいだろう」

俺《おれ》は千鶴《ちづる》の動向を観察するべく、不承不承《ふしょうぶしょう》に席を立った。

千鶴《ちづる》はランドセルから六法全書のように分厚いカードファイルを取り出し、コントロールパネルの上に開いた。筐体《きょうたい》に百円玉を投入し、マイカードを挿入《そうにゅう》。イベントモードを選択《せんたく》すると、筐体《きょうたい》からキッコの声で『**おともだちのばんだよ！　もうひゃくえんいれてね♪**』とアナウンスしてきた。千鶴《ちづる》は無表情でもう一枚百円玉を投入し、そして、ファイルから一枚のマイカードを取り出し、筐体《きょうたい》にスキャン。

〈ゆい〉という名前のアイドルが出現した。

「なるほど……ダブルプレイか」

まあ、それしかないだろうな。

ダブルプレイとは、リズムゲームなどで見られる、一人《ひとり》で同時に二人分《ふたりぶん》の操作をする方法だ。本来はパフォーマンス要素が強いが、友達なんていないソロプレイヤーからすれば今回のイベントで取れる策はこれしかない。俺《おれ》や千鶴《ちづる》のような高ランカーならばサブで育成しているマイカードの一、二枚は所持している。

「二人分《ふたりぶん》のコーデを選ぶってのはなかなか新鮮《しんせん》だな……」

「うしろでぶつぶつうるさい、放つわよ」

千鶴《ちづる》が二人分《ふたりぶん》のアイドルのコーデを施《ほどこ》し終えると、イベント仕様のライブがスタートした。

通常はアイドル一人《ひとり》だが、二人《ふたり》で一つのユニットを形成している。いつもより画面にアイドルが一人《ひとり》多いだけで、とても華《はな》やかに映っている。

「うむ……これは見てるだけで楽しめるな」

「ええ……たしかに」

画面のきらびやかな光景に思わず二人《ふたり》で頬《ほお》を緩《ゆる》めていたが、すぐに引《ひ》き締《し》まる。画面上には二つのターゲットマークに、二本のノーツの流れが出現している。

「ノーツの処理も二人分《ふたりぶん》か……左右同じ指の動きだから、そこまで難しくなさそうだが……」

「うるさい、気が散る。黙《だま》ってて」

はたして捌《さば》ききれるか。

そう心配した俺《おれ》だったが、

「おお、けっこういけるじゃん」

「ふん……私を誰《だれ》だと思っているのよ……！」

千鶴《ちづる》は初めてのダブルプレイにとまどいつつも、なんとか曲を完走した。しかも、

「おお、出たじゃん、サンタコーデ！」

通常はランダムで出現した三つのアイテムから一つを選択《せんたく》するシステムだが、排出《はいしゅつ》方法もイベント仕様らしく、画面にはリボンに包まれた箱が出現し、その箱からアイテムが一つ出てきた。イベント限定アイテムによくあるように、トップス、ボトムス、シューズ、アクセサリーの各部位がワンセットになったアイテムカードが、協力プレイということで、二枚排出《はいしゅつ》された。

「それにしてもいきなり目玉のサンタコーデ……ふーん、レアリティはR《レア》か」

アイテムカードのレアリティには、『N（ノーマル）』、『R（レア）』、『SR（スーパーレア）』

の三種類がある。排出率《はいしゅつりつ》は『N』が89%、『R』は10%、『SR』は1%だ。

「よし、次は俺《おれ》だ。とっとと席を替われ」

「………」

「なんだ？　何かカードに不具合でもあったか？」

「………なんでもないわよ」

さぞ自慢《じまん》げにカードを見せびらかしてくると思ったが、意外とそんなことはなく、排出《はいしゅつ》されたサンタコーデをなにやら難しい表情でじっと見つめながら、千鶴《ちづる》は席を立った。変な奴《やつ》。

「さあ、俺《おれ》もやるぜ！　ダブルプレイ！」

気合を入れて筐体《きょうたい》に百円玉を投入、〈みゆ〉を出現させ、イベント限定楽曲を選択《せんたく》。百円玉を再投入し、財布《さいふ》からもう一枚サブのマイカードを取り出し、〈しのぶ〉を登場させる。

画面上には〈みゆ〉と〈しのぶ〉がまったく違《ちが》う衣装《いしょう》を着て歌い踊《おど》っている。

「これはすごい、双子《ふたご》みたいだ！」

二人《ふたり》のライブが可愛《かわい》すぎておもわず笑《え》みをこぼしていると、

「気持ち悪い顔になってるわよ」

「気にするな」

そして、ライブが終わり、アイテム排出《はいしゅつ》画面に移行し、

「やったぜ！　俺《おれ》もサンタコーデだ！」

排出《はいしゅつ》されたのは狙《ねら》いのサンタコーデ。しかもR《レア》。おおっ、今日《きょう》はなかなか引きが良《い》いな！

俺《おれ》は意気揚々《いきようよう》と席を立ち、千鶴《ちづる》に席を譲《ゆず》る。しかし、

「おい、なんだよ、浮《う》かない顔だな。そんなに俺《おれ》がR引いたのが気に食わないのか？」

「……そうじゃないわよ」

千鶴《ちづる》の顔はますます険しさを増していく。不思議な奴《やつ》だな。

そして、千鶴《ちづる》のライブが終わると、

「おお、三回連続サンタコーデのRかよ！」

なんと、排出《はいしゅつ》されたのはまたしてもRのサンタコーデ。

「すごいな今日《きょう》は。どうかしてるぜ」

しかし、千鶴《ちづる》は排出《はいしゅつ》されたカードを眺《なが》めて一言、

「ぬるい」

「は……？」

千鶴《ちづる》は訝《いぶか》しげに小さな顎《あご》に手を当て、

「おかしいわ。こんなに目玉のカードが排出《はいしゅつ》されるわけがない」

「……まあたしかに、目玉カードがこうも容易《たやす》く手に入ると不安になる気持ちもわかるけどよ」

とくに俺達《おれたち》のようなキラプリ廃人《はいじん》にとって、正直刺激《しげき》が足りない。

もっと、目を血走らせて、残り少なくなっていく所持金に絶望しつつ、苦労の果てに欲《ほ》しか

ったアイテムを手に入れるのがイベントってもんだろう……。

「まあでも、良《い》いことには変わりないだろ。キラプリはあくまでゲーム慣れしていない小さい女の子がメインユーザーだ。今日《きょう》からだれでも簡単に限定アイテムが手に入る仕様に変更《へんこう》したんじゃねーの？」

むしろ良《い》い改変だと思うけどな。

「そういうことじゃない……この異常な排出率《はいしゅつりつ》……『あのとき』と酷似《こくじ》してる」

「あのとき？」

「キラキラアイドルフェスタよ」

キラキラアイドルフェスタ。それは記念すべきキラプリ稼働《かどう》第一回のイベントである。

「えっ？　おまえ最初のイベントからキラプリやってんの⁉　羨《うらや》ましいなぁ！」

「まあね……でも、いまはそんなことはどうでもいいの。それより……このイベント……」

千鶴《ちづる》は手に持ったカードを鋭《するど》い目つきでにらみ、

「きっと、『隠《かく》し要素』がある」

「……隠《かく》し要素？」

千鶴《ちづる》はこく、とうなずき、神妙《しんみよう》な声音《こわね》で呟《つぶや》いた。

「……最上級レアリティであるＳＲのさらに上を行く……シークレット・スーパー・レア……『ＳＳＲ』が用意されている可能性が高いわ」

「ＳＳＲ……っ⁉」

千鶴《ちづる》の言葉に、俺《おれ》の心臓がドクンと跳《は》ねる。

ＳＳＲ。

それは、キラプリ廃人達《はいじんたち》が狂喜乱舞《きょうきらんぶ》する言葉。語《かた》り継《つ》がれる伝説。

九ヶ月前に稼《か》動《どう》スタートしたキラプリの、最初のイベントで実装された限定アイテム【なないろウェディングドレス】。稼《か》働《どう》初期でプレイヤー人口が少なかったことと、入手条件である達成スコアのあまりの高さと排出率《はいしゅつりつ》の低さで、手に入れた者がほとんどいないとされる、幻《まぼろし》のＳＳＲだ。

キラプリ公式ホームページでもこの存在はいまだ明示されていない。

噂《うわさ》では、ステータスのあまりの高さにゲームバランスが壊《こわ》れる恐《おそ》れがあるから、運営が密《ひそ》かに闇《やみ》に葬《ほうむ》ったのだといわれている。俺《おれ》はその当時まだキラプリに触《ふ》れてなかったので、ネット掲示板《けいじばん》でその画像を目にしたことが数回あるだけだ。

「ＳＳＲか……といっても、あんなの本当に持ってる奴《やつ》いるのか？」

「いるわ。だって私持ってるから」

「は？」

千鶴《ちづる》は桜色のデッキケースから、一枚のカードを取り出して、俺《おれ》の顔の前に差し出した。

そのカードを見て、目が点になった。

「……え、ええ!?　はぁ!?　お、おまえSSR持ってんのかよ!?」

目の前の現実に、思考が追いつかない。

カードの左隅《ひだりすみ》に表示されたレアリティには、金色に輝《かがや》く『SSR』と表記されている。

高ランカーの俺《おれ》ならわかる。この印刷の丁寧《ていねい》さ、断じて贋作《がんさく》ではない。公式が作った、本物のキラプリカードだ。

「驚《おどろ》きすぎ。みっともないわね」

俺《おれ》は罵倒《ばとう》なんかよりも光《ひか》り輝《かがや》くカードのほうが気になり、手をわなわなさせ、

「な、なあ、ちょっと触《さわ》らせてくれよ……！」

「い、嫌《いや》に決まってるじゃない……」

「じゃあ、せめて携帯で写真撮《と》らせてくれ！」

「そ、そんないきなり顔近づけないでっ」

「真横からでいいから！」

「やだっ！　鼻息かかってる！」

おっといかん……カードのあまりの過激さについ取り乱してしまった。

俺《おれ》はごほんと咳払《せきばら》いして、

「それにしても、すごいな……。いや、心から驚《おどろ》いた。まさか本当に持ってる奴《やつ》がいたとはな」

「ふん……私を誰《だれ》だと思ってるのよ」

千鶴《ちづる》は少し慌てた感じで、乱れた制服の襟元《えりもと》を正す。

実物を初めて目にしたが、ホログラム加工が通常のそれと違《ちが》って異様に凝《こ》っている。……ていうかこいつ、なにさりげない顔でSSR出してんだよ。驚《おどろ》きすぎて天に召《め》されるかと思った。

「言ったでしょ。私はこれまで開催《かいさい》されたすべてのイベント限定アイテムを所持してるって」

「……おそろしい奴《やつ》だな」

ともかく、これでキラプリにはSSRがあることは判明した。ならば、千鶴《ちづる》が推察するように、最初のイベント同様、今回のイベントにもSSRが実装されているのだろうか。

筐体《きょうたい》のバージョンアップ、クリスマスという現実に即《そく》した大型イベント、アニメ新展開突《とつ》入《にゅう》、そして協力プレイというまったく新しいシステムの導入。

排出率《はいしゅつりつ》の類似性《るいじせい》と、これでもかと詰《つ》めこまれた盛り上がり要素を鑑《かんが》みれば、テンションの上がった運営がこっそりと隠《かく》し要素――SSRを、イベントに忍《しの》ばせていてもおかしくはない。

「ちょっと探《さぐ》ってみるか……」

俺《おれ》はスマホを取り出し、ツイッターで検索《けんさく》をかける。廃人達《はいじんたち》が今回のイベントについてあれこれと意見交換《こうかん》しているはずだ。

「えっ？　ちょ、ちょっと待て、なんだこれ!?」

画面をスクロールしていくと、とあるツイートが目に留まった。

二枚の画像がアップロードされている。その画像は、ライブ中の画面をスマホで撮影《さつえい》したものらしく、そこにはRとは絵柄《えがら》がまったく違う《ちが》——神々《こうごう》しく——そして信じがたいほどに可愛《かわい》いサンタコーデをまとったアイドルが写っていた。

さらにもう一枚の画像は、アイテムカードの写真。カードにはそのサンタコーデを着用したアイドルとアイドルランクが表示されている。アイドル名は黒く塗《ぬ》り潰《つぶ》されているが、ランクはなんと『きゅうきょくアイドル』の一つ下の『れじぇんどアイドル』。全国順位2~20位の誰《だれ》かだ。

そして、そのアイドルが着用している未知のサンタコーデのレアリティはスーパーレアを表す『SR』ではなく——『SSR』と表記されている。

「おい、おまえ、ちょっとこれ見てみろよ……！」

俺《おれ》は思わず千鶴《ちづる》にスマホの画像を見せる。椅子《いす》に座《すわ》って同じようにスマホをいじっていた千《ち》鶴《づる》は、眼光を鋭《するど》くして振《ふ》り返《かえ》り、俺《おれ》のスマホの画像を覗《のぞ》きこむ。額と額がくっつきそうになる。

「ち、近ぇよ」

ちょっとどきっとした。俺《おれ》はすぐにスマホに視線を戻《もど》す。

「……これは」

千鶴《ちづる》の幼い瞳《ひとみ》がはっと大きく見開かれる。

「……いたずら目的のコラ画像にしては出来が良すぎる……なにより仕事が早すぎるわ」

「……だよな。それに見ろ、このコーデ、他のレアリティに比べて可愛《かわい》さの貫禄《かんろく》が違《ちが》う」

決定的なのは、この『SSR』のサンタコーデが印刷されたカード、RやSRとはあきらかにホログラム加工が違《ちが》う。千鶴《ちづる》の持っているSSRの【なないろウェディングドレス】同様、もはや芸術作品だ。

千鶴《ちづる》は小さな腕《うで》を組み、

「……公式のアイテムカードね」

「……いや、すごい、本当に可愛《かわい》いな、このコーデ……！」

これを〈みゆ〉に着せたら、どれほど可愛《かわい》くなるのだろう。ゾクゾクする。想像しただけで昇天《しょうてん》しそうだ……！

「これはなんとしてでも、どんな手段を使ってでも手に入れねば……！」

「当然ね……！」

しかし、問題は、このSSRサンタコーデの入手条件だ。

アップされているのは画像のみで、入手条件などの記載《きさい》は一切《いっさい》ない。

「なあ、おまえキラキラアイドルフェスタのときって、どうやってSSRゲットしたんだ？」

「……イベントランキングで8位になったときに排出《はいしゅつ》されたわ」

「まじか……8位て……すげぇなおまえ……」

基本的に、キラプリは高難易度で高スコアを出せば、高レアリティのアイテムが出現する。

「……考えてもしかたねぇ。とりあえず『HARD』でやってみっか！　さあ、そろそろ席を替われ」

「……しかたないわね」

俺《おれ》は千鶴《ちづる》と席を替わると、筐体《きょうたい》に百円玉を投入、〈みゆ〉と〈しのぶ〉を登場させ、公式最高難度の『HARD』を選択《せんたく》する。

「う、うお、さすがにハードのダブルプレイは難しいな……！」

一人《ひとり》でプレイしているとも知らずに、大量のノーツの群れが無慈悲《むじひ》に〈みゆ〉と〈しのぶ〉に襲《おそ》いかかってくる。

「ぷっ。なにその低いスコア。あなたの算数のテストの点数かしら」

「うるせーよ」

やっぱ、無理があったか。ミスタッチの許容量を超《こ》え、曲を完走することができなかった。

ゲームオーバーになる直前に表示されたスコアはボロボロだった。

「……やっぱ、高ランカーと協力プレイしないと、SSRは手に入らないんじゃないか……？」

さすがに『HARD』のダブルプレイは無理がある。

「……」

俺《おれ》のプレイを目の当たりにした千鶴《ちづる》も、どうやら俺《おれ》と同様の結論に行き着いているらしく、筐体《きょうたい》の前に座《すわ》ったまま、思案顔でうつむいている。難易度選択《せんたく》画面で指が止まったままだ。

「なにか手はないものか……」

そして、俺《おれ》は、ある案が浮《う》かんだ。

が、すぐにそれを捨てた。

それをするくらいなら死んだほうがマシだ。

「ぐぬぬっ……」

「おい、おまえ……」

俺《おれ》が悩《なや》んでいると、千鶴《ちづる》は『HARD』を選択《せんたく》し、両手は1P側、右のひざの内側を2P側に添《そ》えた。

俺《おれ》も足を使うしかないか、と一瞬《いっしゅん》考えたが、さすがにそれはどうだろうと思ってなんとか踏《ふ》みとどまったのに。こいつやる気だ。

千鶴《ちづる》はライブが始まると、両手で左側の1Pボタン、ひざを器用に動かしながら右側の2Pボタンを押《お》していく。2P側は最低限ゲームオーバーにならないプレイで乗り切る作戦だろう。とはいえ、ひざの使用はルール的にぎりぎりのラインだな……。

「お、おい、ちょっとそれは……」

千鶴《ちづる》はプレイに集中してまったく気づいていないのか——後ろで待機している俺《おれ》からは、千《ち》鶴《づる》のスカートが小さな腰《こし》のあたりまでめくれて、まっ白なふとももが露《あら》わになっている。ほっそりして、熱い指で触《ふ》れればバニラアイスのように溶《と》けてしまいそうな無垢《むく》な白さに思わず瞳《ひとみ》が吸《す》いこまれそうに——いかんいかんっ！

俺《おれ》は慌《あわ》てて目をそらす。會田《かいだ》さんじゃないんだし、なに小学生のあられもない姿をじっと見てんだ。

つーかこいつ、このままのペースでいけば本当にクリアしちゃうんじゃ……。

「んんっ……！」

そして、奮闘《ふんとう》のかいあってか、千鶴《ちづる》は体力ゲージを1割ほど残して、なんとか楽曲を完走した。

「す、すげぇ……ハードでダブルプレイ、まじでクリアしやがった……！」

「はぁ……はぁ……っ、わ、私が本気を出せば、こ、こんなもの、楽勝よ……っ！」

イベントモードではスコアがリアルタイムで集計され、自分が全国で何位だったのかすぐに表示される。千鶴《ちづる》の叩《たた》き出したスコアは全国で73位だった。すげぇ。イベント開始直後とはいえ、二人《ふたり》で稼《かせ》ぎ出《だ》さねばならないスコアを、一人《ひとり》で処理してこの順位。悔《くや》しいが、こいつの実力は本物だ……！

「さあ、出るか、SSR……！」

排出《はいしゅつ》アイテム出現の演出に移行する。リボンにくるまれたプレゼントボックスの上蓋《うわぶた》がゆっくりと開いていく。中からはまばゆい光が漏《も》れ出す。SSRの排出《はいしゅつ》の期待感が高まる。そして、

「おっ……!?　おぉぉ……」

排出《はいしゅつ》されたのは、SRのサンタコーデだった。

「……」

微妙《びみょう》な顔を浮《う》かべる千鶴《ちづる》。ステータスとホログラム加工の違《ちが》いはあれど、カードの絵柄《えがら》はNからSRまで変わらない。まあ嬉《うれ》しいっちゃ嬉《うれ》しいだろう。けど、俺《おれ》たちは既《すで》にその可愛《かわい》さを遥《はる》かに凌《しの》ぐ、全く異なる可愛《かわい》いものがあることを知ってしまっているのだ。

ただ、これで光明は見えた。

セオリーどおり、高難易度のライブを高スコアでクリアすれば、高レアリティのカードが排《はい》出《しゅつ》された。

つまり、SSRを狙《ねら》うならば、『HARD』でバカ高いスコアを出せばいい。

といっても、『HARD』のダブルプレイで、コンスタントに高スコアを出すのは困難だ。

「なにか情報は出てないか……」

さらなる攻略《こうりゃく》方法を模索《もさく》するべく、スマホからキラプリ掲示板《けいじばん》に飛ぶ。ユーザーからはイベント内容をめぐって阿鼻叫喚《あびきょうかん》になっている。とくに孤独《こどく》なキラプリおじさん達《たち》の反応は悲《ひ》惨《さん》だ。さきほど二枚の画像がツイッターにアップされたことにより、SSRが密《ひそ》かに実装されていることを知ったのはいいものの、あまりの攻略《こうりゃく》難易度の高さに、入手を諦《あきら》める意見も目立つ。

だが、俺《おれ》は諦《あきら》めない。信じれば夢は叶《かな》う。アニメのキラプリで俺《おれ》はそれを学んだのだ……！

「おっ、これは……」

そして、摑《つか》んだ。

公式ツイッターの新イベントに関する追加アナウンスだ。

先週頭に公開スタートした劇場版キラプリ。その来場者特典のアイテムカードに付属している『フレンドチケット』を筐体《きょうたい》に読みこませると、アニメのキャラクターが出現し、擬似的《ぎじてき》に協力プレイが可能、とある。

「なるほど、やっぱりソロプレイヤー救済案をきちんと出してきたか！」

これで『ＨＡＲＤ』で２Ｐ側を自動操縦にすれば、難なく高スコアが得られる。キラプリ廃人《はいじん》は社会人が多い。搾《しぼ》り取《と》れるところから搾《しぼ》り取《と》ろうというわけだ。ほらな、諦《あきら》めなければ夢は叶《かな》うのだ、お金で！

「よっしゃ、さっそく観《み》に行くぜ！」

明日《あした》は祝日、学校は休みだ。すでに公開開始日に映画を観《み》に行って特典をゲットしてたが、一昨日《おととい》わくわくらんどから脱出《だっしゅつ》した際に床《ゆか》にばらまいて紛失《ふんしつ》している。しかし、もう一度映画を観《み》て特典を貰《もら》い直せばいい。いいのだ、面白《おもしろ》い映画は何度観《み》ても面白《おもしろ》い。弾《はじ》け飛べ俺《おれ》のバイト代！

「ねえ、２位」

俺《おれ》がはしゃいでいると、千鶴《ちづる》が俺《おれ》の顔を見上げてきた。

「なんだよ」

てかいつのまにか２位って名前みたいになってるな。

「最寄《もよ》りの上映館を調べたのだけど、この小倉《こくら》って場所にいけばいいのかしら。県が違《ちが》うみたいだけど」

千鶴《ちづる》が地図アプリを開いたスマホを俺《おれ》の顔にズイと突《つ》きつける。近ぇよ。

「……ああ、小倉《こくら》は北九州《きたきゅうしゅう》だ。ここから電車で四駅先だ」

市内にも一応映画館はあるが、規模が小さく、上映する映画も種類が限られている。劇場版キラプリを鑑賞《かんしょう》するには、海を渡《わた》って、北九州一《きたきゅうしゅういち》の繁華街《はんかがい》である小倉《こくら》に行かなければならない。

「小倉《こくら》……」

千鶴《ちづる》はスマホに目を落としたまま不安げな表情でうつむいた。

「どうしたよ、おまえほどのプレイヤーなら劇場特典持ってんじゃねーの？　これでSSRサンタコーデが手に入るかもしれねーんだ。テンション上がるだろ」

千鶴《ちづる》はさんざんためらったあと、

「もってない」

「え？」

幼い顔を悔《くや》しそうに歪《ゆが》め、

「特典、もってない。まだ、映画、みてない」

「え、まじで？　キラプリ廃人《はいじん》のおまえが？」

　そういえば、最近ここに引《ひ》っ越《こ》してきたとか言ってたっけな。忙《いそが》しくて映画を観《み》に行くヒマがなかったのだろう。

「……まあ、おまえも観《み》にいけばいいんじゃねーの。小学校も明日《あした》休みだろ。面白《おもしろ》かったぞ、映画」

　とくに、主人公のキッコが序盤《じょばん》で敵幹部のアジトに潜《もぐ》りこむために左官に変装するくだりなんて最高だ。アジトの壊《こわ》れた壁《かべ》を中塗《なかぬ》りゴテで修繕《しゅうぜん》するシーンなんてすっげーぬるぬる動いていたぞ。どんだけ作画に力入れてんだ。

「つ」

「え？」

　千鶴《ちづる》に目を向けると、小さな肩《かた》をかすかに震《ふる》わせながら、

「……つれてって」

「は？」

　声が小さすぎて聞きとれないんだけど……。

「……えいが……つれて、いって」

「なんだよ？　もっと大きな声でしゃべれよ」

　千鶴《ちづる》は顔を真《ま》っ赤《か》に染め、

「わたしをっ……えいがかんにっ……」

「……映画館に？」

「……っ！」

千鶴《ちづる》は俺《おれ》につかみかかるようにして、叫《さけ》んだ。

「つれていけっ！」

「うぉ……!?」

な、なに言い出したんだ、こいつ……？

耳の先まで真《ま》っ赤《か》にして、ぷるぷると震《ふる》える千鶴《ちづる》を注意深く観察していると、

「だ、だって……小倉《こくら》の街って、こわいひとがいっぱいいるんでしょ……？」

「……あぁ、そういうことか」

ようやくわかった。

小倉《こくら》の街は、めちゃくちゃ治安が悪いのだ。

ネットでもよく『修羅《しゅら》の国』として博多《はかた》がフィーチャーされているが、本当に世紀末してるのは小倉《こくら》を含《ふく》む北九州《きたきゅうしゅう》市だ。大地は荒《あ》れ果《は》て、素行不良の若者達《たち》の巣窟《そうくつ》となっている。

千鶴《ちづる》も編入時に、担任の先生に、この町から海を隔《へだ》ててすぐ隣《となり》の小倉《こくら》の危険性を十分に説かれたのだろう。

「こ、小倉《こくら》の人と目が合うと、ケンカになるんでしょ……？」

「まあ……そういうことはよくあるな」

「と、トゲ付き肩《かた》パッドをつけたひとたちがバイクに乗って道路を走ってるんでしょ……？」

「うーん……そういうやつもたまにはいるな」

「ぜ、全員戦闘《せんとう》民族で怒《おこ》ると地球を割っちゃうんでしょ……？」

「さすがにそれはねーよ！」

こいつ、学校の先生にどんな教え方されたんだよ。さすがにそこまでひどくねーよ。

「……ううう」

千鶴《ちづる》はうつむいて、ハムスターの赤ちゃんみたいに弱々しく震《ふる》えている。

「……普通《ふつう》に、親に連れてってもらえば？」

「…………パパもママも忙《いそが》しい」

「そ、そうか……」

まあ、家庭の事情もそれぞれあるしな……。なんかまずいこと聞いちまったかな……。

「……っ」

千鶴《ちづる》は、死ぬほど悔《くや》しそうに唇《くちびる》をかみしめて俺《おれ》をにらみつけてきた。

「いや、こええよ……」

なんか喋《しゃべ》れよ……。

しだいに、千鶴《ちづる》の大きな瞳《ひとみ》がじわりと潤《うる》んできた。

「……う」

「お、おい！　おまえ、待て待て！」

「うううううう……！」

猫《ねこ》のうなり声のような音を引き結んだ唇《くちびる》から漏《も》らし始める。

「あーっ、翔《しょう》ちゃんなにしてるのー？」

會田《かいだ》さんが搬入口《はんにゅうぐち》からとたとたと駆《か》け寄《よ》ってきた。やべっ。

「あっ、千鶴《ちづる》ちゃん泣いてる！　どうしたの千鶴《ちづる》ちゃん？　翔《しょう》ちゃんにおっぱいさわられたの？」

「そんなことしませんよ！　會田《かいだ》さんじゃないんだから」

「うううううううう……！」

「…………友達と観《み》に行けよ」

「うううううううううううううう……！」

千鶴《ちづる》はうなり声をやめない。

……まあ、引《ひ》っ越《こ》してきたばかりだしな。それに小5にもなれば女児向けアニメを観《み》に行く同級生を見つけるのも大変だろう。最近の小学生はただでさえませてるし。むしろ千鶴《ちづる》がちょっと珍《めずら》しいくらいだ。てかそもそも学校でもこんな無愛想な態度取ってたらどっちにしろまともに友達できてなさそうだな。

「翔《しょう》ちゃんっ。ほんとはなにがあったの？」

「……キラプリの映画観《み》たいから、小倉《こくら》に連れてけって言うんですよ」

「えー？　それくらい連れてってあげなよぉー！　千鶴《ちづる》ちゃんかわいそうだよー」

「い……いやですよ」

　こんなもんかわいそうなことあるか。そもそも、親戚《しんせき》の子でもないのに、出会ったばかりの女子小学生と一緒《いっしょ》に映画を観《み》に行くなんて普通《ふつう》に考えておかしいだろ。ありえねぇって。

　千鶴《ちづる》はしばらくうーうーうなっていたが、

「……もういい、ひとりでいく」

　決意を固めたのか、小さな声でつぶやいた。

「えーだめだめ千鶴《ちづる》ちゃーん」

　會田《かいだ》さんがすぐさま心配そうに千鶴《ちづる》の両肩《りょうかた》に手を置き、

「小学生が小倉《こくら》に一人《ひとり》でいったら絶対あぶないってー。ましてや可愛《かわい》い女の子だよ？　おっかない兄《にい》ちゃんたちに絶対さらわれちゃうよー」

「そ、そんな物騒《ぶっそう》なことそうそうありませんって」

　と思うが、ありえなくもない。そう思わせるくらい、あの街はやばい。正直俺《おれ》も千鶴《ちづる》と同じ歳《とし》の頃《ころ》は、一人《ひとり》で行くのはかなり勇気が要《い》った。

　會田《かいだ》さんは俺《おれ》をじっとりした目でにらみ、

「翔《しょう》ちゃんがそんな冷たい男の子だとは思わなかったー。わたし女の子泣かす人きらいだなー」

「そ、そうですか……」

會田《かいだ》さんにそう言われたら少々応えるな。だが、俺《おれ》は敵に塩を送るような真似《まね》はしない。SSRサンタコーデは俺《おれ》だけが手に入れればいいのだ。ふはは。

「あ、そうだ！」

會田《かいだ》さんはポンと手を打った。

「映画館に千鶴《ちづる》ちゃん連れてかないと、翔《しょう》ちゃんのこと出禁にするね♪」

「はっ⁉」

なんで⁉ どんなことがあっても俺《おれ》のこと出禁にしないってさっき言ったじゃん！ あの笑顔《えがお》はなんだったの⁉

「どうするのー？ どうするのー？ キラプリできなくなっちゃうよー？ ジャンケンゲームもできなくなっちゃうよー？」

「いや、ジャンケンゲームはべつにいいです……」

ていうかあんなのやってるの會田《かいだ》さんくらいしかいないし……。

「ふふーん。どうするの～？」

會田《かいだ》さんが楽しそうに俺《おれ》に詰《つ》め寄《よ》る。俺《おれ》は千鶴《ちづる》の顔を見下ろす。

千鶴《ちづる》は恨《うら》めしそうに、じっと俺《おれ》の顔を見上げている。

くっそ、まじかよ……！

なんでこいつと……いや、でも出禁だけはマジで洒落《しゃれ》にならん……！

俺《おれ》はしばらく考えた末――頭をくしゃくしゃとかいた。

「…………わかりましたよ」

「わーいやったー！」

會田《かいだ》さんは両手をあげて大喜びした。

……さすがに出禁は勘弁《かんべん》だからな。気分屋の會田《かいだ》さんならホントにやりかねない。キラプリができなくなる。そうなったら俺《おれ》はストレスで死んでしまう他ない。

「デート♪　デート♪　しっぽり、しっぽり♪」

會田《かいだ》さんは大はしゃぎで囃《はや》し立《た》て、

「よかったねー千鶴《ちづる》ちゃん！　翔《しょう》ちゃん映画に連れてってくれるってー♪」

千鶴《ちづる》の小さな両手を握《にぎ》って上下にブンブンと振《ふ》る。されるがままの千鶴《ちづる》は、俺《おれ》を上目づかいでじっとにらみ続けている。

……はぁ……なんでこうなんだよ……。

アイカラー:ブラウン
ヘアスタイル:アカデミックロング
ヘアカラー:ミッドナイトブラウンブルー
※気合いを入れてプレイをするとき限定。普段はダークブラウン
スキンカラー:せいそ
めがね:なし

みゆのコーデ

【トップス】
パーティーパーカー【R】
ブランド:ギヤ・ブルーズ
タイプ:クール

【ボトムス】
ガルデンチェックショートパンツ【N】
ブランド:ファンデリア
タイプ:クール

【シューズ】
リボンブラックタイツ【N】
ブランド:ディストラクションベイビー
タイプ:クール

【アクセサリー1】
シークレットブラックハット【N】
ブランド:ディストラクションベイビー
タイプ:クール

【アクセサリー2】
よいやみカジュアルベルト【N】
ブランド:C.B.jim
タイプ:クール

コーデボーナス
アイテムタイプ
『クール統一』
発動

♥ みゆ ♥ ♥

アイドルレベル **89**
全国ハイスコアランキング **52位**
ランク **きらめきアイドル**

翔吾のメインアバター。現実世界の女の子も着れそうなカジュアルさをコンセプトに、コーデはあえて上位レアリティを採用していない。低ステータスを補うため、アイテムレベルを最大まであげているほか、タイプ統一によるボーナスを稼いでいる。

第四章

「遅《お》せぇぇぇぇぇぇぇぇぇ！」

翌日。

俺《おれ》はマルワの入り口の横に設置されたベンチに座《すわ》って、千鶴《ちづる》の到着《とうちゃく》を待っている。

「くっ、なんで俺《おれ》があいつなんかと……」

背を丸めて冷えきった体を缶《かん》コーヒーで温めながら、硬そうな雲が流れる空を仰《あお》ぐ。

なぜあんなむかつく女子小学生と休日の行動を共にしなきゃなんねーんだよ……。

「……てか、あいつ本当に来んのかよ……？」

腕時計《うでどけい》を確認《かくにん》する。午前十時十二分。待ち合わせ時間から、もう十分以上過ぎてる。

遠くの海岸から吹《ふ》く冷たい風が頬《ほお》をはげしくなぶる。

「……ひとりで行くか……」

さすがにあほくさくなってきた。冷えきった缶《かん》コーヒーを一気に飲み干し、ゴミ箱に捨て、ベンチから腰《こし》を上げると、

「おそい」

「うおっ！」

振《ふ》り返《かえ》ると、千鶴《ちづる》が突《つ》っ立《た》っていた。

「な、なんだおまえ、いたのかよ」

びっくりして、まじまじと千鶴《ちづる》に見入る。

いつもの制服姿とは違い、高級感のあるシックな黒を基調としたドレスに身を包んでいる。あどけなさを強く残す首周りは精緻《せいち》な刺繍《ししゅう》が施《ほどこ》された純白のレースで華《はな》やかに彩《いろど》られ、華奢《きゃしゃ》な脚部《きゃくぶ》を包みこむ黒タイツには可愛《かわい》らしいチェック柄《がら》が入っている。

い、いいコーデじゃん……。

初めてこいつの私服を目にしたが、なかなかわるくない――いやむしろ、大人《おとな》びた雰囲気と幼さが奇跡的に同居した千鶴《ちづる》本来の個性を存分に引き立てた、見事なコーデだ。まさにお人形のような、見ているとなんだか庇護欲《ひごよく》を強烈に刺激《しげき》される幼い可愛《かわい》さに溢《あふ》れている。

「遅《おそ》すぎるんだけど」

千鶴《ちづる》は小さな腕《うで》を組んで、仏頂面《ぶっちょうづら》でそう言った。

「お、遅《おそ》い、って、なにが」

おっといかん。なに小学生に見とれてんだ。千鶴《ちづる》の声で我に返ると、

「ずっと、駐輪場《ちゅうりんじょう》で待ってた」

「え？」

百科事典のように巨大《きょだい》なカードファイルを入れているであろうリュックサックを背負い、愛

用の品なのか、いつもマイカードを入れている桜色のデッキケースを腰《こし》に引《ひ》っ掛《か》けている千鶴《ちづる》をしばらく見つめて、

「ああ、第二駐輪場《ちゆうりんじよう》のほうか？」

マルワの駐輪場《ちゆうりんじよう》には第一と第二がある。店内の入り口前だしスペースも広いのでみんな第一を使う。千鶴《ちづる》はおそらく店の裏手にある第二の方で俺《おれ》を待ってたんだろう。あそこにはベンチもないので、おそらくずっと立ちっぱなしで。

「あなたの勝手なルールなんて知らない。なぜ事前にきちんと場所を指定しないの？」

「そんなこと言ったってな……」

よく見ると、千鶴《ちづる》はずっと寒風に晒《さら》されていたせいか、ただでさえ肌《はだ》が白いのに、顔の血が引いて雪のように真っ白になっていた。いつもの薔薇色《ばらいろ》の唇《くちびる》は寒々しい紫色《むらさきいろ》だ。黒いタイツに包まれた小さなひざこぞうがかすかに震《ふる》えている。待ちくたびれて、駐輪場《ちゆうりんじよう》が二箇所《かしよ》あることを遅《おそ》まきながら知り、こちらに俺《おれ》を探しにやってきたんだろう。

どれくらい待ってたんだろう。この寒い中……。

まあ、ちょっと説明不足だったか……。

俺《おれ》はため息をつき、

「……ほら、これ」

「？」

俺《おれ》がポケットから取り出した、小さく折りたたんだメモ紙を受け取ると、千鶴《ちづる》は怪訝《けげん》そうに小さな指で広げる。そして、眉《まゆ》をピクリと動かした。

紙には、俺《おれ》のスマホの電話番号が記載《きさい》されている。

「なぜあなたの連絡先《れんらくさき》を書いた紙を渡《わた》されなくてはいけないの？」

千鶴《ちづる》は俺《おれ》の行動の意味を汲《く》み取《と》りかねているのか、眉間《みけん》に皺《しわ》を寄せる。

説明するのめんどくせぇな……つってもこのまま不審《ふしん》がられるのもむかつくし……。

俺《おれ》は頭をかいて、

「小倉《こくら》で、もしまたこんなことがあったら困るだろ。念のためだ。はぐれたり、何か緊急事《きんきゅうじ》態が起きたら、連絡《れんらく》してこい」

せっかく映画を楽しもうとしてるのに、千鶴《ちづる》が迷子《まいご》になったり、不測の事態に陥《おちい》ったときに面倒《めんどう》くさいことにならないようにするため、今朝《けさ》用意してきたのだ。誠《まこと》に遺憾《いかん》だけどな。

千鶴《ちづる》は腕《うで》を組んだまま、じっと俺《おれ》の顔を見つめてしばらく考《かんが》えこんだあと、

「……わかった」

どうやら納得《なっとく》したらしい。仏頂面《ぶっちょうづら》のまま、スカートのポケットにもぞもぞと紙を押《お》しこんだ。

「さ、ここにいても寒いだけだし、とっとと行こうぜ。駅はここから十分もあれば着く。おまえも自転車取ってこい」

俺《おれ》は自転車に歩み寄り、鍵《かぎ》を開ける。

「なにぼーっとしてんだよ。おまえも自転車で来たんだろ、早く取ってこいよ」

店の裏手にある駐輪場《ちゅうりんじょう》を親指で指し示す。自転車にまたがり、突《つ》っ立《た》ったまま動かない千《ち》鶴《づる》を眺《なが》めていると、

「徒歩で来た」

「いや、徒歩で来た、じゃねーよ。自転車で集合って昨日別《きのうわか》れ際《ぎわ》に言ったじゃん」

引《ひ》っ越《こ》ししたてでわくわくらんど以外のこの周辺の地理がよくわからない千《ち》鶴《づる》は、案の定最《も》寄《よ》りの駅の場所もわからなかった。そのため、わざわざ駅よりも遠いマルワ集合にしたのだ。

「私が乗れるわけないじゃない、自転車。そんなこともわからないの？」

「えええ〜〜〜……」

なんでこいついちいちこんな偉《えら》そうなの？　貴族なの？　てか自転車乗れないなら昨日《きのう》の時点で言えよ。

「……まあいいや、乗れよ、うしろ」

徒歩だとここから駅まで三十分以上かかる。不服だが、この寒い中二人《ふたり》でちんたら歩くよりマシだ。ていうか徒歩では電車に間に合わない。

むむ、と千《ち》鶴《づる》は顔をしかめる。

「……違《い》反《はん》、二人乗《ふたりの》りは」

「しょうがねーだろ、歩いてたら時間無くなっちゃうぞ。早く映画観《み》たいのなら、早く乗れ」

「……」

するとは、千鶴《ちづる》はためらったあと、俺《おれ》の自転車の荷台におずおずと近寄り、小さなお尻《しり》を乗せてすました顔でお嬢様座《じょうさまずわ》りをした。荷台の端《はし》をつかみ、無言で俺《おれ》と距離《きょり》を取る。いちいち挙動がむかつくな。

「さて、出発だ」

俺《おれ》は自転車のペダルを踏《ふ》みこむ。ガタン、と車輪が回る。思ったよりもあぶないと感じたのか、千鶴《ちづる》は荷台の端《はし》から手を離《はな》し、俺《おれ》の服の裾《すそ》を両手でつかんだ。

駐輪場《ちゆうりんじよう》を出て、両側に田んぼと畑が延々と続く県道を走る。

七年前にマルワができたことですっかり客を吸われたこのあたりの個人商店は年《とし》の瀬《せ》なのにもかかわらず死んだようにひっそりとしている。俺《おれ》が生まれたときからある洋菓子《ようがし》店の店先には、あと二日後に迫《せま》ったクリスマスの飾《かざ》り付《つ》けがさびしげに揺《ゆ》れていた。

「そんなに危ないの、小倉《こくら》って」

枯《か》れ木が立ち並ぶ、車がほとんど通らない道沿いをひたすらペダルを漕《こ》いでいると、俺《おれ》の耳に千鶴《ちづる》の声が届いた。風になびく千鶴《ちづる》の長い髪《かみ》の先がちらちらと視界の隅《すみ》に映る。

「ああ？　まーなぁ。とりあえず小学生が一人《ひとり》で行くようなところじゃないな。行けばすぐにわかる。あ、でもゲーセンにキラプリが二台もあるぞ、二台も」

「そう」

関心無さげにつぶやく千鶴《ちづる》。おいおいちょっと待て、もっと驚《おどろ》け。この点だけでもこの田舎《いなか》と違《ちが》って、今から行く街がどれほど都会かわかるだろうに。

「……まあ、つってもおまえが前いたような場所とは比べものにならないくらいしょぼいだろうけどな」

俺《おれ》はふと、千鶴《ちづる》が以前住んでいたであろう大都会を思《おも》い浮《う》かべる。ゲーセンにキラプリが四台も設置されている、活気に満《み》ち溢《あふ》れた街。羨《うらや》ましい限りだ。たった一台のキラプリの筐体《きょうたい》を偶然《ぐうぜん》出会った他人と取り合いになるようなこともないんだろうな。

「やっぱここよりも都会のほうが楽しいか？」

白い息を吐《は》きながらなんとなく尋《たず》ねる。

「……べつに。変わらないわ」

千鶴《ちづる》の小さな声がかすかに背中に返ってくる。

「それに」

「それに？」

しばらく押《お》し黙《だま》ったあと、千鶴《ちづる》は口を開いた。

「どこにいるかよりも、誰《だれ》といるかのほうが大切よ」

「……お、おう」

なんだか意味ありげなこと言うな、こいつ。あまり普通《ふつう》の小学生らしくないな……。

「……もうそろそろ駅に着くぞって、あれ？」

ペダルを漕《こ》いでいるうちに見えてきた駅前には、女子高生らしき私服の集団がたむろしていた。

その中に、死ぬほど見慣れた顔があった。

「しょ、翔吾《しょうご》っ？」

「うぇ、夏希《なつき》？」

駅前の小さな石碑《せきひ》の前で自転車を急停止させる。駅前にいたのは、幼なじみの夏希《なつき》だった。

昨日《きのう》の昼休みの屋上での出来事が脳裏《のうり》に蘇《よみがえ》る。

……なんか、屋上で喧嘩《けんか》別《わか》れっぽくなったんだよなぁ……。

俺《おれ》が変なこと言ってしまったせいで……。

そういえば昨晩は珍《めずら》しく夏希《なつき》は納屋《なや》に顔を出さなかった……。

しかし、このまま無視して通り過ぎるわけにもいかないので、

「……なんだ、おまえも小倉《こくら》行くのか？」

俺《おれ》が頬《ほお》をかきながら声をかけると、

「ち、ちがうよ、小倉《こくら》じゃないよ。シーモールだし……今日《きょう》、カラオケ半額なんだ」

「そ、そうか……おまえ、カラオケ好きだもんな……」

「う、うん……」

「……」

「……」

き、気まずい……。

俺《おれ》は意味もなく自転車のカゴの縁《ふち》に視線を逃《に》がす。

夏希《なつき》も視線を下ろし、左手の竹刀《しない》ダコをいじっている。

どうしたもんかな……。

「ん……？」

顔を上げてチラリと俺《おれ》を見た夏希《なつき》は、一瞬《いっしゅん》うろんな目つきになり「んんん～？」と眉根《まゆね》を寄せながら俺《おれ》の右側に回りこむ。どうしたんだこいつ。

そして、夏希《なつき》の顔がみるみる青ざめていく。

「だ、だれ、後ろに乗っけてるの」

やばい！

夏希《なつき》に出会った衝撃《しょうげき》ですっかり失念してた。

俺《おれ》は今、自転車の荷台にお嬢様座《じょうさまずわ》りしている千鶴《ちづる》を乗っけてんだった……。

「こ、この子、一昨日《おととい》わくわくらんどにいた女児だ……！」

夏希《なつき》は千鶴《ちづる》を指さして、アワアワと取り乱し、

「つ、ついに、翔吾《しょうご》が、ゲームと現実の区別がつかなくなって、本物に手を出しちゃった……！」

「ち、違《ちが》う！　そうじゃないんだ！　……ちょっと！　そこの女子たち⁉　なに内緒話《ないしょばなし》してんの⁉」

夏希《なつき》の友達の女子三人が俺《おれ》と距離《きょり》を取り、輪になってひそひそと耳打ちしあっている。やめろ！　田舎《いなか》の無駄《むだ》に強固なネットワークによりよからぬ噂《うわさ》が一瞬《いっしゅん》にして地元を駆《か》け巡《めぐ》るじゃないか！

俺《おれ》はすぐさま夏希《なつき》に、

「じ、実はこいつ、俺《おれ》の友達の妹なんだよ、妹！　三人で小倉《こくら》行く予定で、そいつ遅《おく》れるから俺《おれ》とこいつだけで先に現地に行くことになってさ！　いやーほんと困ったよーははは！」

「翔吾《しょうご》友達いないじゃん」

「……」

夏希《なつき》はげんなりしながら、

「ホントやめなよ……このご時世しゃれんなんないから………とりあえず、翔吾《しょうご》が幼女誘《ゆう》拐《かい》しちゃったって今からいすずさんに電話するね……」

「俺《おれ》のお袋《ふくろ》を下の名で呼ぶな、恥《は》ずかしいだろなんか……てか、やめろ、やめてくれ、そのスマホをしまうんだ！」

「いすずさん出るかなー……？　まあ出なかったら警察に電話しよ……」

「ばっ⁉　おい、やめろ！」

俺《おれ》は振《ふ》り返《かえ》って荷台に乗っている千鶴《ちづる》をひじでつつき、

「おい、おまえもボサッとしてないでなんか言えよ！　このままじゃ映画どころじゃなくなるぞ⁉」

「…………」

千鶴《ちづる》は、なぜかめちゃくちゃ緊張《きんちょう》していた。

小さな体をこわばらせ、口を真一文字に引き結んだまま、うんともすんともいわない。

「ちょっ、おまえ、ＳＳＲ欲《ほ》しいんだろっ⁉　一緒《いっしょ》に小倉《こくら》行けなくなるぞっ⁉」

「う……」

「だったら夏希《なつき》への誤解を解いてくれ！」

「……ほ」

そうしてようやくかすれる声で、

「ほ、ほんとうです……わ、わたしがこの人を誘《さそ》って、小倉《こくら》に行きたいと言い、ました……」

「おいおいなんか言わされてる感がすげぇんだけど」

言ってることはすべて真実なのに。誘拐《ゆうかい》の嫌疑《けんぎ》が晴れるどころか、むしろガチっぽさが増したよ。

周囲の女子達《たち》もますます引いている。

とくにあのおさげ髪《がみ》にしてる女子なんて半泣きだ……たしか同じクラスの……名前なんだっ

け……いや今はそれどころではない！

「なぁ夏希《なつき》、考え直せ。俺《おれ》とおまえの仲だろっ……？」

「……う～ん……」

夏希《なつき》はあごに手を当て探偵《たんてい》のような目つきで、うつむいている千鶴《ちづる》の表情を注意深く観察する。

「まぁ……この子もおとなしく自転車の後ろに乗ってるし……嫌《いや》がってないみたいだし……」

夏希《なつき》は「うん」とうなずき、

「まあ翔吾《しょうご》にも、どうしようもない事情があるんだよね」

夏希《なつき》は俺《おれ》の肩《かた》にぽんと手を乗せてきた。

「そういうことにしといてあげる」

「お、おう。まあ、そうだな」

言い方がちょっと怪《あや》しいけど。しかし、多くを語らずとも理解しあえる。やっぱり幼なじみって素敵《すてき》だ。今日《きょう》の夏希《なつき》はなんだか天使に見える。

「じゃあ、このこと、いすずさんに黙《だま》っててあげるから、ちょっとだけお金貸して？」

「え」

「だって翔吾《しょうご》、港の荷下ろしのバイトで稼《かせ》いでるじゃん！　ちょっとくらい幼なじみに貸してよ♪」

そ、そうきたか……！

　夏希《なつき》の目は『これ以上こじらせるのは得策じゃないよね♪』――と言っている。……ああ、俺《おれ》も同意だよ。言葉にせずとも通じあえるから幼なじみって素敵《すてき》だ。俺《おれ》は悶《もだ》え苦しみながら財《さい》布《ふ》から二千円を取り出した。

　夏希《なつき》は「んん～？」と言い、

「翔吾《しょうご》、最近の女子高生が四人いたら二千円じゃ足りないよ！　あと二千円、プラス！」

「……おまえ」

　まさに外道《げどう》！　俺《おれ》は半泣きになりながら大切な四千円を夏希《なつき》に手渡《てわた》した。

「ほらよ」

「ありがと、しょーご♪」

　夏希《なつき》は再び天使のような笑《え》みを俺《おれ》に投げかけると友達の輪に戻《もど》り「カラオケいこー！」とはしゃぎながら、駅の改札を抜《ぬ》けてホームへと消えていった。

「くっ……とんでもない奴《やつ》に会ってしまった……」

　俺《おれ》は涙《なみだ》をこらえながら千鶴《ちづる》の乗った自転車をカラカラ押《お》して駐輪場《ちゅうりんじょう》に向かう。自転車を止めると、千鶴《ちづる》は荷台からすとんと降りた。傷物にされた乙女《おとめ》の気持ちで自転車の鍵《かぎ》を閉めていると、

「……あの人、幼なじみだったのね……」

夏希《なつき》が消えていった駅舎を眺《なが》めながら千鶴《ちづる》が呟《つぶや》いた。俺《おれ》はうんざりとした気持ちで鍵《かぎ》をポケットにしまいながら、

「ああ、そうだよ。幼なじみと思いたくねーけどな。そういやおまえ一昨日《おととい》わくわくらんどであいつと会ったんだったな」

わくわくらんどで夏希《なつき》に首根っこを引っ張られて退店したときのことを思い出す。あれは本当に悪夢だった。いまでもちょっと頸椎《けいつい》に甘《あま》い痛みが残っている。

「……仲がいいのね」

千鶴《ちづる》は小さな声でポツリと言った。

なんとなく、さびしげに聞こえたその声に反応して、千鶴《ちづる》を確認《かくにん》する。駅のほうを向いているので、背中からはその表情はうかがえない。

「あれが？　どう見たらそう見えるんだよ。家がたまたま隣《となり》なだけだよ」

生まれた時から今までほぼ毎日顔を合わせている。男友達みたいな感覚だ。

「あんなに綺麗《きれい》でよくできた人が幼なじみなんて、あなたにはもったいないわね」

「うるせーよ。てか、あいつが綺麗《きれい》……そんなんじゃないだろあれは」

しかしまぁ……客観的に見ればそうなのかもしれない。というのも、あいつは小学校の頃《ころ》からしばしば異性に告白されているのだ。でもやっぱり、俺《おれ》からすれば狂気《きようき》の沙汰《さた》である。たしかに明るくて良《い》い奴《やつ》ではある。が、いかんせん一緒《いつしよ》にいる時間が長すぎてもはや異性として

見れない。それはむこうも同じだと思う。それにしても、告白してきた奴《やつ》らを「剣道《けんどう》で忙《いそが》しいから」という理由で全部断ってるっていうんだからえげつない。

「そろそろ電車来るな。ほら、行くぞ」

ホームからベルが鳴り、線路の向こうから電車がのろのろと入ってきた。灰色と黄色のツートンカラーの、見るからに芋臭《いもくさ》い二両編成の電車だ。俺《おれ》はいまだ駅のほうを見つめてぼんやり佇《たたず》んでいる千鶴《ちづる》を促《うなが》して駅舎の中に入った。

「……な、なんなの、あれ……？」

券売機で切符《きっぷ》を買っていると、俺《おれ》のあとについてきた千鶴《ちづる》がホームに入ってくる電車を無人改札ごしに眺《なが》めながら目を丸くしている。

「に、二両……？　動くの、あれで」

「見りゃわかるだろ。ガンガン動くよ。ほら、おまえもとっとと切符《きっぷ》買えよ」

「なんで二両しかないの？　少なすぎるでしょう」

「は？　むしろ多いくらいだろ」

基本この路線を走る電車は一両編成だ。休日や通勤通学時は今みたいに二両編成になったりする。

「私が前にいたところは、十六両編成だったわ」

「じゅ、十六両……？　なにそれ合体するの？」

俺《おれ》と千鶴《ちづる》はお互《たが》いにカルチャーショックを受けつつ切符《きっぷ》を買う。改札を抜《ぬ》けるとき、壁《かべ》にかかっていた時刻表を見た千鶴《ちづる》はさらに絶句した。

「な……なぜこの時刻表は真っ白なの？」

「安心しろ、なにも問題ない。一時間に一本であってる。むしろ多いくらいだ」

「私の前にいた場所は三分おきに電車が来てたんだけど……」

「は……？　どういうこと？」

改札を抜《ぬ》けホームに入ると、ちょうど夏希達《なつきたち》が一両目に乗《の》りこんでいた。俺《おれ》は千鶴《ちづる》とともに後ろの車両に乗った。

車内には休日にもかかわらず乗客はほとんどいなかった。車両の中ほどまで進み、クロスシートに千鶴《ちづる》とはす向かいで座《すわ》る。足元から吹《ふ》き付《つ》ける暖房《だんぼう》が冷えた身体《からだ》に心地《ここち》良い。車掌《しゃしょう》の吹《ふ》く笛のするどい音がしたあと、ゴトリ、と電車が動き出す。生まれたときからほとんど変化のないさびれた町並みが車窓を流れはじめた。

とくに喋《しゃべ》ることもないので、俺《おれ》はスマホでキラプリの情報を集めることにした。千鶴《ちづる》はこれから出向く校区外に緊張《きんちょう》しているのか、うつむいて、所在なげに小さいひざこぞうをもじもじとこすりあわせている。

ほんと変なところで真面目《まじめ》だなこいつ。こころなしか今日《きょう》は朝から口調が硬《かた》いし。その上夏《なつ》希《き》にはほとんど喋《しゃべ》れていなかった。わくわくらんどではあんなに暴君ぶりを発揮しているのに。

外では普段《ふだん》こんな感じなのだろうか。

前の車両から、夏希《なつき》達《たち》の楽しそうな喋《しゃべ》り声がかすかに耳に届いてくる。

「言い忘れた、おいおまえ、靴下《くつした》の中にちゃんと千円札入れてきたか？」

スマホを見ながら、はす向かいに座《すわ》る千鶴《ちづる》に声をかけた。「は？」という千鶴《ちづる》の怪訝《けげん》そうな声が返ってきて、

「なんでそんなことしないといけないの？」

「そりゃもちろん、身ぐるみはがされたときに帰宅するための最低限のお金を死守するためだろ」

「……私達《わたしたち》が今からいくところは、ほんとに日本なの？」

「まあ、地図的にはな……そろそろ乗《の》り換《か》えだ。降りるぞ」

電車が下関駅《しものせきえき》に到着《とうちゃく》する。千鶴《ちづる》を伴《ともな》って小倉《こくら》行きの電車に乗《の》り換《か》えた。車窓からは海と造船工場が見える。巨大《きょだい》なクレーンと建造中のタンカーの群れ。小さい頃《ころ》から変わらない、うんざりしつつも、なんとなく落ち着く風景だ。

しかし、本州を離《はな》れ関門《かんもん》トンネルを渡《わた》り、小倉《こくら》駅を降りた瞬間《しゅんかん》、その心地《ここち》良い空気が変わったことを肌《はだ》で感じた。

「な、なにあれ……」

千鶴《ちづる》がこわごわと駅前のアーケードを指さした。

そこには、うんこ座りでメンチを切っている中学生、ワンカップ片手に野良犬《のらいぬ》とケンカしているサラリーマン、モヒカン男の大軍を率いて真っ黒な馬に乗る巨漢《きょかん》など、フリーキーな住民でごった返していた。

「……この街はどうなっているの、いったい」

「……あんまりキョロキョロするな」

あまりの世紀末な光景に千鶴《ちづる》は顔を真《ま》っ青《さお》にして口をつぐむ。俺《おれ》の心もかすかに怯《ひる》む。

「俺《おれ》だってな、小4のときに初めてこの街に来たときはここが日本だということを心の底から疑ったさ……でもな、信じがたいが、大都市圏《けん》と違《ちが》って地方にはこういう街が、実在するんだ」

「……」

街のモラルハザードっぷりにドン引きしている千鶴《ちづる》の細い肩《かた》に、俺《おれ》は声をかける。

「……映画館のある場所はここから歩いて二十分くらいだ。それまでのあいだ、誰《だれ》とも目を合わせないように極力下を向いて歩け」

「……わかった」

千鶴《ちづる》は小さな指で俺《おれ》の服の裾《すそ》を握《にぎ》り締《し》める。この街の異常性を本能的に察したのか、俺《おれ》の言うことに珍《めずら》しく忠実に従い、千鶴《ちづる》は下を向いたまま小さな歩幅《ほはば》で俺《おれ》の後ろを歩く。

「にしても、今日《きょう》はバカに賑《にぎ》やかだな……」

年末ということもあり、街は悪い意味で活気に満《み》ち溢《あふ》れていた。巨大《きょだい》アンプとギタリストを搭載《とうさい》したトゲだらけのトラックを追いかけるパトカーの群れ、路上で鎧《よろい》を売るヒゲオヤジ、魔《ま》法《ほう》みたいな呪文《じゅもん》を詠唱《えいしょう》しあっているローブ姿の老人と少女、南米帰りのような極彩色《ごくさいしき》のカクテルドレスに身を包み、煙管《きせる》を吹《ふ》かす艶《あで》やかな女性。

「ここ、同じ日本の街なの……？」

「これが……小倉《こくら》だ」

千鶴《ちづる》は異国のスラム街を歩くように、終始怯《おび》えきった表情を浮《う》かべている。俺《おれ》の服の裾《すそ》を握《にぎ》り締《し》める指の力がしだいに強まっていく。

さすがに千鶴《ちづる》への心の負担が大きすぎるかもしれないな……。

悩《なや》んだ末、ちょっと遠回りになるが、アーケードを出て、北側の区画へ足を踏《ふ》み入《い》れた。

「こ、こっちは安全なの……？」

ひと気のない通りを不安げな表情で見回す千鶴《ちづる》に、

「こっちもこっちであぶないんだけどな……」

一見閑散《かんさん》としているが、商店街にいる個性的な面々とは……怖《こわ》さの純度が違《ちが》う。それこそ絶対に目を合わせてはいけない人達《ひとたち》が多く住む区画だ。

千鶴《ちづる》が俺《おれ》の服の裾《すそ》をすんすんと引っ張り、

「え、映画館ってあれのこと……？」

「ん？」

こんなところに映画館……？

千鶴《ちづる》が指さす右手の建物に視線を向けると、

「うおっ……!?」

そこには、冬なのにタンクトップを着たマッチョの男二人《ふたり》が仲睦《なかむつ》まじく手を取り合って『漢座《おとこざ》』と書かれた看板を掲《かか》げた建物に今まさに吸《す》いこまれているところだった。

「は、はやくっ、はやく入りましょっ」

千鶴《ちづる》もつられるように足を向けた。

「ち、ちげぇよ！　待て！　たしかにここも映画館だが、ここは普通《ふつう》の映画館じゃねぇ！」

「？　何が違《ちが》うのいったい」

俺《おれ》は息を呑《の》み、小さな声で、

「……ここは、薔薇族《ばらぞく》のための映画館だ」

「ばらぞく？」

「……おまえは知らなくていい」

「なによ、教えなさいよ」

何食いついてきてんだよこいつ。小学生特有の、好奇心《こうきしん》溢《あふ》れる瞳《ひとみ》で俺《おれ》を見上げてきやがって。

話題を転じるべく、

「そ、そんなことより！　そろそろ昼だし、映画の前に腹ごしらえしようぜ！」

腕時計《うでどけい》を確認《かくにん》する。午前十一時十二分。上映開始の十二時五分までまだ時間がある。

「べつに……私はお腹《なか》すいてないわよ」

くぅ〜〜。

千鶴《ちづる》のお腹《なか》あたりから小さなかわいい音が鳴った。

「ほら、おまえもお腹《なか》すいてんじゃねーか。我慢《がまん》してんじゃねーよ」

「うぅ……」

顔を赤くしてうつむく千鶴《ちづる》。素直《すなお》じゃないやつだな。

「……じゃあ寒いし、ラーメンでも食うか。おまえ食ったことある？」

「ば、ばかにしないで。それくらい食べたことあるわよ」

「そうか。ならいいけど」

周囲を見回すと、すぐ近くに、赤い暖簾《のれん》に『男々《だんだん》』と染《そ》め抜《ぬ》きされたラーメン屋があった。

このあたりは普段《ふだん》来ないし、せっかくだから新規開拓《かいたく》してみるか。

千鶴《ちづる》を伴《ともな》ってガラス戸を開け店に入った瞬間《しゅんかん》、

「く、くさっ……なんなのここ……地獄《じごく》？」

「なに言ってんだ、天国じゃねーか」

千鶴《ちづる》は鼻をつまんで店内をドン引きした表情で見渡《みわた》す。

壁《かべ》には刃物《はもの》でえぐったような穴が所々に開いていて、カウンターでは従業員が聞きなれない異国語……なんかアジアっぽい言語で客と摑《つか》み合《あ》いの喧嘩《けんか》をしている。しかし他の客は慣れっこらしく、黙々《もくもく》と麵《めん》をすすっている。

そして、なんといっても、この匂《にお》い。

「……芳《かぐわ》しい……」

俺《おれ》は目を閉じて深々と息を吸う。初めての店だが、これは期待できるぞ。『とんこつ臭《しゅう》のきついラーメン屋にハズレ無し』だ。親父《おやじ》の格言を思い出す。旅行雑誌記者としていつも全国各地を飛び回っている親父《おやじ》いわく、九州以外のとんこつラーメン屋の多くは、普段《ふだん》食べなれていない人にもとっつきやすいように臭《くさ》みをかなり取っているらしい。だからパンチが足りない。気合の入ったとんこつラーメン屋は店の中が独特の匂《にお》いで充満《じゅうまん》しているというのだ。

俺《おれ》はカウンターの空いている席に腰《こし》を下ろし、

「さーて硬《かた》さどうすっかな……っておい、なにやってんだおまえっ？」

「っ……！」

千鶴《ちづる》は入り口に突《つ》っ立《た》ったまま、口と鼻に手を当てて、必死に息を止めていた。

今にもぶっ倒《たお》れそうなくらい顔が真《ま》っ赤《か》になっている。

「おい！　死にたいのか⁉　早く息を吸え！」

慌《あわ》てて駆《か》け寄《よ》って千鶴《ちづる》に呼吸を再開するよう促《うなが》すと、

「ぷはっ……もうだめっ……限界」

しばしばこの地に足を運ぶ俺《おれ》と違《ちが》って、九州のラーメン屋の匂《にお》いを嗅《か》ぎ慣れていないのだろう。千鶴《ちづる》は目をぐるぐる回して足元をふらつかせている。

「もう、お店、出る……」

千鶴《ちづる》がガラス戸に手をかけた瞬間《しゅんかん》、

「オーダー！　ハヤク！」

取っ組み合いをしていた客をのしたアジア店員は、千鶴《ちづる》に向かって怒鳴《どな》った。

「あきらめろ。この街のラーメン屋は一度店に入っちまうと、何か食うまで出られないぞ」

「……くっ」

迷った末、千鶴《ちづる》はしかたなく俺《おれ》のほうに歩いてくる。靴《くつ》の裏が床《ゆか》にベタベタ張り付く感覚に顔をしかめながら、俺《おれ》の隣《となり》に座《すわ》った。

「おまえ麺《めん》の硬さどうする？　よくわかんねーなら俺《おれ》と同じでいいか」

「……硬さ？　……言っている意味がよくわからないけど、とにかく私は食べないわよ。鼻をつまんでおくから、あなた一人《ひとり》で召《め》し上《あ》がりなさい」

「すみませーんとんこつハリガネふたつー」

「あなた今ふたつって言ったわね。放つわよ」

「いいから黙《だま》って食えっての」

不服そうな顔でアジア店員の調理している様子を眺《なが》めていた千鶴《ちづる》は、眉《まゆ》をひそめて小声で、

「……ちょっと待って、今あの店員、全然麺《めん》を茹《ゆ》でないで丼《どんぶり》に入れたわ」

「そりゃハリガネだからな」

「ハリガネ？　私は人間よ。ロボでもないのにそんなものは食べないわ」

「ロボて。大丈夫《だいじょうぶ》だよ、麺《めん》の硬さのことだ。客側で指定できるんだよ」

「……ほんとに大丈夫《だいじょうぶ》なの？」

「つべこべいわずに待ってろっての」

「オマチドゥ」

アジア店員からカウンター越《ご》しにラーメンを二丁出される。厚切りのチャーシューに、青ネギのみのトッピング。男らしい。そしてこの湯気と一緒《いっしょ》に立ち上る深い香《かお》り。口内に唾液《だえき》が溢《あふ》れる。さっそく割《わ》り箸《ばし》で麺《めん》をたぐろうとすると、

「……おい、食べないのかよ」

千鶴《ちづる》は目の前のラーメンにまったく手をつけようとしない。強情《ごうじょう》な奴《やつ》め。

「!?」

凄《すさ》まじい殺気。

厨房《ちゅうぼう》の暗がりから、店長とおぼしき巨漢《きょかん》がこちらを射殺さんばかりに睨《にら》んでいた。

「い、いいからほら、一口でも食ってみろって」

このままでは殺《や》られる。俺《おれ》はスープを掬《すく》ったレンゲを千鶴《ちづる》の口元に近づける。

「いやっ！　くさっ！　くさいくさい！　臭《くさ》いっ！」

そのとき、巨漢《きよかん》の手から千鶴《ちづる》めがけて光る何かが飛来した。

──出刃包丁《でばぼうちよう》だ！

そう悟《さと》ったときには、すでに出刃包丁《でばぼうちよう》の切っ先は千鶴《ちづる》の顔の真横を通過し、背後の壁《かべ》に突《つ》き刺《さ》さっていた。

「「……」」

ビーンと壁《かべ》に突《つ》き立《た》ったまま揺《ゆ》れる包丁を見つめ、

「……ほ、ほら、おまえもとんこつにされたくなきゃ、観念しろ」

「もがっ……」

悪いと思いつつ、千鶴《ちづる》の口に無理やりスープの入ったレンゲをあてがう。白目をむく千鶴《ちづる》。薔薇色《ばらいろ》の唇《くちびる》の隙間《すきま》にスープがかすかに侵入《しんにゆう》する。小さな喉《のど》がこくんと嚥下《えんげ》する。幼い相貌《そうぼう》が紙のように真っ白になる。

あ、こいつ死んだかも……。

そう思った直後、千鶴《ちづる》の瞳《ひとみ》に生気が宿った。

「お、おいしい……！」

顔中が、パアァッ……！　と音が出そうなほど輝《かがや》きを放った。

「ほらみろ、とんこつラーメンは世界一おいしいんだよ。高菜も食い放題だから遠慮《えんりよ》せず食えよ」

「うん！」

よほどお気に召《め》したのか、千鶴《ちづる》は子犬のように一生懸命《いっしょうけんめい》小さな口にラーメンをかきこみ、またたく間に完食してしまった。

＊＊＊

「まあ、それほどわるくはなかったわね。二度と来ないけど」

店を出たあと、千鶴《ちづる》はすました顔でハンカチを口元に当てた。

「スープまで飲み干した奴《やつ》のセリフかよ。とんこつの匂《にお》いプンプンさせやがって」

俺《おれ》は千鶴《ちづる》を連れて大きな石橋を渡《わた》りながら前方を指さし、

「映画館はあの建物の中にある。そして、あの中に……俺達《おれたち》のパラダイスがある……！」

「……ついに、来たのね……私のパラダイス！」

「おまえだけのかよ」

ちらりと千鶴《ちづる》の横顔を見る。

普段《ふだん》の大人《おとな》びた表情は引《ひ》っこみ、初めての遠足にはしゃぐ幼稚《ようち》園児《えんじ》のような、あどけない笑《え》みが浮《う》かんでいる。

なんか、すっげー嬉《うれ》しそうだな。

映画館を前にして興奮が抑《おさ》えきれなくなったのか、いつもと違《ちが》って……子どもらしい顔してやがる。

……おっといかん、見入ってしまった。

石橋を渡《わた》り終えた先にある商業施設《しせつ》の正面入り口には、すえた臭《にお》いのするアーケード通りと違《ちが》って、休日を楽しむ健全な家族連れやカップルで賑《にぎ》わっていた。

「くぅ……！　心が躍《おど》るぜ……！」

上階に進むエスカレーターに乗り、

「そういえばおまえ、『マジカル☆キラキライト』持ってきた？」

「……」

映画キラプリではライブシーンで、観客が『マジカル☆キラキライト』と呼ばれるキラプリ公式のペンライトを振《ふ》ってキッコ達《たち》を応援《おうえん》するのが習わしとなっている。べつに公式のペンライトじゃなくてもいい。俺達《おれたち》の声援《せいえん》により、主人公のキッコ達《たち》の歌とダンスがより輝《かがや》くわけである。物語と観客が一体となって盛り上がる最高の演出だ。これ考えた人ほんと天才だと思う。

「ふん……あんな子どもじみたことするわけないでしょ。映画は静かに見るものよ」

「おいおい、なんだよ大人《おとな》ぶりやがって……よっしゃ！　着いたぞ！」

四階の映画館に到着《とうちゃく》。

館内に入ると、至る所にクリスマスのイルミネーションが施《ほどこ》されている。券売機の横にはキッコの等身大パネルが設置されている。思わず歩調が速くなる。

「あいつ、ほんと金持ってるな……」

券売機で二人分《ふたりぶん》のチケットを入手していると、千鶴《ちづる》は売店で、劇場限定のキラプリグッズを買《か》い漁《あさ》っていた。

「おまえ、なにそれ？」

「どう、すごいでしょ」

俺《おれ》のもとに戻《もど》ってきた千鶴《ちづる》はキラプリのフィギュア付きの『メロンソーダ』と『明太子《めんたいこ》チリドッグ』のセットを小さな両手で抱えて満足げな表情を浮《う》かべている。てか明太子《めんたいこ》チリドッグて。なんで映画館にこんな九州感バリバリなもん置いてんだよ。こんなもん注文する奴《やつ》いるのか？　目の前にいた。

「てかおまえ、さっきラーメン食ったばっかだろ……まだ食うの……？」

「う、うるさいわね、成長期なのよ」

そんな小さな身体《からだ》のどこにそんな食欲を秘めているのか。小学生は謎《なぞ》である。

千鶴《ちづる》とともに七番の劇場入り口へ向かうと、

「あっ！　ねぇ2位！　見てこれ！　アニメの原画が展示されてる！」

「あんまりガラスケース触《さ》わっちゃだめだぞ……てかこんなところでまで『2位』って呼ぶのなおまえ」

　もはや完全に名前になってるな。

「……まったく、楽しそうにはしゃぎやがって」

　千鶴《ちづる》は俺《おれ》の言葉も耳に入っていない様子で、ガラスケースに鼻先がくっつきそうになるくらい、キラプリアニメの原画を食い入るように見つめる。

　すごく楽しそうだけど……こいつ、普段《ふだん》あんまりこういうとこ来たことないのかな。

「って……おい、千鶴《ちづる》！　あそこに顔入れるパネルがあるぞ！」

　おいおい！　こんなパネル、先週観に来たとき置いて無かったぞ⁉

　俺《おれ》はすぐさまキッコの等身大パネルの顔が空いているところに首を入れ、

「おい、写真撮《と》ってくれ！」

「いや、それはちょっと……」

「えっ……なぁ、置いてくなよ、写真、撮《と》ってくれよ……！　このままじゃ恥《は》ずかしいだろ……！」

　一人《ひとり》でどんどん劇場入り口へ歩いて行く千鶴《ちづる》は、ふいに立ち止まって、くるりと振《ふ》り返《かえ》り俺《おれ》のもとに戻《もど》ると、パネルの裏から俺《おれ》の腰《こし》をぐいっと引っ張り、

「ほらもう、いくわよっ」

「いてて っ、首が、首がもげるっ！　……て、やばっ、そろそろ映画始まっちまう！」

「ねっ、ねっ、はやくいきましょっ」

「ああ……いくぜ！　天国へのゲート！」

「それじゃ死んじゃうみたいじゃない……いくわよ、狂乱《きょうらん》の宴《うたげ》へ！」

「おまえのほうがやばいよ。なんだよ狂乱《きょうらん》て」

「いいのよなんでもっ！」

はしゃぐ千鶴《ちづる》に服をぐいぐい引っ張られて劇場入り口へ向かうと、チケットもぎりのお姉《ねえ》さんに入場券を手渡《てわた》す。代わりに来場特典が封入《ふうにゅう》された、黒いビニールの包みを手渡《てわた》される。

「ふふっ、テンション上がるぜ……！」

そうさ、俺《おれ》はこれが欲《ほ》しかったのさ……！

包みの中には、アイテムカードに付属した、アニメキラプリの五人のキャラクターの「フレンドチケット」がランダムで一枚入っている。

歩きながら黒いビニールを開封《かいふう》する。

一体誰《だれ》が出るか……！　こういう瞬間《しゅんかん》はいくつになってもわくわくするぜ。

「おおっ！　これは……！」

飛び出してきたのは、くしくも、三日前にわくわくらんどで紛失《ふんしつ》した、主人公の友達であり帰国子女の『アリシア』のフレンドチケットだった。

「よっしゃあああああ！　戻《もど》ってきたぁ！」

心に温かさがこみ上げる。戻《もど》ってきてくれたかアリシアよ、俺《おれ》のもとに……！

「そっちはどうだ？」

となりを歩く千鶴《ちづる》の手の中にあるカードを確認《かくにん》すると、

「あぁ!?　それ『もも』じゃん！　いいなぁ！　俺《おれ》『もも』も好きなんだよ！」

「あげないわよ」

「ほ、欲《ほ》しいとは言ってないだろ……つーかおまえほんと引きいいよなぁ……」

釈然《しやくぜん》としない気持ちを抱《いだ》きつつ、千鶴《ちづる》とともに劇場内に入る。グッバイもも、また今度必ず迎《むか》えにいってやるからな……！

「うおぉぉぉぉぉぉぉぉぉぉ！　すげぇぇ、満員だ！」

「わぁああっ……！」

薄暗《うすぐら》い内部はすでに大勢の客で賑《にぎ》わっていた。先週と同様、やはり女児向けアニメなので、親子連れが多い。若い女性の単独客もけっこう座《すわ》っている。早くキッコ達《たち》に会いたいのだろう、幼い子ども達《たち》がキッコ達《たち》の名を叫《さけ》んでいる。わかる、わかるぞ！　俺《おれ》も叫《さけ》びそうになってるもの……！

「ここにいる全員がキラプリが好きだって考えると……胸が熱くなるな……！」

「うんっ……！」

同好の士が一堂に会するこの高揚感《こうようかん》。この劇場にいるみんなが仲間だという一体感に血が沸《わ》き立《た》つ。

やっぱ好きな映画は何回来ても良《い》いもんだな！

「さて、『マジカル☆キラキライト』のチェックするか」

席に座《すわ》ると、場内がさらに薄暗《うすぐら》くなった。子ども達《たち》の興奮の声が劇場内の各所から湧《わ》き上《あ》がる。心拍音《しんぱくおん》が高くなる。

椅子《いす》の下で『マジカル☆キラキライト』の点灯具合をチェックしていると、左隣《ひだりどなり》に座《すわ》る千鶴《ちづる》に声をかけると、

「おまえ、さっきからなにリュックサックの中モゾモゾしてんの？」

「うっ、うるさいわね……なんでもないわよ」

「いっとくけど『マジカル☆キラキライト』は貸せないぞ？　一本しか持ってきてないからな」

「だ、だから、べつにいいって！」

そのとき、千鶴《ちづる》の左隣《ひだりどなり》から声をかけられた。

「よかったら、使って下さい」

「「っ!?」」

ものすごく渋《しぶ》い声に反応して俺《おれ》と千鶴《ちづる》が左隣《ひだりどなり》の席に目をやると、灰色のスーツ姿のダンディ

な男が、孫に微笑《ほほえ》みかけるような大らかな笑顔《えがお》で、千鶴《ちづる》に『マジカル☆キラキラライト』を差し出していた。

や、やだ、さりげない心づかい……キラプリおじさんカッコイイ……！

「やったじゃん！　これでおまえもキッコ達《たち》に声援《せいえん》送れるぞ！」

自分が楽しむだけじゃなく、他人のことも慮《おもんぱか》る。まさにキラプリ紳士《しんし》。

俺《おれ》もこうありたいものだぜ……！

しかし千鶴《ちづる》はキラプリ紳士《しんし》と目を合わせず、

「……あ、ありがとうございます、でも、へ、へいきです……」

「……そうですか。では、使いたくなったらいつでも仰《おつしや》って下さい」

キラプリ紳士《しんし》は差し出した『マジカル☆キラキラライト』を笑顔《えがお》で引《ひ》っ込《こ》めた。

押《お》しつけがましくなく、去り際もCOOL。まさに紳士《しんし》！

「もったいないなぁ。せっかく貸してくれるっていうのに。素直《すなお》に借りとけよ」

「ううう………」

千鶴《ちづる》はまごまごして唇《くちびる》をとがらせている。つーかなんでこいつ俺《おれ》以外の人には人見知りするのに、俺《おれ》には容赦《ようしや》ないの？　理不尽《りふじん》じゃね？

本編が始まる前に、キッコがスクリーンに登場し、『マジカル☆キラキラライト』の使い方のレクチャーが始まった。

『マジカル☆キラキライト』をふるときは～、まわりのおともだちにあたらないようにきをつけてふってね！』


「はーい！　って痛ぁ⁉」

コツン！　と左のこめかみに突起物《とっきぶつ》が当たる。左隣《ひだりどなり》に目をやると、

「おまえ！　『マジカル☆キラキライト』持ってきてんじゃねーか！」

千鶴《ちづる》がピカピカとピンク色に光る『マジカル☆キラキライト』を握《にぎ》りしめていた。

「う、うるさいわねっ」

千鶴《ちづる》が手にしているのは、五種類ある『マジカル☆キラキライト』の中でも、もっとも低年《ねん》
齢《れい》向けのピンク色のかわいいデザインのやつだった。

「しかも二本！　俺《おれ》より応援《おうえん》する気満々だったんじゃねーか」

「う、うるさいうるさいっ」

「いてっ⁉　てか先っぽ当てんなよ！　キッコの話ちゃんと聞けよ！」

キッコの説明が終わり、場内がさらに暗さを増す。

「さぁ！　いよいよ始まるぞ……！」

「うんっ……」

千鶴《ちづる》は両手に『マジカル☆キラキライト』を握《にぎ》りしめて、ぐっとスクリーンに見入る。

床《ゆか》についていない足をせわしなくパタパタさせ、幼い瞳《ひとみ》は期待と興奮を宿し、スクリーン

から放たれる光を反射しながらキラキラしている。

照明が消えた劇場内で、いよいよ映画が始まった。

＊＊＊

一時間半後。

「わかんねー奴《やつ》だな、あのシーンはそういう意味じゃないんだよ」

映画館を出た俺《おれ》と千鶴《ちづる》は、同じ階にある喫茶店《きっさてん》のテーブルで向かい合わせに座《すわ》った。

上映終了後、映画の感想で言いあいになり、立ち話どころじゃなくなったのだ。

「あなたこそちゃんと観《み》てたの？　あのシーンではキッコの瞳《ひとみ》をあえてカメラに映さず、ミラの表情にフォーカスを当てることに終始していたわ。あれはあきらかに監督《かんとく》の作為《さくい》。つまり今回の映画の要諦《ようてい》は、主人公のライバルであるミラの成長物語よ」

「たしかにな、たしかにそれも見どころのひとつだろうけど、やっぱメインテーマは主人公のキッコが一度は寿司《すし》職人を志すもののやっぱりアイドルの夢を捨てきれずに仲間のもとに帰ってくる復活劇だ。キッコが刺身包丁をマイクに変えて、ももに抱《だ》きつくシーン、あれはアニメ史に残る名場面だ」

「ちがう、ミラ」

「キッコだよ」

俺《おれ》と千鶴《ちづる》はいがみあったまま、ふんと目線をそらしあう。千鶴《ちづる》はいちごオレのストローをがじがじと噛《か》みつぶし、俺《おれ》はコーヒーをがぶがぶと喉《のど》に流《なが》し込《こ》む。やっぱり映画は一人《ひとり》で観《み》にいくものだとしみじみ思う。

「まあ、でも……あのシーンはやっぱ最高だったな」

俺《おれ》がぼんやりつぶやくと、千鶴《ちづる》はストローをがじがじしていた口を止め、

「……そこだけはあなたに同意ね」

映画の終盤《しゅうばん》で、それまではライバル関係だったキッコとミラが、お城の扉を二人《ふたり》で開けて、お互《たが》いのコーデを交換《こうかん》しながら舞踏場《ぶとうじょう》への階段を駆《か》け上《のぼ》るシーン。最高にグッと来た。

「そういえばおまえ、キッコが『**かいじょうのみんな！　わたしたちにせいえんをおくって！**』って呼びかけたとき、周囲の幼女にまぎれて『キッコ、がんばれー！』って叫《さけ》んでたよな」

「だ、だって……そうしないとキッコ負けちゃうから」

「まぁ……たしかにな」

「あ、あなただって、ラストシーンでボロボロ泣いてたじゃない。鼻水すする音すごかったんだけど」

「しかたないだろ。キッコもミラも頑張《がんば》ってたんだから」

「まぁ……そうね」

むかつくこともあったけど……こいつと映画観《み》に行くのも、けっこう、楽しいかもな。

こいつもなんだかんだで楽しんでたみたいだし。

ちょっとは、連れてきたかいがあったかもしれねーな。

「さて、特典も手に入れたし、とっととわくわくらんど行こうぜ………………ん？　どうしたよ、ほら立て」

「……」

俺《おれ》が伝票を持って席を立っても、千鶴《ちづる》は動こうとせず、両手に小さな顎《あご》を乗せ、ストローを唇《くちびる》でくわえたまま、店外のなにかにじっと目を凝《こ》らしていた。視線の先をたどる。

ゲームセンターだった。

「あー、あそこ、キラプリあるんだったな」

うん、すっげー気持ちわかるぞ。

「やってくか」

千鶴《ちづる》は瞳《ひとみ》を輝《かがや》かせて、こく、とうなずいた。

いつもと違《ちが》う場所でやるキラプリもまた格別だもんな。

俺《おれ》と千鶴《ちづる》は店を出て、喫茶店《きっさてん》のはす向《む》かいにあるゲームセンターに入った。

「やっぱ都会のゲーセンはしゃれてんな……って、おいおいなんだ、このふがいない歌とダンスは。これがハイスコアのライブかよ」

キラプリの筐体《きょうたい》の前で、俺《おれ》と千鶴《ちづる》は同時に不敵な笑《え》みを浮《う》かべた。

「ふん、コーデのセンスがまだまだね」

高レアコーデによるごり押《お》しのハイスコア。千鶴《ちづる》はそんなハイスコアが気に食わないのか、素早《すばや》く財布《さいふ》から百円玉を取り出し、筐体《きょうたい》に投入する。

「イベントモードに挑《いど》みたいところだけど」

「ああ。それどころじゃないな」

イベントモードは通常モードと異なり、筐体《きょうたい》独自のスコアランキングには関与《かんよ》しなくなる。筐体《きょうたい》のハイスコアを塗《ぬ》り替《か》えるべく、通常のライブを選択《せんたく》した千鶴《ちづる》は阿修羅《あしゅら》のような表情で〈ちづる〉に目が覚めるほど可愛《かわい》いコーデを施《ほどこ》してゆく。そして、

「おお、エキストラハードでいくか……！」

「当然よ」

地獄《じごく》のようなノーツの群れを次々に撃破《げきは》していく。鬼神《きじん》のようだった千鶴《ちづる》の顔が、徐々《じょじょ》に嗜《し》虐《ぎゃく》の笑《え》みで満たされていく。鬼《おに》が笑う。凄《すさ》まじい表情だ。

「……おまえ、俺《おれ》のハイスコアを破ったときもこんな顔してたのか……」

「ふふ……愉《たの》しいわね、キラプリは……！」

こ、こえぇ……。

ドS魂《だましい》を煽《あお》られた千鶴《ちづる》の本気プレイにより、ライブを終えた〈ちづる〉は、難なく筐体《きょうたい》のハイスコアを塗《ぬ》り替《か》えた。

「よっしゃ、次は俺《おれ》だからな」

「待って。まだやりたりない。もっと私の〈ちづる〉でこの筐体《きょうたい》のスコアランキングを蹂躙《じゅうりん》するわ。一位から十位まで全部〈ちづる〉の名前で埋《う》め尽《つ》くしてやるわよ……！」

うわぁ……変なスイッチ入っちゃってるよこの子。

「じゃ、じゃあ俺《おれ》トイレ行ってくるから、それ終わったら替われよな」

千鶴《ちづる》は俺《おれ》の言葉も耳に入らない様子で、キラプリあらしに没頭《ぼっとう》する。

持ち前の美貌《びぼう》と相まって末恐《すえおそ》ろしいやつだ……将来こいつと付き合う男は大変な目に遭うだろうな……そんなどうでもいいことをしみじみ思いつつ、俺《おれ》はトイレに向かった。

「うわ……やばいことになってる」

二分後。トイレから戻《もど》ると、筐体《きょうたい》の椅子《いす》に座《すわ》る千鶴《ちづる》に、トゲ付き肩《かた》パッドをつけたモヒカン男と袖《そで》なし革《かわ》ジャンを着たサングラスの男がなにやら絡《から》んでいた。小倉《こくら》にはこういうやつらが本当にいるから困る。

遠くからかすかに彼《かれ》らの会話が耳に届いてくる。

「おい、きさんなんオレらのハイスコア消しとるんかちゃ」

ええ～……こいつらキラプリプレイヤーなの……？

稼働《かどう》する場所が違《ちが》えばプレイヤーの質まで変わるのか。まさにキラプリヤンキーだ。

「おい！　なんか言えちゃ！」

モヒカンに大声で凄《すご》まれた瞬間《しゅんかん》、千鶴《ちづる》の小さな体がビクッと震《ふる》える。大人《おとな》に本気でキレられた体験がないのか、うつむいたまま目を白黒させる。この街の不良は子ども相手にもマジギレするからたちが悪い。

しかたねぇ……小倉《こくら》に同伴《どうはん》した以上、年長の俺《おれ》が保護者みたいなもんだしな……。

俺《おれ》は深呼吸をし、二人《ふたり》のキラプリヤンキーに歩み寄った。

「おい」

「なんやきさん？」

こちらをえげつない顔で睨《にら》みつけてくるモヒカン。恐《こえ》ぇ。なんで目の周り黒く塗《ぬ》ってんだよ……しかし、下手に出るとかえってまずい。

「幼女先輩《せんぱい》、困ってんじゃねーか」

「何言いたいんかちゃこら？」

モヒカンが俺《おれ》の襟元《えりもと》に手を伸《の》ばす。とにかく手を出すのが早い。もはや獣レベル。会話なんてほとんど通用しない。俺《おれ》は襟首《えりくび》に触《ふ》れたモヒカンの手首を左手で摑《つか》むと、竹刀《しない》の柄《つか》のように強く握《にぎ》り締めた。

「あてててて！」

「お、おい⁉」

「文句があるならコーデとライブで示せよ。その最低限のルールすら守れないやつは、キラプリプレイヤーなんかじゃねぇ。帰りな」

モヒカンの手首を放して、サングラスの男の体にどんと押《お》し付《つ》けた。

「き、きさんまじボテボテにしちゃーけぇ！」

「おい」

かたわらにいるサングラスがモヒカンの肩《かた》に手を乗せる。耳打ちし、何かを納得《なっとく》したモヒカンとともにすごすごと筐体《きょうたい》の前から去っていった。

ふぅ……おっかねぇ……。

「おまえ、大丈夫《だいじょうぶ》か。殴《なぐ》られたりしなかったか」

いつのまにか俺《おれ》の服をつかんで放心状態になっていた千鶴《ちづる》の安否を確認《かくにん》する。

千鶴《ちづる》ははっと我に返り、ぶんぶんと首を横に振《ふ》る。

「まあ、ケガがなくてなりよりだ……てか、いっつも俺《おれ》を脅《おど》してる防犯ブザー、いまこそ使わないでどうするよ」

千鶴《ちづる》は何も言わず、じっとうつむいている。

……まあ、あまりに怖《こわ》くてなにもできなかったんだろう。

俺《おれ》がいなくなった隙《すき》に、あいつらに声をかけられて、心底恐《おそ》ろしい思いをした千鶴《ちづる》の姿が脳《のう》裏《り》に浮《う》かんだ。

「……まあいい。さ、おまちどうだ。特別に連コインしていいぞ」

俺《おれ》はキラプリの筐体《きようたい》を親指で指し示し、

「キラプリやって、いやな気持ちなど忘れてしまえ」

「……」

千鶴《ちづる》はしばらくじっとしていたが、静かに百円玉を財布《さいふ》から取り出すと、椅子《いす》に座《すわ》り直し、筐体《きようたい》に投入した。しかし、着せるべきコーデでも悩《なや》んでいるのか……なかなか画面が先に進まない。

「なんだよ。早くしろよな。ぶっちゃけ俺《おれ》も早くやりたいんだよ」

今日《きよう》はまだキラプリに触《さわ》っていない。禁断症状《きんだんしようじよう》で体がちょっと震《ふる》えそうだ。

「……あの」

「なんだよ」

何かを言おうとしているが、言葉がすっと出てこない。そんなもどかしい様子だったが、結局何も言わず、千鶴《ちづる》はライブをスタートさせた。

なんだよ、いったい……言いたいことがあるなら言えっての。

「おいあれ見ろちゃ！　幼女先輩《せんぱい》がでたん可愛《かわい》いライブしよるぜ！」「すげぇ！　あげな可愛《かわい》

いコーデ初めて見たばい！」「本人もぶち可愛《かわ》えー！」「まるで妖精ばい！」

「え……？」

振《ふ》り返《かえ》ると、さきほどの二人《ふたり》に加え、違《ちが》うモヒカン達《たち》がキラキラと瞳《ひとみ》を輝《かがや》かせてこちらに集まってきた。こ、こいつらもキラプリやってんの……？

「「「幼女先輩《せんぱい》さすがッス!!」」」

モヒカン達《たち》は千鶴《ちづる》に殺到し、

「もっかい！　もっかいライブしてくれやぁ！」「オ、オレの〈めぐみ〉のファッションチェックしてください！」「俺《おれ》の家に一緒《いっしょ》に住んでくだせぇ！」「妖精の国のお姫様ばい！」「幼女先輩《せんぱい》を讃《たた》えよ！　幼女先輩《せんぱい》を讃《たた》えよ！」

「え、えっと……」

人垣《ひとがき》の隙間《すきま》から困惑《こんわく》の表情を浮《う》かべた千鶴《ちづる》が、輪の外の俺《おれ》を見てきた。

……まったく、変な連中によく絡《から》まれる奴《やつ》だな……。

「すみません、ちょっと」

むくつけき男たちの肉の壁《かべ》をかきわけ、椅子《いす》に座《すわ》った千鶴《ちづる》の手を引く。ゲームセンターの出口に向かって俺《おれ》は走り出した。

「ああ!?　なんオレらの先輩独《せんぱいひと》り占《じ》めしとるんや！」

「追え！　先輩《せんぱい》にもっとコーデを学ばせてもらうんじゃぁ！」

　ゲーセンを出て行く俺達《おれたち》を、モヒカン達《たち》が目を血走らせてドタバタと追いかけてくる。

「お、おい、ほら駅まで走るぞ！　捕《つか》まったら二度と帰れなくなるぞ！」

「き、気安く手に触《ふ》れないでっ！」

「やべ！　捕《つか》まる！　……ああもう足遅《おそ》いなおまえ！」

「きゃあ⁉」

　暴れる千鶴《ちづる》を抱《かか》え上《あ》げ、エスカレーターを五段飛ばしで駆《か》け下《お》りる。一階の噴水《ふんすい》広場に到着《とうちゃく》。

　背後を振《ふ》り返《かえ》ると、

「うわ……まだいる」

　千鶴《ちづる》を抱《かか》え直し、駅を目指して駆《か》け出《だ》す。橋を全速力で渡《わた》り、雑踏《ざっとう》で溢《あふ》れる大通りを走《はし》り抜《ぬ》け、交差点を左折し、

「……このままじゃ追いつかれるな……」

　足を止め、周囲を見回す。

「あっ……！」

　千鶴《ちづる》が何かに気づいて路地裏を指さす。

　居酒屋の勝手口の横に、小汚《こぎたな》いロッカーが口を開けている。

「いくぞ！」

　路地裏に足を踏《ふ》み入《い》れ、表面がボコボコになったロッカーに千鶴《ちづる》とともに身を隠《かく》す。

モヒカン達《たち》が近づく荒々しい足音が薄《うす》い扉越《とびらご》しに聞こえる。

「ちょ、ちょっと、近い……！」

「あいつらが通り過ぎるまでの我慢《がまん》だ」

ほとんど密着状態で、俺《おれ》のみぞおちに小さな鼻をうずめた千鶴《ちづる》が、うめき声をあげる。

「なにもこんな汚《きたな》い所に、汚《きたな》い生物と一緒《いっしょ》に詰《つ》めこまなくてもいいじゃない」

「汚《きたな》い生物って俺《おれ》のことか」

みぞおちにある千鶴《ちづる》の顔を見下ろす。

胸の前で小さく握《にぎ》りこぶしを作り、顔を真《ま》っ赤《か》にして涙目《なみだめ》になり、上目遣《うわめづか》いで俺《おれ》を見上げる千鶴《ちづる》と目があった。

どきっとした。

目をそらした。

「……」

「……」

な、なに変な空気になってんだよ……！

「!? つ、つーかとんこつくせぇ！　おまえとんこつラーメン食いすぎなんだよ！」

「あ、あなたもくさいわよっ！　ばかっ！」

ちくしょう！　ロッカーの中がとんこつ臭《しゅう》でいっぱいだ！

「ううううう……！」

身体《からだ》を密着させているのが堪《た》えきれなくなったのか、千鶴《ちづる》は涙目《なみだめ》のまま、猫《ねこ》みたいなうなり声をあげて、俺《おれ》の横《よこ》っ面《つら》をぽかぽか叩《たた》く。

「い、いってぇな、やめろ、落ち着けって！　外にバレるだろ！」

「んんんんん～～！」

ぶんぶん振《ふ》り下ろされる千鶴《ちづる》の小さな両手をつかもうとするが、千鶴《ちづる》は俺《おれ》に手をつかまれるのを阻《はば》むように、振《ふ》り上《あ》げた腕《うで》をあっちこっちに振《ふ》り回《まわ》す。ロッカーの内部がガンガン揺《ゆ》れる。

「おい、あの中だ！」

やばい、バレた！

ロッカーの扉《とびら》を勢いよく開け、千鶴《ちづる》を抱《かか》えて走り出す。

「きゃっ⁉」

「黙《だま》ってろっての」

俺《おれ》は千鶴《ちづる》を地面に落とさないようにしっかりと担《かつ》ぎ、駅に向かって走った。

＊＊＊

十分後。

千鶴《ちづる》を担《かつ》いだまま小倉《こくら》駅の改札口に到着《とうちゃく》すると、荒《あら》くなった呼吸を整えた。

「はぁ……はぁ……ここまで来れば、大丈夫《だいじょうぶ》だろ」

すさまじく体力を消耗《しょうもう》した。体力にはそれなりに自信があったんだが。

小さいとはいえ、人間を担《かつ》いで全力疾走《しっそう》するのがこんなにしんどいとは……。

「……そろそろ、おろしてくれないかしら」

「ん？　ああわるい」

千鶴《ちづる》を地面に降ろす。千鶴《ちづる》は俺《おれ》からスッと距離《きょり》を取った。

「さぁ……とっとと地元に帰ってわくわくらんど行こうぜ」

俺《おれ》はふらふらと券売機に向かう。千鶴《ちづる》が黙《だま》ってついてくる。切符《きっぷ》を買ってホームへ降りると、すでに到着《とうちゃく》していた下関《しものせき》行きの電車に乗《の》りこんだ。

クロスシートに向かい合わせに座《すわ》る。電車が発車する。俺《おれ》も千鶴《ちづる》も、物を言えないくらいに疲《つか》れていた。

関門《かんもん》トンネルを抜《ぬ》けると、夕日に照らされた造船所が姿を現した。

「やべ……眠《ねみ》ぃ」

気を抜《ぬ》いたら眠《ねむ》っちまうな……。

目をこすっていると、

「……2位」

「えっ？」

正面からいきなり千鶴《ちづる》に声をかけられて思わず顔を上げると、

「……なんだ、寝言《ねごと》かよ」

疲《つか》れ果《は》てて、電車にやさしく揺《ゆ》られることで緊張《きんちょう》が解けたのだろう。窓に小さな頬《ほお》をくっつけて千鶴《ちづる》はうとうとしていた。

「あなた……まだまだね……2位……」

「……こいつ、夢の中でもキラプリしてんのか……」

とんだキラプリバカだ。俺《おれ》も人のこと言えないけど。

「……まったく、気持ちよさそうに寝《ね》てやがる」

眠《ねむ》たい頭でぼんやりと千鶴《ちづる》の寝顔《ねがお》を眺《なが》める。

幼い頬《ほお》を預けた車窓から差《さ》しこむ夕日を綺麗《きれい》な黒髪《くろかみ》が艶《あで》やかに反射している。あどけなさを色濃《いろこ》く残す目元には長い睫毛《まつげ》がかかり、起伏《きふく》の少ない胸が寝息《ねいき》に合わせて微《かす》かに上下している。

この安らかな寝顔《ねがお》だけ見れば、本当に歳《とし》相応の、かわいい女の子に見える。いつもこうだったらいいんだけどな……。

「……おい、着いたぞ、起きろ。乗《の》り換《か》えだぞ」

電車が停車する。

「ぜんぜん起きねぇなこいつ」

声をかけてもスースー寝息《ねいき》を立てるだけ。

ちょっと躊躇《ちゆうちよ》したが、しかたなく肩《かた》を軽く揺《ゆ》する。

扉《とびら》が開き、外の冷気が車内に流《なが》れこみ、

「……むにゃ」

「目ぇ覚めたか」

「……っ」

寝《ね》ぼけていたのが恥《は》ずかしいのか、千鶴《ちづる》は俺《おれ》に起こされたと気づいて、恥《は》ずかしさをごまかすようにせかせかと俺《おれ》より先に電車を降りて、向かいのホームに停車している乗り換えの電車に飛び乗った。

一両編成の電車が、俺《おれ》と千鶴《ちづる》を乗せてゆっくりと走り出す。

窓からは、海が見える。

赤い夕陽《ゆうひ》が海の向こうに沈《しず》もうとしている。

「……ぐ、筋肉痛が……！」

走り回ったせいで、足腰《あしこし》の筋肉が悲鳴を上げている。

『まもなく、綾羅木《あやらぎ》、綾羅木《あやらぎ》です』

車掌《しゃしょう》のアナウンスが車内に流れる。とぎれとぎれになる意識に活《かつ》を入れ、小さな顔を上向かせて口からよだれをたらしている千鶴《ちづる》に声をかける。

「おい、着いたぞ、わくわくらんど行くぞ」

「……うぅ」

両手でごしごしと目をこする千鶴《ちづる》。寝《ね》ぼけ状態の千鶴《ちづる》の手を引いて無人の改札に備えつけられた木箱に切符《きっぷ》を投入し、駅舎を出る。駐輪場《ちゅうりんじょう》で自転車の鍵《かぎ》を開けながら、傍《そば》でふらふらと立っている千鶴《ちづる》に、

「おい、寝《ね》ぼけてる場合じゃねーぞ。ＳＳＲゲットしに行くんだろ」

「……ＳＳＲ！」

その単語を聞いて意識を取《と》り戻《もど》した千鶴《ちづる》は、俺《おれ》よりも先に自転車の荷台に乗《の》りこむ。

「落ちるんじゃねーぞ」

千鶴《ちづる》が背後で頷《うなず》く気配《けはい》。俺《おれ》の服をしっかりと掴《つか》んでいることを確認《かくにん》して、わくわくらんどへ向けてペダルを踏《ふ》む。

ちらりと背後を確認《かくにん》する。

千鶴《ちづる》は半目を開けて口は半開きにして「ＳＳＲ……ＳＳＲ……」と呟《つぶや》いている。怨霊《おんりょう》かよ。さすがに怖《こえ》ぇよ。

マルワに到着《とうちゃく》し、わくわくらんどへ向かう。

慣れ親しんだ、安っぽい蛍光灯《けいこうとう》の光とコインゲームの筐体《きょうたい》から奏《かな》でられる間抜《まぬ》けなＢＧＭの騒音《そうおん》が近づくにつれて、徐々《じょじょ》に意識が覚醒《かくせい》してきた。

「さあ、さっそくフレチケ試《ため》すぜ……！」

筐体《きょうたい》の前で財布《さいふ》を取り出す。しかし、頭は元気だが、体の動作がなかなかその元気についていかない。

「……私が先」

「お、おい」

俺《おれ》に先手を取られるのがイヤなのか、千鶴《ちづる》は俺《おれ》よりも早く筐体《きょうたい》の椅子《いす》に座《すわ》り、フラフラと百円玉を投入した。もはや生き血を求めるゾンビみたくなってるぞ。

「おお、〈もも〉だ！」

イベントモードを選択《せんたく》し、千鶴《ちづる》が劇場特典の『フレンドチケット』をスキャンすると、〈ちづる〉のとなりに〈もも〉が出現した。曲の難易度を『ＨＡＲＤ』に設定し、ライブがスタート。

「お、ほんとに自動で処理してる！」

〈もも〉の頭上のターゲットマークにノーツが重なると、ボタンを押《お》したときの演出がオートで作動している。しかもすべてパーフェクト判定だ。

しかし、当の千鶴《ちづる》はというと、

「むにゃ……むにゃ……」

指がほとんど動いておらず、こっくりこっくりと船を漕《こ》いでいた。

「……おい。手、止まってるぞ」

はっ、と背後からの俺《おれ》の声に反応した千鶴《ちづる》は、水をかぶった子犬のように頭をぶるぶると震《ふる》わせて、画面を凝視《ぎょうし》し、ノーツの処理を再開する。

……ああ、なんだか俺《おれ》も、流れるノーツを見てたら眠気《ねむけ》が……。

「……スコアひっくいなおい」

ライブが終わった後のリザルト画面には、それはひどいスコアが表示されている。最高コンボ数なんて20コンボだ。普段《ふだん》のこいつなら300コンボ以上出すのに。疲労《ひろう》と眠気《ねむけ》のせいで千《ち》鶴《づる》の華麗《かれい》な運指は明らかに精彩《せいさい》を欠いている。

「馬鹿野郎《ばかやろう》、とっとと替われ」

「……」

もはや口応えする元気もないのか……。

千鶴《ちづる》は緩慢《かんまん》な動きで排出口《はいしゅつこう》からアイテムカードを取ると、椅子《いす》から腰《こし》を上げる。俺《おれ》の後ろへフラフラと移動する。

「気合と根性《こんじょう》が足りねぇんだよ。精神が肉体を凌駕《りょうが》してこそ、本物のキラプリプレイヤーだ。見てろ、俺《おれ》がSSRサンタコーデを入手する様を」

〈みゆ〉に続けて〈アリシア〉のフレチケをスキャンし、ライブスタート。

「……コンボ、途切《とぎ》れてる」

「あ、あれ……？」

意識が途切《とぎ》れるのとリンクして、〈みゆ〉のコンボも途切《とぎ》れる。

「……低いわね、スコア」

結果、リザルト画面には、それはもう目も当てられないほど低いスコアが表示されていた。最高コンボ数は8。ゴミである。これではSSRサンタコーデどころではない。

「次、替わって……」

「おまえ、まだやんのか……？」

「とうぜんでしょ……」

千鶴《ちづる》が生気のこもらない手つきで財布から百円玉を取り出す。このリビングデッド、まだやる気か。純粋《じゅんすい》にすげぇよ、おまえのキラプリ魂《だましい》。

「――うそ、もうこんな時間……いけない、帰らないと……」

しかし、席に座《すわ》ろうとした千鶴《ちづる》はわくわくらんどの壁掛《かべか》け時計《どけい》を確認《かくにん》すると、慌《あわ》てた様子で、出入り口のガラス扉《とびら》へと歩いていく。

「おい、おまえ一人《ひとり》で帰れるのか？」

千鶴《ちづる》は俺《おれ》の言葉を無視して、フラフラとわくわくらんどを出ていった。大丈夫《だいじょうぶ》かよあいつ。

そのまま墓場に行くんじゃないだろうな。

時刻はすでに午後七時半。さすがに門限があるのかもしれない。

「まあいい。邪魔者《じゃまもの》がいなくなったことだし、これで思う存分イベントモードができるぞ」

午後八時の閉店時刻まで、まだ時間がある。

俺《おれ》がSSRサンタコーデ……とってやる……よ……。

……………。

………翔《しょう》ちゃん、翔《しょう》ちゃん。

………ん？　………誰《だれ》かが俺《おれ》の名を呼んでいる。

「翔《しょう》ちゃん、ほら、起きて。もうそろそろ閉店だよ？」

「……お……？」

まぶたを上げると、そこには心配そうに俺《おれ》の肩《かた》をゆする會田《かいだ》さんがいた。

……しまった、寝《ね》落ちしていたか……不甲斐《ふがい》ない。

「うわ……二十分も寝《ね》てたのか」

腕時計《うでどけい》を見て驚《おどろ》く。もう閉店十分前だ。気づくと店内に設置されたゲームの筐体《きょうたい》の半ば以上は電源が落とされ、天井《てんじょう》に備え付けられたスピーカーからは蛍《ほたる》の光のBGMが流れている。さっきスタートボタンを押《お》してから三秒くらいしか経《た》ってない感覚だが……。

「ずいぶんお疲《つか》れみたいだねぇ、翔《しょう》ちゃん。どうだった？　映画」

會田《かいだ》さんが優《やさ》しく問いかけてくる。

「……なんとか目的は達成しました」

會田《かいだ》さんはにこにこと笑い、

「そっかぁ。きちんとお兄《にい》さんできてえらいね」

俺《おれ》の頭をよしよしと撫《な》でてくる。園児を褒《ほ》める保母さんみたいだ。なんだかとても恥《は》ずかしいからやめてほしい……あぁ、でも、ずっとこうしてもらうのもいいかも……。

「どうする？　翔《しょう》ちゃんがやりたいなら、もうちょっとだけやってく？」

俺《おれ》はちょっと考えて、頭を振《ふ》る。

「……やりたいのはやまやまですが……今日《きょう》はちょっと眠《ねむ》すぎて……ギリギリまでいるとお店に迷惑《めいわく》かけますし……」

「そっか」

會田《かいだ》さんは優《やさ》しく微笑《ほほえ》む。今日《きょう》は退散して、明日《あした》のイベント最終日に備えよう。そう決めて、コントロールパネルに出しっぱなしにしていたカードを回収しようとして、

「あいつ、なにやってんだよ……」

頭をガリガリとかく。コントロールパネルの隅《すみ》に、千鶴《ちづる》の財布《さいふ》があった。

會田《かいだ》さんもそれに気づいて「あらら」と財布《さいふ》を手に取ると、「ちょっとしつれーい」とカードスリーブをもぞもぞさぐる。

「ふーんどれどれ……。あ、翔《しょう》ちゃん翔《しょう》ちゃん、診察《しんさつ》カードに住所のってるよ。伊倉町《いくらちょう》3丁目の……わぁー、いいとこ住んでるねぇ。はい、翔《しょう》ちゃん」

「え？」

會田《かいだ》さんはニコニコしたまま、俺《おれ》に千鶴《ちづる》の財布《さいふ》を差し出し、

「わたしね、いまから新幹線で博多《はかた》にいかなきゃいけないんだぁー。こまったなー、こまったなぁー、だれか優《やさ》しい人が届けにいってくれないかなぁー」

その顔には「財布《さいふ》届けにいかないと出禁にしちゃうぞ♪」と書いている。

……しょうがねーなぁ。

「……行きますよ……」

「さっすが翔《しょう》ちゃんっ♪」

実際、財布《さいふ》ないとあいつも困るだろうしな……。

俺《おれ》はため息をつき、會田《かいだ》さんから聞いた千鶴《ちづる》の家のある住所へ向かうべく、閉店間際《まぎわ》のわくわくらんどを出た。

＊＊＊

「でけぇ……」

午後八時十五分。街灯のまばらな国道沿いを自転車で走ること十数分、會田《かいだ》さんに教えてもらった住所をたよりにやってきた場所は、地元の高級住宅地だった。その中でも一際《ひときわ》目立つ大きな洋館の前で、俺《おれ》は呆然《ぼうぜん》としている。

「あいつ、こんなすごい家住んでるのか……」

まさに、白亜《はくあ》の城、といった風情《ふぜい》だ。

三階建ての洋館をしげしげと見上げる。豪華《ごうか》すぎてすっかり目が覚めた。このあたりはほとんど来たことないからよく知らないけど、目の前のこの城は、新築というわけではなさそうだ。ここに越《こ》してきた千鶴《ちづる》の親が買い取ったか借りてるかしているのだろう。いずれにせよ千鶴《ちづる》の家庭がとんでもない金持ちだということは理解できた。

門柱にかかっている白木の四角い表札には、『新島《にいじま》』とある。

豪華《ごうか》な扉《とびら》の前には、いかめしい鉄格子《てつごうし》の門。

月は冴《さ》え冴《ざ》えとしていて、周囲は物音ひとつしない。急に夜の冷気がマフラーの隙間《すきま》に流《なが》れこんできた。思わず身震《みぶる》いする。

「めんどくせぇ……」

さっさと財布《さいふ》を渡《わた》して帰るか……。

寒さでかじかんだ手をこすり合わせて、インターホンのボタンを押《お》した。

「……留守か？」

十秒以上待ったが、インターホンからは何の返事もない。

「てかもう寝《ね》てるんじゃ……でも部屋《へや》の電気ついているし……」

門越《ご》しに家の窓をうかがう。三階、二階ともに真っ暗だが、一階だけはオレンジ色の灯《あか》りが一箇所《かしょとも》点っている。

ここまで来て財布《さいふ》を渡《わた》さずに帰るのも逆にめんどいな……。

再びインターホンを押《お》してみる。が、やはり返事はない。

「うーん……」

ちょっとしつこいかも、と思いつつ、二回連続で押《お》してみる。

ピンポーン、ピンポーン。

……あ、あれ。今さら気づいたけど、このインターホンのボタン、なんかキラプリの筐体《きょうたい》のボタンに似てるな……。

突如《とつじょ》俺《おれ》の中でキラプリスイッチが入ってしまった。身体《からだ》の血が急激に滾《たぎ》る。意思と関係なく、思わず目の前のボタンを連打してしまった。

「うおおおおおおおおおおおおおおおおおおおおおおおおおおおおおおおお！」

ガチャン！

「ふが！」

一心不乱に連打していると、突然《とつぜん》開かれた門扉《もんぴ》が鼻にクリーンヒット。衝撃《しょうげき》により身体《からだ》がのけぞる、そのまま地面にべたんと尻《しり》もちをついた。

「うるさい」

顔を上げると、無愛想《ぶあいそう》な表情を浮《う》かべた千鶴《ちづる》が、門扉《もんぴ》を片手で握ったまま俺《おれ》を見下ろしていた。

「いってぇなおまえ……」

鈍《にぶ》い痛みが鼻の奥《おく》で尾《お》を引いている。みだりに連打した俺《おれ》も悪いが、居るなら早く出ろっての……てか、骨、折れたんじゃないのこれ？　指で鼻を触《さわ》りつつ、千鶴《ちづる》を見上げる。

冬の夜空に冴《さ》え冴《ざ》えと光る月と、門柱の頂きに据《す》えられた二つの球状の光がしっとりと濡《ぬ》れた千鶴《ちづる》の黒髪《くろかみ》に反射している。わくわくらんどの帰《かえ》り際《ぎわ》はゾンビみたいな面だったのに、帰宅してシャワーでも浴びたのか、今は意識がはっきりしているようで、普段《ふだん》どおりの冷たい表情に戻《もど》っている。

「なにしにきたの」

俺《おれ》の突然《とつぜん》の来訪により、死ぬほど不機嫌《ふきげん》そうな声を漏《も》らす千鶴《ちづる》。

「……財布《さいふ》、忘れてたから、持ってきてやったんだよ」

いまだ鈍痛《どんつう》が続く鼻を片手で押《お》さえたまま、ポケットから千鶴《ちづる》の財布《さいふ》を取り出す。

「あ……」

取り出された自分の財布《さいふ》を見て、無表情だった千鶴《ちづる》の目が小さく見開かれる。なんだ、財布《さいふ》を忘れてきたの今さら気づいた、って顔しているな。ドジめ。

しかし千鶴《ちづる》は動揺《どうよう》を俺《おれ》に悟《さと》られたくないのか、すぐにまた鉄壁《てっぺき》の無表情を形作った。

「そんなこと頼《たの》んでないけど」

こいつ……あいかわらずの高慢《こうまん》っぷりだ。お礼くらい言えないのかよこのお嬢様《じょうさま》は。

しかし、寒いわ鼻が痛いわで、無駄《むだ》なエネルギーを使ってわざわざ反論するのもアホくさい……いいさ、そっちがその気なら俺《おれ》にも考えがある。

「じゃ、この財布《さいふ》はいらないんだな。俺《おれ》が貰《もら》うことにしよう」

取り出した財布《さいふ》を再びポケットにしまうと、千鶴《ちづる》はむっとして、

「泥棒《どろぼう》。今から警察呼ぶけどいいわね」

「はあ？　なんで俺《おれ》がドロボーなんだよ」

「じゃ、財布《さいふ》返して」

駄目《だめ》だ、会話にならん。どうやらこいつ、どうあっても自分が財布《さいふ》を忘れて、俺《おれ》に家まで届けてもらったという失態を認めたくないらしい。ドSならではの思考法だ。

「……ほらよ、もう忘れんじゃねーぞ」

俺《おれ》はため息をつき、千鶴《ちづる》に財布《さいふ》を投《な》げ渡《わた》す。いきなり投《な》げ渡《わた》されたものだから、千鶴《ちづる》はちょっと慌《あわ》てて胸の前で財布《さいふ》をキャッチした。

「てか、おまえこんなでっかい家に住んでんだな。ビビったわ」

千鶴《ちづる》の背後にそびえ立つ巨大《きょだい》な洋館をあらためて見上げてため息をつく。金持ちなんだろうなとは思っていたけど、まさかこれほどだとは。普段《ふだん》どんな生活を送っているのか、庶民《しょみん》の俺《おれ》にはまったく想像がつかない。

「やっぱあれか。毎日執事《しつじ》とか家政婦さんが来て、親と一緒《いっしょ》にすごいもん食べてるのか」

興味本位で何気なく訊《き》いてみた。

すると千鶴《ちづる》はバカを相手にするように「はぁ」とため息を漏《も》らした。

「発想が貧困《ひんこん》」

「ああ?」

千鶴《ちづる》はつまらなそうな顔で、小さな足に履《は》いている灰色のサンダルに視線を落とした。

「漫画《まんが》の読みすぎ。執事《しつじ》とか家政婦なんていないわよ………パパとママだって時々しか家にいないし……」

「え、あ……そうなの……」

思わず押《お》し黙《だま》ってしまった。

事情は知らないけど、余計なことを言ってしまったというのはさすがにわかる。

妙《みょう》な罪悪感が胸をきゅっと締《し》めつける。

「……とにかく渡《わた》したぜ。じゃあな」

これ以上長居してもしかたない。帰って熱い風呂《ふろ》に入ってとっとと寝《ね》よう。

俺《おれ》が踵《きびす》を返《かえ》すと、

「ちょっと待ちなさいよ、鼻血出して歩かれると迷惑《めいわく》。家の前が汚《よご》れるじゃない」

さっきから言いたい放題だなこいつ。肩越《かたご》しに千鶴《ちづる》をじっとりと睨《ね》めつけ、

「あのなぁ、そもそもおまえが勢い良く門を開けなきゃ……」

「だから」

千鶴《ちづる》は俺《おれ》の言葉を遮《さえぎ》って、もう我慢《がまん》できないという感じで言った。

「だから、診《み》てあげるってさっきから言ってるでしょ」

「初耳だぞそれ」

千鶴《ちづる》は不機嫌《ふきげん》そうな顔で俺《おれ》をじっと見つめ続ける。

……まあ、いいや。お言葉に甘《あま》えて、せめて鼻に詰《つ》めるティッシュくらいもらって帰るか。

「あがりなさい」

千鶴《ちづる》は横目で俺《おれ》を見やると玄関《げんかん》の扉《とびら》を開けて家の中に入った。

俺《おれ》は頭をかきながらその背中に続いて門をくぐる。

「うわ……すご」

玄関《げんかん》に一歩足を踏《ふ》み入《い》れると、とてつもなく広い空間に出迎《でむか》えられた。チリひとつ落ちていない、自分の顔が映りこむほど磨《みが》き上《あ》げられた大理石の玄関《げんかん》に息をのむ。

「こっち」

家の内部の豪華《ごうか》さに圧倒《あっとう》されながら靴《くつ》を脱《ぬ》ぎ、千鶴《ちづる》のあとに続いて、長い廊下《ろうか》を歩く。

「おい、暗ぇよ。廊下《ろうか》の電気ぐらいつけろよ」

「いいでしょ。私一人《ひとり》しかいないんだから」

「……俺《おれ》も一応いるんだけどな」

二人分《ふたりぶん》の足音がひたひたと音を立てる。長い廊下《ろうか》の壁《かべ》には、扉《とびら》がいくつもあった。

廊下《ろうか》の突《つ》き当《あ》たりには、扉《とびら》のすりガラス越《ご》しに淡《あわ》い光が漏《も》れている。千鶴《ちづる》が扉《とびら》を開く。あとに続くと、

「豪華《ごうか》すぎる……」

リビングらしいその広い部屋《へや》の天井《てんじょう》には、西欧《せいおう》の宮殿《きゅうでん》にあるようなバカでかいシャンデリアが吊《つ》るされていた。

「こんな高級感溢《あふ》れる部屋《へや》に入ったの、生まれて初めてだ……」

あまりの広さに少なからずテンションが上がったが、しかし——同時に妙《みよう》な違和感《いわかん》が俺《おれ》の心をかすめた。

この家には、ぽっかりと何かがない。

その足りない何かがわからず、俺《おれ》は部屋《へや》を見回した。

「あ……」

プラスチックの容器に入った、食べかけの、一人分《ひとりぶん》のご飯とおかず。

テーブルの上のそれを見て、ようやく悟《さと》った。

そうだ。

この家には、家族の存在が欠落している。

俺《おれ》の家には、父親は仕事で家を空けがちだが、玄関《げんかん》には趣味《しゆみ》の釣《つ》り竿《ざお》が何本も立てかけられて、たまに帰ってきたときは居間のテレビの前で寝《ね》そべってバカ笑いしている。リビングには干した洗濯物《せんたくもの》が乱雑にかかっていて、料理好きの母親が俺《おれ》が小さい頃《ころ》好きだった甘《あま》いお菓子《かし》を作っては無理やり食べさせようとしてくる。その、いわば家族の生活感——あたたかみが、この家には一切欠如《いつさいけつじよ》している。

こいつの家庭事情がどんな具合になっているのか、俺《おれ》は知らない。

仮に尋《たず》ねたとしても、千鶴《ちづる》はそんなこと俺《おれ》には喋《しやべ》らない気がする。

それでも、千鶴《ちづる》がこんなに広い家に、夜中に一人《ひとり》でご飯を食べているという事実が、胸をしめつけた。

ひょっとして——いや、ひょっとしなくても。

——こいつ、さびしい思い、してるんだろうな……。

「うおっ」

ちょっとしんみりしていると、千鶴《ちづる》がいきなり救急箱を俺《おれ》の顔に突《つ》きつけた。

「勝手に室内ジロジロ見ないでくれる？」

「……びっくりさせんなよな」

ふん、ちょっとほだされそうになった俺《おれ》がバカだった。やっぱり千鶴《ちづる》は千鶴《ちづる》だ。鼻にティッシュ詰《つ》めてとっとと帰ろう。すぐそばにあるソファに腰《こし》を下ろす。

「おおすげぇ、めっちゃ尻《しり》が沈《しず》みこむ……！　これが高級ソファの実力か……！」

そんなことに感動してる場合じゃねーな……。

救急箱を開けると、様々な薬品が入っている。箱の隅《すみ》の脱脂綿《だっしめん》を抜《ぬ》き取《と》り、適当に丸めて、鼻に突《つ》っこもうとすると、

「私が治療《ちりょう》するって言ったはず」

「お、おい」

千鶴《ちづる》はずんずんと俺《おれ》に近づくと、ソファに座《すわ》る俺《おれ》の正面に立ちはだかり、俺《おれ》の顎《あご》を指で支えて、ぞんざいに上向かせた。

「……」「……」

目の前に、千鶴《ちづる》の顔がある。

「いってぇ！」

いきなり、鼻の穴に綿棒を突《つ》っこまれた。

「ごめんなさい。真近くに小汚《こぎたな》い顔が来たから反射的に」

「おまえはアレか？　今晩中に、俺《おれ》の鼻を破壊《はかい》し尽《つく》さないといけないクエストでもやってんの……？」

「い、いいから」

千鶴《ちづる》は俺《おれ》から目をそらす。少しだけ赤くなった顔をうつむかせながら、小さな声で、

「……だまって、横になりなさい」

「へいへい」

ソファに仰向《あおむ》けになると、千鶴《ちづる》は俺《おれ》の顔の横で膝《ひざ》立ちになり、不機嫌《ふきげん》そうな顔で、俺《おれ》の鼻にティッシュを詰《つ》めていった。

「いたっ！　詰《つ》めすぎだろ、そんなにたくさん詰《つ》めなくていいって」

「い、いいのよ、これぐらいで」

千鶴《ちづる》はぎゅうぎゅうと俺《おれ》の鼻にティッシュを詰《つ》めながら、

「あなたの鼻に詰《つ》められるティッシュの気持ちを考えると、いたたまれなくなるわ」

「ティッシュに感情移入してんじゃねーよ……って、あれは！」

食卓《しょくたく》の上に無造作に開かれたそれを見て、体中《からだじゅう》の血が騒《さわ》いだ。

千鶴《ちづる》のキラプリファイルだ！

俺《おれ》はソファから跳《は》ね起《お》きる。いかん、興奮して鼻血がまた噴《ふ》き出《で》そうだ……！

「な、なぁ、ちょっとファイルの中身、見せてくれないか……？」

絶対断られる。けど、どうしてもキラプリのことになると歯止めがきかなくなってしまう。

さすがにダメだよな、俺《おれ》に大切なコレクションを見せるなんて。

千鶴《ちづる》は小さくちぎったティッシュを手に持ったまま、

「……い、いいけど……」

「えっ？」

意外だ、言ってみるものだな！

千鶴《ちづる》の手によりティッシュを詰《つ》められた俺《おれ》は、鎖《くさり》から解き放たれた猛犬《もうけん》のごとく、カードファイルが置いてあるテーブルに駆《か》け寄《よ》る。

「うお、このコーデ全部揃《そろ》えたのか……おおっ！【かぜまちカーディガン】じゃないか！

実物初めて見た！」

「しずかにして。近所迷惑《めいわく》よ」

開いたカードファイルを手に持って俺《おれ》は目を輝《かがや》かせる。

「すげぇ……すげぇよ、このカードファイル……！」

ホログラム加工されたカードがブランド別に綺麗《きれい》に収納されている。ページを繰《く》るたびに新たな美しさが展開する。ページをすべて繋《つな》げると、まさに金襴緞子《きんらんどんす》のような、実にきらびやかな絵巻物になるだろう。鎗々《そうそう》たるカードコレクションを眺《なが》めているだけで、強烈《きょうれつ》な陶酔感《とうすいかん》が身体《からだ》を駆《か》け巡《めぐ》る。うわぁ、きもちいい……。

「……このローファーって『パブロ・ハニー』の新作だろ？」

「違《ちが》う。それは『ラバーソウル』の色違《ちが》い。『パブロ・ハニー』はこっち」

千鶴《ちづる》はテーブルに身を乗り出して俺《おれ》が手に持ったファイルのページを繰《く》る。無愛想《ぶあいそう》な顔をしているが、その瞳《ひとみ》には、とっておきのおもちゃを友達に見せるような、嬉々《きき》とした色が浮《う》かんでいる。

――こいつ、本当にキラプリ好きなんだな。

嬉《うれ》しそうな目つきだけじゃなく、カードの収納の仕方だけでもわかる。カードゲームに興じる者のほとんどは、メインデッキ以外の性能の低いカード――いわゆる「使わないカード」は、わざわざファイリングせず、自宅の引き出しとかにまとめて収納してしまう。しかし、こいつは、この百科事典のような、冗談《じょうだん》みたいに分厚いカードファイルに、手に入れたカードを全て納めて持ち歩いている。いつでも使用できる態勢を整えているということを表しているし、なにより、一枚一枚のカードに惜《お》しみない愛情を注いでいるのだ。

おいおい、こんなカードファイル見せられると、なんだか、俺《おれ》も嬉《うれ》しくなってくるじゃねーか。

思わず緩《ゆる》みそうになる頰《ほお》を、歯を食いしばることによってなんとか堪《た》えた。

「それにしても、すごいな……本当にこれまでのアイテムカード、全部持ってんだな」

「……」

千鶴《ちづる》はしばらく押《お》し黙《だま》っていたが、首を横に振《ふ》った。

「……本当は、足りない。あとは、『プリマヴェル・コーデ』があれば、全部揃《そろ》う」

「……全国一位か」

全国ハイスコアランキング一位になれば『プリマヴェル・コーデ』と呼ばれるアイテムカードが筐体《きょうたい》から排出《はいしゅつ》される。キラプリプレイヤーなら誰《だれ》もが一度は憧《あこが》れる、究極の〝高み〟だ。

「……いつか、なりたいな」

俺《おれ》がぼそりとつぶやくと、千鶴《ちづる》が鼻で笑う。

「あなたごときが全国一位を目指すの？」

「いいだろ、俺《おれ》の勝手だ」

「ばかね。全国一位になるのは私。それだけは絶対に譲《ゆず》れない」

千鶴《ちづる》は強い力を瞳《ひとみ》に宿して俺《おれ》を見つめる。

「それに、全国一位を目指すのならば、まずは私に勝つことね」

そして、不敵な笑《え》みを浮《う》かべた。

そう、こいつに勝たなければ、俺《おれ》の夢は成就《じょうじゅ》しない。

「いずれ決着はつけるさ。でも、今はSSRサンタコーデを手に入れることが先決だな」

俺《おれ》は鼻に詰まったティッシュを抜き取り、

「そろそろ帰ろうかな。明日《あした》のイベント攻略に備えなきゃいけないし……。ありがとよ。血は止まったみたいだ。治療《ちりょう》してくれたし、一応礼は言っとくぜ」

千鶴《ちづる》は「ふん」と鼻を鳴らし、

「私が勝手にやったことだからお礼はいらない。それに、負けてあげる気もないから」

俺《おれ》の『全国一位』になるという発言がそんなにお気に召《め》さなかったのか。ほんと負《ま》けず嫌《ぎら》いだなこいつ。

「俺《おれ》が勝つに決まってるだろ」

「ずっと2位なのに?」

「……ほんとかわいくねーなおまえ」

俺《おれ》は千鶴《ちづる》と喋《しゃべ》りながら橙色《だいだいいろ》の照明の灯《とも》った廊下《ろうか》を歩く。

玄関《げんかん》で靴《くつ》を履《は》いていると、

「もう来ないでね」

「二度と来ねーよ」

靴《くつ》を履《は》き終え、扉《とびら》の取っ手に手をかけると、

「……………あの」

「ん？」

振《ふ》り返《かえ》ると、千鶴《ちづる》はうつむいて、小さな指の先をからませてもじもじしていた。何も喋《しゃべ》ろうとしない。小倉《こくら》のゲーセンでヤンキーに絡《から》まれたあとのような——何か言わなければならないことがあるのに、なかなかそれを口にできない——そういうもどかしい気配《けはい》が、千鶴《ちづる》の引き結んだ唇《くちびる》から強烈《きょうれつ》に漂《ただよ》っている。

もう帰っちまおうかな……。

取っ手を押《お》そうとした瞬間《しゅんかん》、千鶴《ちづる》は意を決したように、ポケットから何かを取り出し、俺《おれ》の顔の前にスッと差し出した。

「なんだ？」

怪訝《けげん》な気持ちでそれを見ると、

「え、これっておまえ」

びっくりした。

なんと、【マジカルかんざし】だった。

「え、え!?　くれんの？　俺《おれ》に？　なんで!?」

「ん」

千鶴《ちづる》はむっつりした顔でこく、と頷《うなず》く。

サンダルを履《は》いた爪先《つまさき》で一生懸命《いっしょうけんめい》背伸《せの》びして、小さな両腕《りょううで》を伸《の》ばし、千鶴《ちづる》が俺《おれ》の目の高さまで差し出しているカードを食い入るように見つめる。

それは、俺《おれ》がどうしても、どうしても欲《ほ》しかった、〈みゆ〉につけてあげれば絶対に可愛《かわい》くなるアイテムカード。俺《おれ》が犬みたくしっぽを振《ふ》ってまで欲《ほ》しいと懇願《こんがん》してしまった垂涎《すいぜん》のアイテムが印刷されたカード。それを突然《とつぜん》目の前に突《つ》きつけられて、しかもそれをあげると言われて気が動転してしまう。

「んんっ」

困惑《こんわく》するばかりでなかなか受け取らない俺《おれ》に痺《しび》れを切らしたのか、千鶴《ちづる》は仏頂面《ぶっちょうづら》で俺《おれ》の手に【マジカルかんざし】を押《お》し付《つ》ける。開きかけた扉《とびら》から俺《おれ》の背中をグイと押《お》して外に出すと、物も言わずにドアをバタンと閉めた。

「へ、変なやつ……」

閉まったドアを呆然《ぼうぜん》と見つめながら、俺《おれ》はやっぱり困惑《こんわく》し続けた。

ほ、ほんとに貰《もら》っちゃってもいいのかなこれ……。

俺《おれ》は千鶴《ちづる》の謎《なぞ》の行動の原因を探《さぐ》る。

ひょっとして……ひょっとしてだけど。

もしかしてこれって、今日《きょう》のお礼、なのだろうか。

映画を観《み》に小倉《こくら》へ連れていったこととか、キラプリヤンキーから助けたこととか、財布《さいふ》を持って来たことへの、千鶴《ちづる》なりの感謝の気持ち、なのだろうか。

「……まぁ、色々あったけど、今日《きょう》一日、なんだかんだ、楽しかったな」

柄《がら》にもなく、そんなことを思う。これもおそらく【マジカルかんざし】効果だろう。

「あとは、SSRサンタコーデを手に入れれば、安心して年が越《こ》せるな」

明日《あした》は二学期の終業式。学校は午前中で終わる。

イベント終了《しゅうりょう》予定時刻の夕方六時まで思う存分イベント攻略《こうりゃく》ができる。

劇場特典を使えば難なく高スコアを出すことができる。

SSRはもう目の前だ。

踊《おど》り出しそうな気持ちを抱《いだ》きながら門を出た俺《おれ》は、今日《きょう》一日の酷使《こくし》に悲鳴をあげる全身の筋肉を引きずって、家路についた。

第五章

イベント最終日。

終業式が終わってわくわくらんどに到着《とうちゃく》すると、千鶴《ちづる》がすでにキラプリの筐体《きようたい》の前に座《すわ》っていた。

「……あいかわらず早いなおまえ。ちゃんと小学校の終業式行ってきたのか？」

「……」

千鶴《ちづる》は無言。まあ返事があるとは期待してなかったけど。とりあえず千鶴《ちづる》はいつもどおりだ。

画面上に流れるノーツの量を見るに、どうやら難易度設定は『ＨＡＲＤ』のようだ。

元気いっぱいに歌い踊《おど》る〈ちづる〉のとなりでは〈もも〉が笑顔《えがお》で歌い踊《おど》っている。

「うわ、すげぇな、二人《ふたり》でオールパーフェクト判定かよ……」

昨日《きのう》とは違《ちが》い、千鶴《ちづる》は正確無比な運指でノーツを処理し、楽曲を難なく完走した。昨日《きのう》のゾンビっぷりが嘘《うそ》のような華麗《かれい》なプレイだ。

イベントランキングは47位と出ている。やっぱこいつすげぇな……。

「これはＳＳＲ排出《はいしゅつ》が期待できそうだな」

一昨日《おととい》、手足を用いて出したスコアのおよそ倍は稼《かせ》いでいる。この半分のスコアでＳＲが排《はい》出《しゅっ》されたのだ。確率次第《しだい》だけど、ＳＳＲが排出《はいしゅっ》されてもおかしくない。後ろに立っているので表情はわからないが、どうせ無表情なんだろうな。心の中でどう思っているかは知らないけど。

「……あれ？」

しかし、画面に表示されたプレゼントボックスから出てきたのは、ＳＲである【さざめきチュニック】だった。

「……まあ、そう簡単には出ないか。ちなみに今日《きょう》で何回目だ？」

千鶴《ちづる》は沈《しず》んだ声で、

「これで十回目。まったくＳＳＲが出ない」

「十回？　おかしいな……」

このスコアで十回やってＳＳＲが出ないのか……。イベントモードを高スコアでクリアすればＳＳＲが手に入る。最初のイベントでＳＳＲをゲットした千鶴《ちづる》自身がそう語っていた。

「もっと情報収集してみるか……」

俺《おれ》はスマホでツイッター検索《けんさく》し、

「えっ……!?」

イベントに関するツイートの中に、とんでもない証言があった。

『「れじぇんどアイドル」の友達とエキストラハードクリアしたらSSRガンガン出るぞ！』

『これ排出率《はいしゅつりつ》50%あるんじゃね？』

「まじで……？　エキストラハードでリアル友達と協力プレイしなきゃいけないのか？」

千鶴《ちづる》は排出《はいしゅつ》されたばかりのカードをケースに丁寧《ていねい》にしまいながら、

「私もさっき〈もも〉とエキストラハードを試《ため》したけど……〈もも〉はあまりコンボを繋《つな》いでくれないわ。のみならず……途中《とちゅう》で体力ゲージが持たず、勝手にゲームオーバーになる」

「え……」

俺《おれ》は攻略《こうりゃく》Ｗｉｋｉのページに飛ぶ。イベント情報が更新《こうしん》されている。『ＨＡＲＤ』でのサンタコーデの推定排出率《はいしゅつりつ》は……なんと、０・３％とある。

「まじかよ、確率低すぎだろ……！」

てか、これじゃあ、

「劇場特典意味ないじゃん！」

Ｗｉｋｉのリンクには、一緒《いっしょ》にエキストラハードを協力プレイしてくれるランカーを募集《ぼしゅう》するスレまで立っていた。イベント終了《しゅうりょう》目前にして、ＳＳＲを手に入れていない廃人達《はいじんたち》の切迫《せっぱく》した叫《さけ》びが聞こえてくるようだ。

「エキストラハードにもちゃんと対応してくれよフレチケ……」

しかし、冷静になると、たしかに、裏技《うらわざ》であり、開発スタッフの俺達《おれたち》に対する挑戦状《ちょうせんじょう》ともいえるエキストラハードモードに、公式配布物の劇場特典が完璧《かんぺき》に対応してくれるのを望むのは少々甘《あま》いのかもしれない。

「どれほど連コインすればいいんだよ……！」

０・３％の幸運に懸《か》けて、劇場特典を使ってひたすら『ＨＡＲＤ』をクリアするか。

サブのマイカードを用いて、ダブルプレイで排出率《はいしゅつりつ》50％の『ＥＸＴＲＡ ＨＡＲＤ』をクリアするか。

どっちも無理だ。

「ここまでか……」

今日《きょう》はイベントの最終日。終了《しゅうりょう》時刻は午後六時。現在午後一時十九分。

ほとんど時間は残っていない。

今から千鶴《ちづる》と交互《こうご》に筐体《きょうたい》を回すと、イベント終了《しゅうりょう》までに一人《ひとり》当たりのプレイ回数は多めに見積もっても、せいぜい二十五回が限度だ。その二十五回のなかで、一度でも０・３％の確率を引き当てなければ終わりだ。

じゃあ、50％を狙《ねら》って、エキストラハードをダブルプレイでクリアを狙《ねら》うか？　まさか。今から練習してなんとかなるものじゃない。それは千鶴《ちづる》も同様だろう。

「……」

わくわくらんどにおいては邪知《じゃち》暴君として威勢《いせい》を誇《ほこ》っていた千鶴《ちづる》が、肩《かた》を落としてなすすべなくうつむいている。俺《おれ》と同様に絶望を感じているようだ。

千鶴《ちづる》はこれまでの全イベントにおいて、プリマヴェル・コーデ以外、漏《も》らすことなくすべてのアイテムを手中に収めている。連勝記録がここで潰《つい》えてしまう。

「……俺《おれ》は、SSRサンタコーデを手に入れることができないのか」

せっかく一目《ひとめ》惚《ぼ》れしたコーデだったのに……。やはり幻《まぼろし》は幻《まぼろし》か。

俺《おれ》はその場にしゃがみこみ、頭をかかえる。

どうしても〈みゆ〉に着せたくて、ソロプレイヤーがなしうるすべての努力を払《はら》ったのに。

もう、打つ手はなにもなくなった。

「……」

いや、ある。

たった一つだけ、入手できる方法がある。

「……」

足元で呻吟《しんぎん》していた俺《おれ》の体から一挙に毒気が失《う》せたことを感じ取ったのか、千鶴《ちづる》も俺《おれ》と同じ「答え」にたどり着いたのか。いや俺《おれ》より早く気づいていたのか。何か言いたそうな目で、足元にうずくまる俺《おれ》をじっと見つめている。

SSRサンタコーデを入手するための最良の手段。

俺《おれ》は、ともすればずっと前から、この方法を、心のどこかで考えていたのかもしれない。

「あのさ、」「あの」

俺《おれ》と千鶴《ちづる》が同時に口を開いた瞬間《しゅんかん》、

「あー！　やっぱりここにいた！」

よく通る、明るい、聞きなじんだ声だった。

「……夏希《なつき》」

わくわくらんどのガラス扉《とびら》を勢い良く開けて駆《か》け寄《よ》ってきたのは、大人《おとな》めのカジュアルに身を包んだ夏希《なつき》だった。俺《おれ》の納屋《なや》の雑誌を検閲《けんえつ》した成果が出ている。普段《ふだん》の男勝《おとこまさ》りな雰囲気《ふんいき》は鳴りを潜《ひそ》め、艶《あで》やかな、女性らしさが漂《ただよ》っていた。

「翔吾《しょうご》！　こんなところでなにしてるのっ！　パーティー遅刻《ちこく》しちゃうよ!?」

夏希《なつき》は俺《おれ》の腕《うで》をぎゅっとつかむと、ぐいと引っ張り無理やり立たせる。ものすごい力だ。俺《おれ》を筐体《きょうたい》から少しでも引《ひ》き離《はな》そうとしている。

「うお!?　ちょ、ちょっと待てって！　俺《おれ》パーティー参加するつもりねーし！　そもそも遅刻《ちこく》もなにも、パーティーの会費払《はら》ってないんだから、俺《おれ》が参加できるわけないだろ！」

「払《はら》ってるよ！　昨日《きのう》翔吾《しょうご》から貰《もら》った四千円、翔吾《しょうご》の分の会費に当ててたんだから！」

「え……おまえ、なんで」

「翔吾《しょうご》が、パーティーに参加するためだよ！　こうまでしないと来ないじゃん！」

夏希《なつき》に引っ張られ、俺《おれ》は筐体《きょうたい》に体をぶつけそうになり、慌《あわ》てて、

「だから、おまえはなんでそんなに俺《おれ》をパーティーに参加させたいんだよ！」

クラス全員が参加するか知らないが、そんなものにかかずらっている場合ではない。今はそ

れどころじゃないんだ。もうイベント終了《しゅうりょう》までいくらも時間が残っていない。

「なんでって……！」

俺《おれ》の腕《うで》を握《にぎ》っていた夏希《なつき》の力がふと、抜《ぬ》けていく。

「……夏希《なつき》？」

胸騒《むなさわ》ぎがする。

夏希《なつき》はなにも答えない。

なにかを我慢《がまん》するかのように、じっとうつむいている。

「あのさ……翔吾《しょうご》、聞いて。あたし今から、結構真面目《まじめ》な話するから」

いつもの明るい夏希《なつき》の声のトーンが地の底まで下降する。その低い声を聞いて、俺《おれ》の胸に、妙《みょう》な罪悪感が芽生える。

夏希《なつき》は俺《おれ》の腕《うで》を力なくつかんだまま、意を決したように言った。

「クラスのね、全員……ほんとうに全員が参加するパーティーなんだよ」

言いにくそうな間を置いて、

「……そのパーティーに翔吾《しょうご》だけが参加しなかったら……もう、きっとこれからは……だれも誘《さそ》ってくれなくなっちゃうよ」

「……」

「……翔吾《しょうご》、あたしね…………見たくないよ……」

うつむく夏希《なつき》は俺《おれ》の腕《うで》を弱々しくつかんだまま、

「翔吾《しょうご》が、クラスのみんなから除《の》け者《もの》にされたりするのなんて……」

夏希《なつき》はふいに顔を上げた。悔《くや》しそうに言った。

「ゲームなんて、いつでもできるじゃん……」

胸に刺《さ》さった。

「本当に、心配なんだよ…… 翔吾《しょうご》のこと。……おといの、あの屋上のあと、あたしも色々考えたんだけど……やっぱりわかんないよ……なんで、高校生で、男の子の翔吾《しょうご》が、女の子がやるゲームに夢中になってるの？ ……おかしいよ」

「それは……」

筐体《きょうたい》に目をやる。両手を小さなひざの上に乗せた千鶴《ちづる》が、俺《おれ》の言葉に耳をそばだてるかのように、じっとうつむいている。

いつもなら反論できる。

でも、夏希《なつき》の真剣《しんけん》な顔が、俺《おれ》にそれをすることを躊躇《ちゅうちょ》させた。

「今後も、ずっとそうやって、ゲーム、やっていく気なの……？」

夏希《なつき》はどこまでも真剣《しんけん》な表情だった。

「……これが、大きな分かれ道になるかもしれないんだよ……？ 今後翔吾《しょうご》が、まともな人間に戻《もど》って、まっとうな人生を送れるか、それとも……」

「……」

夏希《なつき》は、優《やさ》しい。

本当に優《やさ》しい。昔からそうだ。俺《おれ》がなにか間違《まちが》ったことをすると、必ず心配して、俺《おれ》を正しい方向に導こうとする。夏休みのラジオ体操をズルして休もうとしたり、足の靭帯《じんたい》を痛めていたのに剣道《けんどう》の試合に出ようとしたとき。家族でもないのに、いや、家族でもここまで俺《おれ》のことを真剣《しんけん》に考えてくれる奴《やつ》なんていないかもしれない。

その夏希《なつき》が、ここまで深刻に俺《おれ》を諭《さと》してきたのは、生まれて初めてだった。

きっと、本当に、我慢《がまん》していたのだろう。

俺《おれ》がキラプリを嬉々《きき》としてやる姿に。小言レベルで済ませていたけど、本当に止めたかったのだろう。

驚《おどろ》くと同時に、キラプリにのめりこむようになったここ半年間の俺《おれ》の言動は、夏希《なつき》をここまで心配させてしまうほどの異常性を伴《ともな》っていたという事実に直面し、申し訳なさや、そら恐《おそ》ろしさなど、言いようのない様々な感情が一挙に胸を押《お》し潰《つぶ》していく。

「……」

俺《おれ》が何も答えられないでいると、夏希《なつき》は俺《おれ》の腕《うで》をぎゅっと握《にぎ》り、

「……お店の外で、待ってるからね」

夏希《なつき》はそう言うと、俺《おれ》の腕《うで》からそっと手を離《はな》し、振《ふ》り返《かえ》らずにわくわくらんどの出口へと駆《か》

けていった。

これまで、いかに他人から白い目で見られようと、決して誰《だれ》にも迷惑《めいわく》はかけていないという自負により、後ろ暗い気持ちを打ち消して、俺《おれ》はキラプリに没頭《ぼっとう》することができた。でも、違《ちが》った。夏希《なつき》は、俺《おれ》が考えている以上に、このゲームに熱を上げる俺《おれ》の身を案じていた。まともな人間にさせようという、夏希《なつき》の気持ちに、俺《おれ》はどう応えるべきか。

「行ってくればいいじゃない」

となりから、筐体《きようたい》の椅子《いす》に座《すわ》る千鶴《ちづる》の声が聞こえた。

「せっかく優《やさ》しい幼なじみがあなたみたいな駄目《だめ》人間を更生《こうせい》させようとしてくれているのだから」

「……なんだよその言い方」

「べつに」

千鶴《ちづる》はそっぽを向き、細い指で筐体《きようたい》のボタンを撫《な》でる。

「行きたいんでしょ」

「……行きたいとはべつに言ってねーよ」

「行ってクラスのみんなと友達になってくればいいじゃない。まともな人間に生まれ変わるチャンスよ」

千鶴《ちづる》の声音《こわね》が氷のように冷たくなっていく。

「……俺《おれ》は、キラプリがあればいいんだ」

これは、本心だ。いつわりない事実。

「うそつき」

「……どういう意味だよ」

ふいに湧《わ》いた小さな怒《いか》りで理性がまともに機能しなくなる。

これは、千鶴《ちづる》がいつも俺《おれ》に投げかける、毒舌《どくぜつ》や、挑発《ちょうはつ》の類いではない。明確な敵意と侮蔑《ぶべつ》が籠《こも》っている。頭が妙《みょう》に冷えていく。今までの人生でも何度か味わったことがある。夢を見ているような離人感《りじんかん》……喧嘩《けんか》になる一歩手前の、足元《あしもと》がゆらぐ感覚だ。

「キラプリ以外の雑念に縛《しば》られている人間は……しょせん二流ってことよ……！」

千鶴《ちづる》は、俺《おれ》に向かって叫《さけ》んだ。

「二流！　あなたなんか2位で二流よ！　二流っ！　二流っ‼　この二流っ！」

刃物《はもの》のように鋭《するど》い千鶴《ちづる》の声。それは、これまで俺《おれ》と千鶴《ちづる》の間で繋《つな》がっていた『なにか』を明確に断《た》ち切《き》ろうとしていた。

そして、

「あなたは『キ、キラプ、キラプリプ、プレイヤー、』なんかじゃないっ！」

バッサリと、断《た》ち切《き》られた。

こいつだけには、言われたくなかった。

「……ああ、そうだな」

大切な『なにか』を断《た》ち切られたことで、腹の底で抑《おさ》えていた気持ちが止められなくなった。

「2位だし、二流だし、そうだよ、俺《おれ》はキラプリプレイヤーなんて名乗れねぇよな。おまえと違《ちが》って、なにもかも捨ててゲームに打《う》ち込むなんてできねーからな！」

「二流！　中途半端《ちゅうとはんぱ》！　あなたがいたらキラプリが汚《けが》れる！」

「……てめぇ……！」

「ここから出てって！　いますぐ！　顔もみたくないっ！」

「……ああ出て行くよ！　二流の俺《おれ》はパーティーに参加してクラスのみんなで盛り上がってくるとするか！　一人《ひとり》でさびしくゲームするしかないやつとは違《ちが》うしな！」

「っ……！」

自分でも、ぞっとするほど冷たい言葉を放ってしまった。

千鶴《ちづる》は、筐体《きょうたい》の椅子《いす》に座《すわ》ったまま、ひざに手をあて、歳《とし》相応の、幼い子どもがするような、泣き出す寸前の顔になった。

「……ふん、もう二度とやるかよ」

俺《おれ》は千鶴《ちづる》の表情から逃《に》げるように、筐体《きょうたい》から離《はな》れた。

手の中にあるマイカードを投げ捨てようとしたが、

「……くそっ」

荒《あら》っぽく通学鞄《かばん》にしまい、出口へ向かう。

「……翔《しょう》ちゃん」

「……」

一部始終を見られていたんだろう。

さびしそうな目で俺《おれ》を見つめる會田《かいだ》さんと目を合わせられないまま、ガラス扉《とびら》を押《お》し開《あ》け、店の外に出た。

＊＊＊

「来てくれた……！」

わくわくらんどの外の駐輪場《ちゅうりんじょう》で、夏希《なつき》は嬉《うれ》しそうに笑った。

「待ってたよ！　翔吾《しょうご》！　きっと来てくれるって、信じてたよ！」

よほど俺《おれ》がパーティーに出席することが嬉《うれ》しいようで、俺《おれ》の手をぎゅっとつかんでブンブンと上下に振《ふ》る。

「ああ。来た。だから、もう心配すんな」

「うん……ずっと無理やり誘《さそ》い続けて、ごめんね。……でも、来てくれて本当に嬉《うれ》しい！」

夏希《なつき》は慌《あわ》てて、

「そっ、そうだ！　はやくいこっ！　もうパーティー始まっちゃってるよ！」

「おう……そうだな」

俺《おれ》と夏希《なつき》は公民館へ向けて自転車を漕《こ》いだ。夏希《なつき》と二人《ふたり》で自転車を併走《へいそう》するのはなんだか久しぶりで、懐《なつ》かしくなった。

「おっすー、黒崎《くろさき》っち！」

公民館に到着《とうちゃく》し、四階の両開きの扉《とびら》を開けて会場に入ると、手羽先を片手に持った学級委員長の磐田《いわた》が俺《おれ》を出迎《でむか》えた。会場にはクラスメイト達《たち》が作ったとおぼしきクリスマスの飾《かざ》り付けがところせましと飾《かざ》られている。いつの間に作ったのかな、これ。

「来てくれてすっげー嬉《うれ》しいよ！　やっぱ黒崎《くろさき》くんがいないとしまらないよねー！　夏希《なつき》ちゃんも今日《きょう》は楽しんでね！」

「う、うん」

「は、はは」

俺《おれ》と夏希《なつき》がテンションの高い磐田《いわた》に苦笑いを返している間に、磐田《いわた》は俺達《おれたち》から離《はな》れて、すぐ近くを通りかかった女子に話しかけ始めた。

「……ほ、ほらっ！　翔吾《しょうご》っ、グズグズしてるとお料理なくなっちゃう！　あたしたちもなにか食べよっ！」

「お、おう」

夏希《なつき》は会場の真ん中のテーブルに並べられた料理の山へと俺《おれ》を引っ張り、

「こ、こんなにたくさん！　ぜんぶおいしそう！　ほら、お皿貸して！　あたしよそってあげる！」

「に、肉ばっか盛られてもな……」

でも、たしかに、腹が減っている。そういえば朝からなにも食べていない。キラプリに熱中してたときは昼飯を抜《ぬ》いても苦じゃなかったのに。当たり前の生理現象に、当たり前に気づく。これが夏希《なつき》のいう「まともな人間」なのかもしれない。

――『キラプリ以外の雑念に縛《しば》られている人間は……しょせん二流ってことよ……！』

ふいに頭に湧《わ》いた千鶴《ちづる》の言葉を振《ふ》り払《はら》う。

「……よし、食うか」

肉が山盛りになった皿を片手に、テーブルに置かれた箸入《はしい》れに手を伸ばすと、

「きゃっ」

「っと」

フラフラとこちらに近づいてきた女子と肩《かた》がぶつかる。尻《しり》もちをつきそうになった女子の腕《うで》をとっさに掴《つか》み、

「わ、わるい、大丈夫《だいじょうぶ》か？」

「ご、ごめんなさいっ、わたし、ぼーっとしてて……ちょっと人をさがしてて……」

女子はへどもどしながら申し訳なさそうに体勢を整え、ふいに顔を上げて、

「あ、黒崎《くろさき》、くん……来てたんだ！」

俺《おれ》の顔を確認《かくにん》すると、パァッと音が出そうなほど顔が明るくなった。そして、急に恥《は》ずかしくなったのか、俺《おれ》から一歩距離《きょり》を取り、乱れたロングスカートの襞《ひだ》を慌てて整える。茶色のムートンブーツに、清楚《せいそ》な白いブラウス、おさげ髪《がみ》を止めた水色のヘアゴム。控《ひか》えめな出《い》で立《た》ちだが、気弱そうな彼女《かのじょ》なりの精一杯《せいいっぱい》のオシャレをしてきたというのが手に取るようにわかる。

そしてわからないのが……なぜか彼女《かのじょ》がすごく嬉《うれ》しそうだということだ。

「あっ……じゃ、じゃあ翔吾《しょうご》！　あ、あたし、ちょっとトイレいってくるから！」

「えっ？　ちょっ⁉　いきなりどうしたんだよ夏希《なつき》⁉」

ちょっと待て、二人《ふたり》っきりにしないでくれ……！　何話せばいいんだよ……！　気まずいだろ……！

夏希《なつき》はあたふたしながら会場の隅《すみ》のほうへピューンと移動した。

「……」

「……」

てか……えっと、誰《だれ》だっけこの人……。

見覚えがある。たしか、夏希《なつき》の友達の……昨日《きのう》、駅前で夏希《なつき》と一緒《いっしょ》にいた、俺《おれ》が千鶴《ちづる》を誘拐《ゆうかい》したと勘違《かんちが》いして半泣きになっていた……。

「悪い、その……」

うつむいた俺《おれ》を見て、名前を思い出せないことを察したのか、目の前の女子はちょっとだけショックを受けた顔をした。心が痛《いた》む。

しかし女子は気持ちを切り替《か》えるように、ぱっと明るい表情に戻《もど》って、

「し、白川芽衣《しらかわめい》です……黒崎《くろさき》くんの席の右から2つ目の席の」

「あ……」

思い出した。教室で、休み時間にいつも文庫本を読んでいる女子だ。名前を思い出せなかったのは、覚える気もなかった上に、印象も希薄《きはく》だったせいだろう。よくよく考えると、夏希《なつき》以外のクラスメイトの名前をまともに認知《にんち》していないなんて失礼にもほどがあるな……。

それに引きかえ、白川《しらかわ》は俺《おれ》の名前を認知《にんち》してくれていた。ありがたいやら忍《しの》びないやら……。

「……」

せっかくだから、お詫《わ》びに何か気の利《き》いた会話を…………ってダメだ、名前が分かったところで他人と会話を広げるスキルなんて俺《おれ》は持っていない。

「……」

白川《しらかわ》もなにやらうつむいて所在なげにしている……よし、逃《に》げるか……。

「ね、黒崎《くろさき》くんって、本、好き？」

立ち去ろうとする直前、白川《しらかわ》は俺《おれ》を引き止めようとするような目をして、そう尋《たず》ねてきた。

あまりに突然《とつぜん》な問いかけに怪訝《けげん》な顔をしてしまったのだろう、白川《しらかわ》は俺《おれ》を見てびくっと肩《かた》をすくめ、

「あの、その……黒崎《くろさき》くんって、いつも、昼休み一人《ひとり》で本読んでいるから……本、好きなのかな、って思って……あの、どんな本、読んでるの？」

俺《おれ》に気をつかうように、上目づかいでおずおずと尋《たず》ねてくる。会話の接穂《つぎほ》を見つけようと、必死になっているのかもしれない。いらぬ気をつかわせてしまってるな……。

「……」

白川《しらかわ》の瞳《ひとみ》には、怖《こわ》がりつつも、ちょっと期待のようなものが浮かんでいる。他人の読んでいる本に興味があるのか。よほど本が好きなのかもしれない。

「まあ、その……」

俺《おれ》は頰《ほお》をかく。どうしたものか……白川《しらかわ》の期待には応えたいが……事実を語るべきか……。

――『二流！　あなたなんか2位で二流よ！　二流っ！　二流っ!!　この二流っ!!』

まあ……どうでもいいか、いまさら失うものなどなにもない。正直に言ってしまえ。

「実はあれ、女性ファッション誌なんだ」

よし、引くなら引け。なんなら笑っていいぞ。

白川《しらかわ》は俺《おれ》の捨て鉢《ばち》になった言葉に一瞬《いっしゅん》、目を丸くしたが、

「女の人の服装に興味があるの？」

「興味っていうか……ゲームのための勉強を……」

「ゲーム……？　わ、わたしもゲームやってるよ！　黒崎《くろさき》くんはどんなのやってるの？」

白川《しらかわ》はスカートのポケットからパッとスマホを取り出した。意外だな。あんまり引かないらしい。まあ、話題がうまくゲームに移ったからな。たしかにスマホのソシャゲなら、多くの同級生がプレイしている。こういった、人と話すときの、コミュニケーションツールとしての機能も持ち合わせているし。

ただなぁ……。

「ゲームっていっても、ちょっとみんながあまりやらないようなのだから……」

「ぜんぜんいいよ、もしよかったら教えて！」

子犬のような瞳《ひとみ》で俺《おれ》を見上げてくる白川《しらかわ》。なんならぶんぶん振《ふ》られる尻尾《しっぽ》まで見えそうだ。ひょっとしたら本よりもゲームのほうが好きなのか？　うむ……わからん。おとなしそうに見えて、意外と好奇心旺盛《こうきしんおうせい》なのかも。

「まあ、その……ゲーセンでやる……アイドルの……服を……着《き》せ替《か》えたり……」

「？」

俺《おれ》がお茶を濁《にご》しまくっていると、白川《しらかわ》は小さく首をかしげる。さすがにクラスメイトにキラ

プリやってることをカミングアウトしたことないから恥《は》ずかしい……でも、もう後には引けそうにない……。

——『ここから出てって！　いますぐ！　顔もみたくないっ！』

うん……もういいや。

元からクラスでは浮《う》き気味だったんだ。嫌《きら》われたって構うものか。

白川《しらかわ》よ、覚悟《かくご》しろよ、俺《おれ》は今から壮絶《そうぜつ》に気持ち悪いことを言うぞ。女性ファッション誌を読んでいると言った俺《おれ》に引かなかったおまえのキャパシティを軽くオーバーしてしまうぞ。

俺《おれ》は勇気と諦《あきら》めを深く吸《す》いこんで、覚悟《かくご》を決め、一気に吐《は》き出《だ》した。

「俺《おれ》がやっているのは、キラプリっていう、女の子向けのアイドルアーケードゲームだ。もう一度言うぞ。小さな女の子向けのアイドルアーケードゲームだ」

「えっ……」

ほーら引いた。わかってたけどな。

「……」

白川《しらかわ》は、俺《おれ》の言葉に完全に固まっている。

そりゃそうだろう。さすがに、失うものがないとはいえ、恥《は》ずかしい。今度こそ本当に、白《しら》川《かわ》のもとを去るべく回れ右をしようとすると、

「あ、ごめんなさい……その、ちょっとびっくりしたけど……わたし、少しだけ、興味あ

るかも」

「……まじで？」

白川《しらかわ》の意外な言葉に、今度は俺《おれ》が固まる番になった。

「わたしもね、その……可愛《かわい》い服とか、キレイなものとか好きだから……。ねぇ、それってどんなゲームなの？　もっと教えて」

意外だった。

俺《おれ》はこれまで、絶対に理解してもらえないだろうと決《き》めこんでいた自分の趣味《しゅみ》を、目の前の女子は、否定せず、受け入れてくれようとしている。もちろん白川《しらかわ》がたまたま物事に偏見《へんけん》を持たない寛容《かんよう》な性格だったというのも多分にあるが……俺《おれ》が深刻に考えているよりも、案外、素《す》直《なお》に自分を他人に開示してもいいのか……？

「お、おう……そういうことなら」

俺《おれ》は、キラプリというゲームについて、できるだけ丁寧《ていねい》に、かつ気持ち悪くならないように注意しながら、白川《しらかわ》にその魅力《みりょく》を語った。語るうちにどんどん熱が入っていって、しだいに言葉が止まらなくなる。それにつれて、不安げな表情を浮《う》かべていた白川《しらかわ》の目が徐々《じょじょ》に明るくなっていく。

「……そういうわけで、キラプリは女児以外の、俺《おれ》のような高校生男子でも──いや、あらゆる年齢、人種に対応しうる、画期的で、最高のゲームなんだ」

全てを語り終えたとき、気づけば、白川《しらかわ》の顔がキラキラと輝《かがや》いていた。

「……すごい、黒崎《くろさき》くん、なんだか学者さんみたい……！　わたしも今度やってみようかなあ。……あの、今度やりかた、教えてくれる……？」

「ああ、もちろんだ」

「ほんとに？　……やった！」

白川《しらかわ》は喜びを噛《か》み締《し》めるように胸に両手を当てた。

俺《おれ》はあらゆることが人より劣《おと》っている自覚はあるけど、キラプリのことなら、誰《だれ》よりもうまく教えることができる自信がある。自分の趣味《しゅみ》が誰《だれ》かのために役立つならば、俺《おれ》は喜んでそれを引き受けるぞ。

「……あ、あのね、黒崎《くろさき》くん」

「ん？」

白川《しらかわ》は恥《は》ずかしそうに前髪《まえがみ》を整える。会話に弾《はず》みがついたことで勢いを得て、白川《しらかわ》のなかで何かの覚悟《かくご》が決まったのか、口のなかで小さく「よし……」とつぶやくと一呼吸おいて、勇気を振《ふ》り絞《しぼ》るように口を開いた。

「あの……覚えてる？　おとといの教室でのこと」

「一昨日《おととい》？」

「ほら、あの……清盛《きよもり》くんの下敷《したじ》き、取りにいってあげたときのこと」

下敷《したじ》き……ああ、そんなことあったな。

白川《しらかわ》はうつむき、スカートをぎゅっと握《にぎ》りしめて、

「あの、あのときの黒崎《くろさき》くん……その……」

「おっ！　黒崎《くろさき》来てたんだ！」

見覚えのある男が俺《おれ》の肩《かた》を気さくに叩《たた》いてきた。あーえーっと、名前は、

「おいおい名前くらい憶《おぼ》えてくれよぉ。河野《こうの》だよ、風紀委員の。まあ知らないんなら今日《きょう》から憶《おぼ》えてくれればいいや！　そうそう、一昨日《おとい》大塚《おおつか》とやりあったときの黒崎《くろさき》、すっげーカッコ良かったな！」

「大塚《おおつか》？」

「おまえ、まじか……同じクラスになって半年以上経《た》ってんだぞ……あれだよ、茶髪《ちゃぱつ》のサッカー部の」

「あぁー……あいつ大塚《おおつか》っていうのか」

「いやさ、あいつには普段《ふだん》から腹立ってた奴《やつ》も多いからな、黒崎《くろさき》があのときあいつに啖呵《たんか》切ってくれて、ほんとスカッとしたぜ！　ほんとカッコ良かったぞ！」

「そ、そうか？」

河野《こうの》は笑顔《えがお》で俺《おれ》の肩《かた》に腕を回してくる。河野《こうの》の屈託《くったく》のない笑顔《えがお》につられて、俺《おれ》も自然と笑顔《えがお》になった。

「そうだ、黒崎《くろさき》、いまさっき白川《しらかわ》となにやら盛り上がってたけど、なんの話してたんだ？」

「あー、その」

会話の内容をしゃべろうか迷っていると、白川《しらかわ》がもじもじしながら、

「そ、その……ひみつ」

白川《しらかわ》が俺《おれ》の目を上目《うわめ》づかいでチラリと見てくる。ああ、正直ありがたい。さすがに今日《きょう》一日で二人《ふたり》以上にキラプリのことをカミングアウトするのは精神が持たない。

「な、なんてこった……！　黒崎《くろさき》と白川《しらかわ》って、そういう関係だったのか!!」

「……なんか、勘違《かんちが》いしてないか、河野《こうの》」

「大丈夫《だいじょうぶ》だって、みなまで言うな！　俺《おれ》が今度いいデート場所教えてやるから、ちゃんとおまえがエスコートすんだぞ！」

「だ、だから、そんなんじゃねーよ！」

河野《こうの》は俺《おれ》の肩《かた》を叩《たた》き、白川《しらかわ》はうつむいて顔を赤くしている。

なんだ、思ってたよりも、クラスのパーティーってのも、案外悪くないんじゃないか？　正直今ちょっと楽しいぞ？　案外このまま馴染《なじ》めるんじゃないか？

「……ん？」

突然《とつぜん》、ポケットの中のスマホが震《ふる》えた。

どうやらメールではない。そもそもメールが来るような相手もいないし……キラプリのタイ

ムボーナスのアラーム、こんな時間にかけたっけ……？

新たな生徒が輪に加わり、すっかり別の話題で盛り上がり始めた河野《こうの》と白川《しらかわ》からそっと離《はな》れて、スマホを取り出す。

画面を確認《かくにん》すると、知らない番号が画面に表示されていた。

「……誰《だれ》だ？」

不審《ふしん》に思う間にも、スマホのバイブはいっこうに止《や》む気配《けはい》はない。手の中でひたすら震《ふる》え続けている。

このまま無視してバイブが鳴りっぱなしになるのもおっくうだな……。

イタズラ電話だったらすぐに切ればいいか。

不承不承《ふしょうぶしょう》に通話ボタンを押《お》して、スマホを耳に当てた。

「……もしもし？」

電話の向こうからは何も聞《き》こえてこない。

なんだ、やっぱイタズラか……。

スマホを耳から離《はな》そうとした瞬間《しゅんかん》、かすかに鼻をすするような音とともに、

「……2位？」

心臓がドクンと跳《は》ねる。

「おまえ………千鶴《ちづる》か？」

聞き覚えのある小さな声に、慌《あわ》ててスマホを耳に当て直す。

……なんで千鶴《ちづる》が俺《おれ》に電話を？

そういえば、昨日《きのう》。

小倉《こくら》に行く前に、万が一に備えて、俺《おれ》の電話番号を千鶴《ちづる》に渡《わた》してたっけ。

だが、なぜ今千鶴《ちづる》が俺《おれ》に電話を……？

「………………」

しかし、千鶴《ちづる》は何も言わない。時折鼻をすする音だけが聞《き》こえてくる。

ざわざわとした感覚が胸をよぎる。

只事《ただごと》ではない。

「……どうした？」

数秒の沈黙《ちんもく》のあと、

「……くした」

「は？」

声が小さすぎて聞き取れない。

じっと耳をそばだてていると、電話の向こうから、くぅ、と小さく息を吸《す》いこむ音のあとに、

「マイカード、失《な》くした……」

湿《しめ》り気《け》を帯びた、千鶴《ちづる》の声が返ってきた。

かすかに震《ふる》えるその声を聞いて、血の気が引いていく。

「……は？　失《な》くした？　マイカードを？」

念を押《お》して聞いてみる。何かの間違《まち》《が》いだ。そんなこと、絶対にあってはならない。

千鶴《ち》《づる》は声を詰《つ》まらせながら、

「あのあと、私もわくわくらんど出て……途中《と》《ちゅう》で……デッキないのに気づいて」

千鶴《ち》《づる》がいつも肌身《はだみ》離《はな》さず腰《こし》にぶらさげていた桜色のデッキケース。その中に、あいつはいつも大切にマイカードを保管していた。動揺《どうよう》してうまく機能しない頭でなんとか整理してみる。

俺《おれ》がわくわくらんどを出たあと、千鶴《ち》《づる》もわくわくらんどを出て、そして、

「……どこかに落としたのか？」

「…………うぅ」

今にも泣き出しそうな気配《けはい》が電話越《ご》しに伝わってくる。

──嘘《うそ》だろ……？

マイカードの紛失《ふんしつ》。

それは、すべてのキラプリプレイヤーにとって、もっとも恐《おそ》るべき事態だ。

マイカードには、これまでキラプリで育ててきたアイドルのセーブデータが詰《つ》まっている。いわば自分の歴史であり、未来へと通じる現在の自分を証明する唯一《ゆいいつ》のカード。それを消失したということは──キラプリプレイヤーとしての死を意味する。

掛《か》け値《ね》無しの絶望だ。

「……ねえ、どうしよう……どうしよう……」

電話から漏《も》れ聞こえてくる声は、普段《ふだん》の千鶴《ちづる》からは想像できないほどに動揺《どうよう》している。当たり前だ。俺《おれ》だってマイカードを失《な》くしたら正気を保っていられなくなる。あの千鶴《ちづる》が俺《おれ》に電話をかけてくるほどの異常事態だ。それくらい千鶴《ちづる》は今、混乱している。

あれこれ考えるのは後回しだ。とにかく、今は千鶴《ちづる》を落ち着かせないと。

「おまえ今どこにいるんだ。家か？」

慌《あわ》てず、努めて冷静な声で尋《たず》ねる。電話の向こうからは言《い》い淀《よど》むような気配《けはい》のあと、

「……小倉《こくら》」

「は⁉」

なぜ、千鶴《ちづる》が小倉《こくら》にいるんだ？

「小倉《こくら》の、ゲームセンターのキラプリなら、誰《だれ》か、いっしょに、イベントしてくれる人がいるかもしれない、と思って……ゲームセンターのあるビルの手前で、ケースないのに、気づいて」

ちょっと待て、千鶴《ちづる》はあのあと、電車に乗って一人《ひとり》で小倉《こくら》の街を歩いたというのか？

「なにやってんだよ！」

意味が無いとは充分《じゅうぶん》にわかりつつも、千鶴《ちづる》の取った行動のあまりの危険性に、思わず大きな声で叫《さけ》んでしまった。

小倉《こくら》も、今日《きょう》ほとんどの学校で終業式を迎《むか》えている。解放感に満《み》ち溢《あふ》れた素行の悪い学生や地元の不良がわらわらとひしめいているはずだ。

「う……」

俺《おれ》の怒鳴《どな》り声に、千鶴《ちづる》のおののく気配《けはい》が電話越《ご》しに伝わってきた。すぐ後悔《こうかい》し、

「すまん。あのな、俺《おれ》がそっちに着くまで駅の改札前のトイレにこもってろ。途中誰《とちゅうだれ》かに声をかけられても無視して、走ってトイレに逃《に》げろ」

「……うん」

千鶴《ちづる》が承諾《しょうだく》したことを確認《かくにん》して、通話終了《しゅうりょう》ボタンを押《お》す。うかうかしていられない。すぐにスマホで小倉《こくら》行きの電車を確認《かくにん》する。十五時四分。これを逃《のが》したらあと一時間待ちだ。腕《うで》時計《どけい》の針は十四時四一分を示している。ここから駅まで全力で自転車を飛ばせば二十分。間に合う。

「どうしたの翔吾《しょうご》?」

電話をしていた俺《おれ》を離《はな》れたところから見ていたのか、夏希《なつき》が心配そうな表情を浮《う》かべて俺《おれ》に声をかけてきた。

「……」

俺《おれ》は悩《なや》んだ末、夏希《なつき》に頭を下げた。

「わるい夏希《なつき》。やっぱ俺《おれ》、帰るよ」

「え？ ……なんで？ あんなにみんなで楽しそうにしてたのに……一体、どうしたの？」

ジュースの入ったグラスを片手に持ったまま、眉《まゆ》をひそめる夏希《なつき》。

事情を説明するのももどかしく、

「あのな、一昨日《おととい》駅前で俺《おれ》と一緒《いっしょ》にいたやつ知ってるだろ？ そいつがちょっと、大切なカード失《な》くしちまって……今小倉《こくら》にいるらしいんだけど……とにかく、行ってくる」

「……またキラプリ？」

夏希《なつき》はさらに眉《まゆ》をひそめて、

「事情はよくわかんないけど……つまり、今からここを出て『キラプリのほう』に行くってこと、だよね？ ……そんなに、重要なの？ それに、失《な》くした、って、ただのカードでしょ？」

ただのカード。そう、夏希《なつき》や、キラプリに興味の無い者にとってはそうだろう。

だが、俺《おれ》や千鶴《ちづる》にとってそれは『ただの』では済まされない、命よりも大切なものだ。

それがどれほど大切なのか、言葉で説明できないし、している暇《ひま》なんてない。だから、

「……ごめん」

つい、焦《あせ》ってしまった。いつもの悪い癖《くせ》だ。言葉が足りない。

俺《おれ》の言葉を聞いて、夏希《なつき》の瞳《ひとみ》がしだいに明確な怒《いか》りの色を宿し、徐々に水気を帯びていき……。

「っ……！」

会場に響《ひび》き渡《わた》るほどのビンタを、夏希《なつき》は俺《おれ》の頬《ほお》に見舞《みま》っていた。

「せっかく、来てくれたのに……っ」

夏希《なつき》は声を震わせながら、

「ごめん、じゃ、ぜんぜんわかんないよ……!」

夏希《なつき》はすぐに、自分の手のひらを見て自分の取った行動にハッとしてうろたえている。周囲の生徒がざわつき、遠巻きから俺《おれ》と夏希《なつき》をうかがっている。ざわめきは波のように、ゆっくりと会場に伝播《でんぱ》していく。

「夏希《なつき》……」

夏希《なつき》は、教室で浮《う》いている俺《おれ》の身を案じて、わざわざパーティーに誘《さそ》ってくれた。これをきっかけに、クラスに溶《と》けこむことができるように、と。

こんなに良《い》い奴《やつ》、どこを探してもいない。決してないがしろにしてはいけない。

だから、俺《おれ》なりに、言葉が足りないなりに、誠意を込《こ》めて、きちんと気持ちを伝えよう。

「なあ、夏希《なつき》……聞いてくれ」

電話越《ご》しの、千鶴《ちづる》の泣きそうな声が脳裏《のうり》に蘇《よみがえ》る。

「困ってる奴《やつ》が、いるんだ………だから、行かないと」

「……翔吾《しょうご》……」

夏希《なつき》は俺《おれ》の言葉を聞き、深く考《かんが》えこむように、押《お》し黙《だま》る。

「おい、せっかくみんなで楽しんでいるのに、ぎゃーぎゃーうるさいんだよ」

人垣《ひとがき》を無理やり掻《か》き分《わ》けて、リア充《じゅう》……もとい大塚《おおつか》がやってきた。

くそっ、こんなときに……！

「パーティーの空気わるくするなよ。なあ？　聞いてんの？」

前髪《まえがみ》をしきりに触《さわ》りながら、俺《おれ》に近づいてくる。

クラスメイトが周囲でざわついている。

チラリと腕時計《うでどけい》を確認《かくにん》する。十四時四三分。

……早く出ないと、電車に間に合わねぇ……！

「痛てっ⁉」

そのとき、視界の端《はし》からゆるい放物線を描《えが》いて何かが飛来した。大塚《おおつか》の頭に当たって、コツン、と乾《かわ》いた音を立てた。飛来物は大塚《おおつか》の頭で跳《は》ね返《かえ》って再び小さな弧《こ》を描《えが》き、俺《おれ》の足元に落下した。床《ゆか》をコロコロと転がるそれは、会場のテーブルに山積みにされていた、ジュースの空《あ》き缶《かん》だった。

「おい誰《だれ》だ⁉　今の！」

大塚《おおつか》は周囲をキョロキョロと見回す。視線を投げかけられた人垣《ひとがき》が取り乱して「おれじゃない」「わたしじゃない」と潮のように引いていく。

空《あ》き缶《かん》が勝手に飛んでくるわけがない。

一体、誰《だれ》が。

「……っ！　あいつか……！」

見つけた。

会場の隅《すみ》にいる、小集団。その中心にいる、一際《ひときわ》背の高いアフロ頭が、やたら男前な表情で、会場の出口を親指で指し示している。

――サンキュー、アフロ。

俺《おれ》はアフロに目で礼を言い、人垣《ひとがき》に紛《まぎ》れて混乱の渦中《かちゅう》にある会場の扉《とびら》を開けた。

階段を転がるように駆《か》け下りて公民館を飛び出した。

ごめんな、夏希《なつき》。

俺《おれ》は駐輪場《ちゅうりんじょう》に停《と》めていた自転車にまたがり、駅を目指して全力でペダルを踏《ふ》む。

ひたすら漕《こ》ぐ。

真っ白な息が視界を邪魔《じゃま》する。

目の前に現れた駅のホームには、すでに電車が入っていた。

「ちっ……！」

無人改札を抜《ぬ》け、ドアの締《し》まりかける電車に飛び乗る。席に座《すわ》るのももどかしく、閉じた扉《とびら》にもたれかかる。

「なんであいつなんかのために……」

奥歯《おくば》を噛《か》み締《し》める。

ちょっと楽しいと思いかけたパーティーを抜《ぬ》け出《だ》してまで、なぜ今、俺《おれ》はあいつのために必死に小倉《こくら》を目指しているんだろう。

車窓を流れるさびれた町を見つめながら考える。自転車を全力で漕《こ》いで荒《あら》くなった呼吸が邪《じゃ》魔《ま》して、あれこれ考えるのがおっくうになってきた。

下関駅《しものせきえき》に到着《とうちゃく》すると小倉《こくら》行きの電車に飛び乗る。発進した電車は造船所を左手にして、徐々《じょじょ》に傾斜《けいしゃ》しながらぽっかりと口を開けたトンネルに滑《すべ》りこむ。

暗く長いトンネルを静かに電車が走っていく。

海底を走る車内の静けさが心をざわつかせる。ふと窓に映った自分の顔を確認《かくにん》すると、目が血走っている。

「なんでもいいから、もう……早く着け……！」

この歳《とし》になるまでこのトンネルを幾度《いくど》となく往復したが、こんなに長く感じるのは初めてだ。

ひょっとしたらずっと続くのではないか。そう思ったとき、冬曇《ぐも》りの空から漏《も》れる光とともに、北九州《きたきゅうしゅう》の街が現れた。

第六章

電車が小倉駅《こくら》のホームに到着《とうちゃく》した。

悪いと思いつつ、駅員に運賃を無言で渡《わた》して、改札を抜《ぬ》ける。

すぐ目の前のベンチに、千鶴《ちづる》がうつむいて座《すわ》っていた。

「おい、おまえ無事か」

俺《おれ》が駆《か》け寄《よ》ると、千鶴《ちづる》はうつむいたまま、何も言わない。

「……」

とりあえず、ケガや着衣の乱れはない。外から見る分には、目立った変化はない。

「おまえ、なんでまた一人《ひとり》で……」

黙《だま》り込《こ》んでいる千鶴《ちづる》の右回りのつむじをじっと見つめていると、顔を上げないまま、

「……どこにもないの……駅をおりるまではあったと思うんだけど……来た道ぜんぶさがしたけど……どこにもなくて……」

「……」

「……どうしよう。これじゃもう、キラプリできない」

正確には、できないことはない。最初からアイドルのデータを作りなおせば、キラプリはで

きる。しかし、夢中になっているゲームのセーブデータがすべて消えてしまう恐怖《きょうふ》というのは、もうそのゲームを引退してしまいたくなるほどの破壊力《はかいりょく》を有している。それに、千鶴《ちづる》にとって、キラプリはもはや単なる娯楽《ごらく》としての範疇《はんちゅう》を超《こ》えている。マイカードには、千鶴《ちづる》のこれまでのキラプリの活動の全データが詰《つ》まっている。

『全国一位』を目指すべく鍛《きた》え続けてきた〈ちづる〉のデータの紛失《ふんしつ》。

それはもはや自分の身体《からだ》の一部、そして生きる意味を突然《とつぜん》消失したのと同義だ。

「本当に全部、探したのか？」

念を押《お》して訊《き》いてみる。勘違《かんちが》いじゃないのか。ランドセルの隅《すみ》のほうに挟《はさ》まっているとか、スカートのポケットに入っているとか。昨日財布《きのうさいふ》を筐体《きょうたい》に置き忘れたように、こいつ意外とドジだから、ひょっとしたらわくわくらんどに忘れてきたとか。

しかし、千鶴《ちづる》は瞳《ひとみ》に涙《なみだ》をいっぱいためて、こくん、とうなずくだけだった。

「……」

俺《おれ》は、頭の中で千鶴《ちづる》に何を言おうか考えた。

しかし、胸からこみ上げるたった一つの言葉が、すべてを一気に押《お》しのけた。

「あきらめんじゃねーよ」

自分でも、自分の発した言葉が予想外だった。それは千鶴《ちづる》にとってもそうだったらしく、はっと顔を上げたその潤《うる》んだ瞳《ひとみ》には、戸惑《とまど》いの色が浮《う》かんでいた。

「俺《おれ》が見つけてやる」

千鶴《ちづる》の瞳《ひとみ》が、大きく見開かれた。じわりと新たな涙《なみだ》が滲《にじ》む。しかしすぐに躊躇《ちゆうちよ》の色を宿し、

「……で、でも」

千鶴《ちづる》は視線を地面に落とす。

俺《おれ》だって自分で自分の言葉が信じられねえよ。ただもう、考えている時間はない。

「とにかく急いで探す。拾われたら一巻の終わりだ」

俺《おれ》はかまわずゲームセンターへ向かう道を歩き出した。

「ま、待って……！」

振《ふ》り返《かえ》ると、千鶴《ちづる》がベンチから立ち上がり、俺《おれ》のあとを必死についてこようとする。

「おまえは家に帰ってろ」

千鶴《ちづる》は泣きそうな顔でぶんぶんと首を横に振《ふ》る。置いていかれないようにしようとしたのか、俺《おれ》の服の裾《すそ》を小さな指で強く摑《つか》んだ。

「……」

駅の改札口に目を走らせる。お互《たが》いの胸ぐらをつかんでにらみ合っている高校生、女子中学生が笑顔《えがお》で駅員に絡《から》んでいる。まずい。このあたりの学校も下校時刻を迎《むか》えて不良がたむろしはじめている。ひょっとしたらホームや電車内にも……。

「行くぞ。絶対に俺《おれ》の側から離《はな》れるな」

千鶴《ちづる》は涙をぬぐいながらこくんと頷《うなず》く。

俺《おれ》は千鶴《ちづる》がしっかりと服の裾《すそ》を摑《つか》んでいることを確認《かくにん》し、歩き出す。駅を出て、千鶴《ちづる》の通った道をしらみつぶしに探す。

「桜色だったよな、デッキケース」

「……うん」

「道に落ちてればわかるはずだ」

しかし、まったく見当たらない。交番に届いているかもという甘《あま》い幻想《げんそう》はこの街には無い。誰《だれ》かに拾われてそのまま持ち去られたのかもしれない。絶望的だった。

「もう、そのあたりぜんぶさがした、なかった」

「隅《すみ》のほうとかよく見たか?」

アーケードの雑踏《ざっとう》の中、ひたすら地面に目を凝《こ》らす。ふいに足を止めた千鶴《ちづる》から泣きそうな気配《けはい》が伝わってくる。手を握った。歩く。ラーメン屋の軒先《のきさき》から漂《ただよ》う強烈《きょうれつ》なとんこつ臭《しゅう》、ドラッグストアの前でお互《たが》いの髪にブリーチをかけあって大はしゃぎする女子高生、ライブハウスへと続く地下の階段を下っていく赤いバンダナを巻いたタトゥーだらけの男達《たち》、握《にぎ》った手から伝わってくる千鶴《ちづる》の小さな手のひらの感触《かんしょく》。

小さく、熱く湿《しめ》ったその感触《かんしょく》だけが、やけに鮮明《せんめい》だった。

「……ないな、くそ」

結局ゲームセンターのある商業施設《しせつ》の近くまできたが、千鶴《ちづる》のデッキケースはどこにも落ちていなかった。

——どこにあんだよ……。

顔を上げる。

目の前には、橋があった。

その下には、大きな川が流れている。

「おまえ、この橋渡《わた》ったか？」

「うん………この橋のうえで、人とぶつかって…………もしかしたら、そのときに、落としたのかも……」

「……それだ！」

これまで歩いてきた地面にはどこにも落ちていなかった。

だったら、俺《おれ》が探せる残された場所は……ここしかない。

俺《おれ》は息を呑《の》んで、橋の欄干《らんかん》に手をつき、もう一度川を見下ろす。今にも凍《こご》えつきそうな水が下流に向かって緩《ゆる》やかに流れている。

……くそっ、もうここまできたらやるしかねぇ。

土手に回って、川岸まで歩く。水際《みずぎわ》に着くと、制服のズボンの裾《すそ》を膝《ひざ》までまくり、靴《くつ》を脱《ぬ》ぎ、靴下《くつした》を脱《ぬ》ぎ捨てた。

「え……なに、してるの……？」

橋の欄干《らんかん》に身を乗り出した千鶴《ちづる》の戸惑《とまど》う声が聞こえてきた。ほんと、なにしてるんだろうな。

素足《すあし》になった俺《おれ》は、目を閉じて、川面《かわも》に足の先を浸《ひた》した。

「つ、冷てぇっ……！」

年《とし》の瀬《せ》の川の水が、容赦《ようしゃ》なく足に突《つ》き刺《さ》さる。爪先《つまさき》から頭頂部まで痺《しび》れが走る。予想以上に冷たかった。

覚悟《かくご》を決めて、両足を川に突《つ》っこむ。水深はくるぶしが浸《つか》らない程度の浅さ。雑草がいたるところに繁茂《はんも》している。もし橋の上でデッキケースを落としたのであれば、流されずに、どこかの茂《しげ》みに引っかかっているかもしれない。

「ねぇ、もういいよ！　探さなくて！」

足の裏に砂利《じゃり》や小石がチクチクと突《つ》き刺《さ》さる。かまわず歩く。

「ちっ、日が落ちてきたな……急がないと」

川面《かわも》が夕陽《ゆうひ》を弾《はじ》いて反射する。

暗くなったら、もう見つけられなくなってしまう。

朽《く》ちた木の枝を手当《てあ》たり次第《しだい》に掻《か》き分《わ》けながら川底を歩き回っていると、橋の上から再び千《ち》鶴《づる》が泣きそうな声で叫《さけ》んだ。

「はやく！　冷たいから！　あがってきて！」

「黙《だま》ってろ」

しょうがないだろ。

俺《おれ》には、わかっちまうんだから。

こいつと同じ『きらめきアイドル』の俺《おれ》には、こいつの辛《つら》さが痛いほどわかる。無くしたカードが、千鶴《ちづる》にとってどれだけ大切なものか。もういいわけない。自分だったらたぶんショックで死ぬ。毎日毎日、それこそ寝《ね》る間を惜《お》しんで自分のアイドルを可愛《かわい》くさせることだけを考え、技術を磨《みが》き、究極の〝高み〟に向かって走り続けてきた。その努力の集積があのカードなのだから。

「あなた、わたしのこときらいなんじゃないの、なのに、なんで」

「ああきらいだよ。まじむかつくよ。――……でも、おまえのいないキラプリで一位になっても意味ないんだよ」

ずっと、誰《だれ》にも、わかってもらえないと思っていた。

キラプリに情熱を注ぐ俺《おれ》のこだわり、俺《おれ》の信念。

その想《おも》いにまったく同じ――いや、俺《おれ》以上のこだわりと信念を込《こ》めて本気で牙《きば》を剝《む》いてきた、初めての相手が、千鶴《ちづる》だった。

「絶対見つけてやる」

そいつが、カードを無くしたからというつまらない理由で、キラプリをあっさり辞《や》めてしまうことが、俺《おれ》にはどうしても許せない。

「どこにあんだよちくしょう」

いや、違《ちが》う。

俺《おれ》は、手放したくないのではないか。

心の底でずっと欲《ほ》しかったもの。

自分と同じ好きなものを、同じ熱量で語り合える人。

自分を犠牲《ぎせい》にしてでも、なりふり構わず助けてあげたいと思える人。

そう、世界はそれを——


「見つけた……！」


朽《く》ちた枝と枝の間に引っかかっていたのは、見覚えのある桜色のデッキケース。枝を掻《か》き分けて、水底に沈《しず》み込んだそれを拾い上げる。橋の上の千鶴《ちづる》に見えるように掲《かか》げてみせた。

「な？　あきらめなけりゃ見つかるんだよ」

俺《おれ》は川から上がって千鶴《ちづる》のいる場所に戻《もど》ると、濡《ぬ》れたデッキケースを制服の袖《そで》で拭《ぬぐ》って千鶴《ちづる》に差し出した。プラスチック製のケースのフタは隙間《すきま》なくしっかりと閉じられていて、水が浸《しん》入《にゅう》した様子はない。

「よかったな、〈ちづる〉は無事だぞ」

「……！」

千鶴《ちづる》は瞳《ひとみ》を見開いたまま、震《ふる》える小さな手で弱々しくデッキケースを受け取ると、ぎゅっと胸に抱《だ》き締《し》め、その場に膝《ひざ》からくずおれた。

「あ、あぁ、ぁぁあぁぁ」

猛烈《もうれつ》な安堵《あんど》が胸に溢《あふ》れ、張《は》り詰《つ》めていた緊張《きんちょう》の糸がほどけたのか――千鶴《ちづる》は、声を上げて泣きだした。橋の上で、周囲にはばかることなく、まるで生まれたての赤子のように、大粒《おおつぶ》の涙《なみだ》を流して、泣きだした。

「もう……もう、だめかと、おもった……っ」

千鶴《ちづる》は嗚咽《おえつ》をかみころしながら、必死に声を絞《しぼ》りだす。

「ありがとう……ありがとう……しょうご」

「いいよ」

千鶴《ちづる》の泣き声が強まっていく。

「ごめんね、ごめんね、わくわくらんどで、あんなひどいこといって」

「いや。おまえはなにも間違《まちが》ったことは言ってなかった。俺《おれ》のほうこそ、ひどいこと言って、ごめんな」

わくわくらんどで、叱《しか》られた子どものように、じっとうつむく千鶴《ちづる》の顔が脳裏《のうり》に蘇《よみがえ》る。歯を

くいしばる。夕日が川面《かわも》を照らし、黄金色《こがねいろ》の光をきらきらと反射する。

「……しょうごが、しょうごが、わたしをおいて、どこかにいっちゃうのが、こわくて……」

「おう……」

俺《おれ》は足元でしゃがみこんで泣き声をあげる千鶴《ちづる》のとなりにしゃがんだ。そうして、しばらくのあいだ、幼子のように泣き続ける千鶴《ちづる》のとなりにいた。

「……うぅ、ひっく」

十数分後。

山の稜線《りょうせん》に沈《しず》もうとしている落日を見つめていると、堰《せき》を切ったように泣き続けていた千《ち》鶴《づる》は、しだいに落ち着きを取《と》り戻《もど》していった。

目に浮《う》かぶ涙《なみだ》を両手でぬぐいながら、ゆっくりと呼吸を整え、

「……もう……限定コーデ、まにあわないね……わたしのせいで」

「あきらめんなよ」

「……え……？」

俺《おれ》は腕時計《うでどけい》を見た。

午後四時五十一分。

「なあ、千鶴《ちづる》。俺《おれ》からも頼《たの》みがあるんだけど」

俺《おれ》はある提案を——心の底でずっとずっと考えていた提案を、千鶴《ちづる》に持ちかけることにした。

「一回だけだ。一回だけ、俺《おれ》に手を貸してくれないか」

千鶴《ちづる》は、となりで俺《おれ》の顔をしばらく見つめていた。

そして、俺《おれ》の視線と同じ方向を——沈《しず》みゆく夕日の最後の光を浴びて宝石のように輝《かがや》く川面《かわも》を見つめながら、桜色のデッキケースを両手で抱《だ》き締《し》めて、こくん、と頷《うなず》いた。

第七章

地元の駅に到着《とうちゃく》すると、自転車の後ろに千鶴《ちづる》を乗せてわくわくらんどを目指してペダルを踏《ふ》んだ。

田んぼと畑だらけの県道沿いを猛《もう》スピードで走《はし》り抜《ぬ》ける。ひたすらペダルを漕《こ》ぐ。見慣れた田舎《いなか》の景色《けしき》が背後に吹《ふ》っ飛《と》んでいく。風になった気分だった。今朝《けさ》の天気予報では雪が降るといっていたのに、不思議と寒さを感じない。

千鶴《ちづる》は俺《おれ》の腰《こし》にしっかりと腕《うで》を回し、背中に小さな顔をうずめていた。

マルワの駐輪場《ちゅうりんじょう》に着くと、カギもかけずに自転車を乗り捨てて、ゆっくりと作動する自動ドアをこじ開けて店内に足を踏《ふ》み入《い》れた。

「痛っ」

その途端《とたん》、背後の千鶴《ちづる》が自動ドアの溝《みぞ》につま先を引《ひ》っ掛《か》けて、床《ゆか》にべちゃりとこけた。なにやってんだドジ。俺《おれ》は千鶴《ちづる》の両脇《りょうわき》を摑《つか》んでかかえ上げ、脇《わき》に抱《だ》いて走り出す。すると、

「おまえは……あのときの高校生！　ついに誘拐《ゆうかい》しやがったかこら！」

食品売り場から、スーパーを巡回中《じゅんかいちゅう》の警備員が駆《か》け寄《よ》ってくる。四日前の奴《やつ》だ。

くそ、どうするか……！

逡巡《しゅんじゅん》した直後、食品売り場からふらりと姿を現したのは——

「こ、こら！　やめないかふくべぇ！　そこをどけ！」

「あっ……！」

ふくべぇが、警備員の前に立ちふさがり、行く手を遮《さえぎ》った。

ふくべぇの周囲には大勢の子ども達《たち》が集まり、嬉《うれ》しそうに風船をせがみ始めた。

「……！」

助けてくれたのか……？

ふくべぇが俺《おれ》を振《ふ》り返《かえ》った。

「あのときの借りは返したぜ」——なんとなく、そのとぼけた顔がそう言ってるように見えた。

——ありがとよ、ふくべぇ。

俺《おれ》は千鶴《ちづる》を脇《わき》に抱《かか》えたまま、ふくべぇに頭を下げてわくわくらんど目指して再び走り出す。

それにしても、一体誰《だれ》があの中に入ってるんだろう——でも、俺《おれ》は思う。やっぱりふくべぇは、子どもの味方なのかもしれない。

靴《くつ》売り場と日用品売り場と婦人服売り場の前を駆《か》け抜《ぬ》けて、千鶴《ちづる》とともにわくわくらんどになだれこむと、

「おかえり、翔《しょう》ちゃん」

キラプリの筐体《きょうたい》の椅子《いす》に座《すわ》ってパラソルチョコを頬張《ほおば》っていた會田《かいだ》さんは、肩《かた》で息をする

俺《おれ》と目が合うとほっこりとした笑《え》みを浮《う》かべた。足元《あしもと》に置かれたくずカゴにはあふれるほどのチョコの包み紙がつめこまれていた。

「ちゃんと椅子《いす》あっためておいたからね」

「ありがとうございます。あと會田《かいだ》さん。お菓子《かし》、食べすぎたら太りますよ」

「アイドルはね、お菓子《かし》を食べても太らないんだよー」

會田《かいだ》さんは大きな胸を反って伸《の》びをすると「外の清掃《せいそう》行ってくるね」とささやき、俺《おれ》の肩《かた》をぽんと優《やさ》しく叩《たた》いて、搬入口《はんにゅうぐち》へと歩いていった。

「……會田《かいだ》さん、本当にありがとうございます。今度、ライブ観《み》に行きますから」

俺《おれ》は會田《かいだ》さんの背中に頭を下げ、筐体《きょうたい》の椅子《いす》に座《すわ》った。會田《かいだ》さんのお尻《しり》の熱で暖められた椅子《いす》はなんだかくすぐったかった。

「やっぱりここのキラプリじゃなきゃな」

深呼吸して、目を閉じる。蛍光灯《けいこうとう》の光をまぶたの裏に感じる。近くで流れるクレーンゲームの間の抜《ぬ》けたBGM、會田《かいだ》さんの残していった甘《あま》いお菓子《かし》の香《かお》り。これら肌《はだ》になじんだ環境《かんきょう》が心身に深いリラックスをもたらしていく。同時に、神経が鋭《するど》く研《と》ぎ澄《す》まされていく。

俺《おれ》は筐体《きょうたい》のボタンを慈《いつく》しむように撫《な》でる。筐体《きょうたい》のボタンにはそれぞれ固有の癖《くせ》がある。この、慣れ親しんだわくわくらんどのキラプリの筐体《きょうたい》でないと、おそらく俺《おれ》はエキストラハードをクリアできない。ましてや小倉《こくら》のキラプリでは順番待ちが発生するかもしれないし、昨日《きのう》のようにキラプリヤンキーに取り囲まれたらイベントどころではない。

「さあ、やるか」

俺《おれ》は両手の手首を入念にほぐし、指を一本ずつ鳴らす。

「絶対に手に入れる」

千鶴《ちづる》が小さな尻《しり》をねじこんで、俺《おれ》のとなりに座《すわ》ってくる。窮屈《きゅうくつ》だからもう一個椅子《いす》持ってこいよ、とは言わない。

俺《おれ》の二《に》の腕《うで》と千鶴《ちづる》の肩《かた》が触《ふ》れあう。

千鶴《ちづる》の体温は驚《おどろ》くほど高く、その熱が不思議と安心感と勇気を与《あた》えてくれる。

「チャンスは何度もねぇぞ」

「わかってる」

俺《おれ》は腕時計《うでどけい》を確認《かくにん》する。イベント終了《しゅうりょう》時刻の午後六時まで、残り十五分。選曲、コーデ選択《せんたく》、ライブ、アイテムカード排出《はいしゅつ》。ゲームの一連のセクションを考慮《こうりょ》すると、二度のチャレンジはないと思ったほうがいい。

俺《おれ》は筐体《きょうたい》に百円玉を投入してスタートボタンを押《お》し、マイカードをスキャン。コーデ前の姿である白無地のTシャツと短パンを身につけた〈みゆ〉が笑顔《えがお》で画面に登場する。イベントモードを選択《せんたく》、『**いっしょにいるおともだちも、もうひゃくえんいれてね！**』というキッコの声よりも先に、千鶴《ちづる》は筐体《きょうたい》に百円玉をねじこんだ。

画面の中に〈ちづる〉が登場し、すでに楽屋にいた〈みゆ〉とハイタッチを交《か》わす。

「足引っ張るんじゃねーぞ」

「そっちこそ。あなたが完走できなかったら意味ないんだから」

「まあ、そうだな」

苦笑《くしょう》する。余計な心配だったか。

わくわくらんどに着いたときには千鶴《ちづる》はすっかり泣き止《や》んでいた。いつもの高慢《こうまん》な態度に戻《もど》っている。うん。それでこそ〈ちづる〉の使い手にふさわしい。

「さて、どの曲を選ぶか」

「あなたにまかせる」

「……ふむ……」

俺《おれ》はイベント限定曲の中から、とある楽曲を選択《せんたく》し、青いボタンを素早《すばや》く十回押《お》して『EXTRA HARD』に設定した。この曲は、プレイヤーから『途中《とちゅう》でノーツが途切《とぎ》れる』『ボタンが作動しなくなる』などとバグ扱《あつか》いされているいわくつきの超《ちょう》難曲だ。さらにロックテイストでBPMが速く、かつ変拍子《へんびょうし》を多用しているためリズムキープが異様に難しい。その分、ノーツが多いのでスコアを多く稼《かせ》ぐことができる。俺達《おれたち》が高スコアを出すにはこれしかない。

「攻略《こうりゃく》Wiki」によれば、協力プレイ時のエキストラハードで、二人《ふたり》のスコア合計が40000を超《こ》えればSSRサンタコーデが排出《はいしゅつ》されるテーブルに乗るらしい。その排出率《はいしゅつりつ》は…………50％だ」

「……良《い》い数字ね」

「といっても、40000なんて、日本に十九人しかいない『れじぇんどアイドル』が二人揃《ふたりそろ》っても容易に叩《たた》き出《だ》せるスコアじゃないけどな」

俺達《おれたち》の低スコアコーデで、この悪魔《あくま》の数字を打ち破るには、最高難度のこの曲を選択《せんたく》するしかない。

「……そうね」

千鶴《ちづる》はつぶやく。微《かす》かに不安げな声音《こわね》。しかしその目には、明らかに挑戦的な色が浮かんでいる。

俺《おれ》は指慣らしをしながら、

「さあ、最高に可愛《かわい》い衣装《いしょう》を着せてやるか」

コーデ選択《せんたく》画面で、俺《おれ》は〈みゆ〉にとっておきのコーデを施《ほどこ》していく。画面の右側には、千《ち》鶴《づる》の手によりこの世のものとは思えないほど可愛《かわい》く仕立て上げられる〈ちづる〉がいる。

「時間がないからって慌《あわ》てる必要はないぞ。適当なコーデにするな。ゆっくり選ぼう」

「ふん、当然よ。あなたこそ、私の〈ちづる〉の隣《となり》で踊《おど》るにふさわしい衣装《いしょう》を施《ほどこ》しなさい」

「言ってくれるじゃねーか」

俺《おれ》は〈みゆ〉に愛用の【せいしゅんローファー】にタータンチェックの【こいいろプリーツ

スカート】、それに白の【おとなめカッターシャツ】を着せていく。そしてアクセントには、昨晩千鶴《ちづる》から貰《もら》った、とっておきの【マジカルかんざし】を着けてやる。コンセプトは、今、どこかで街を歩いていそうな、どこにでもいる少女。派手《はで》な服装よりも、こういう抑《おさ》えめな服装のほうが俺《おれ》は好きだ。

「あいかわらずノーマルだらけ。加算スコアの低いコーデね」

千鶴《ちづる》が画面の左側を見て呆《あき》れたような声を漏《も》らす。画面の右側には、〈みゆ〉とは対照的な、フリルをふんだんにあしらったお姫様《ひめ》コーデの〈ちづる〉がいる。しかしその派手《はで》さが決していやみじゃなく、「ああ、この少女はアイドルになるために生まれてきたんだな」と自然に思わせてしまう完璧《かんぺき》な衣装《いしょう》が完成している。

「おまえこそミックスコーデなんかするから全然ボーナスポイント入ってないじゃねーか」

「何か問題でも？」

「いや……俺達《おれたち》らしいな、って思っただけさ」

俺《おれ》の言葉に、千鶴《ちづる》は不敵に微笑《ほほえ》む。

そう、俺達《おれたち》の共有する信念。

自分が本当に好きなコーデでライブをする。

しかし、効率を無視して好きなことを押《お》し通《とお》せば、どこかにかならず歪《ゆが》みが生じる。その歪《ゆが》みは、スコアに影響《えいきょう》を与《あた》える。そんな俺《おれ》たちが高スコアを狙《ねら》うのならば、ほとんどミスできない、シビアなライブパフォーマンスを要求される。

いいのだ。俺達《おれたち》は、そうやってキラプリを楽しんできた。

画面の中で、コーデを選択《せんたく》し終えた〈みゆ〉と〈ちづる〉は楽屋を出て、手を取り合い、大勢の観客の待つステージへと続く長い廊下《ろうか》を歩いてゆく。二人《ふたり》の『きらめきアイドル』の登場を今か今かと待ち焦《こ》がれる観客達《たち》の歓声《かんせい》が廊下《ろうか》の壁《かべ》を伝って響《ひび》いてくる。

「最初に会ったときみたいに、またハイキックするんじゃねーぞ」

「どうかしら。あんまり不甲斐《ふがい》ないプレイをするようなら保証はしない」

「こえーこと言うなおい」

〈みゆ〉と〈ちづる〉はステージ下のセリで待機している。頭上ではバックバンドの演奏準備がついに整い、オーバードライブでゴリゴリに歪《ひず》められたベースサウンドがイントロを奏《かな》で始めた。

「さあ、いくぞ」

「うん……！」

〈みゆ〉と〈ちづる〉の足場がゆっくりと浮上《ふじょう》する。頭上のステージが左右に割れ、降り注ぐステージライトの光が奈落《ならく》の闇《やみ》を切《き》り裂《さ》いていく。二人《ふたり》が暗闇《くらやみ》から解き放たれた瞬間《しゅんかん》、七色の光が飛《と》び交《か》うドームの中心に躍《おど》り出た。目の前にはサイリウムの大海。

そして、地獄《じごく》のようなノーツの群れが俺《おれ》の視界を埋《う》めつくした。

「……！」

愕然《がくぜん》とする。無数の気泡《きほう》の波が上下左右バラバラに〈みゆ〉と〈ちづる〉のターゲットマークに襲《おそ》いかかる。通常の難易度設定ではターゲットマークは一つ、ノーツの流れは一本だが、エキストラハードは四本のノーツの流れが二つのターゲットマークに交わる。一人《ひとり》プレイ時ですら画面がノーツだらけになるのに、二人分《ふたりぶん》になるとターゲットマークは四つ、ノーツの流れは計八本――ほとんど画面がノーツの粒《つぶ》で埋《う》め尽《つ》くされる。どのタイミングで何色のボタンを押《お》せばいいのか即座《そくざ》に判別できない。

「これ、ちょっと、凄《すご》すぎ……！」

最高難度の曲を選んだせいだろう。平時のエキストラハードとの勝手の違《ちが》いに、千鶴《ちづる》が唇《くちびる》を歪《ゆが》めて狼狽《ろうばい》する。

「くっ！」

俺《おれ》は画面を凝視《ぎょうし》し、信じられない速度で流れるノーツのパターンを解析《かいせき》する。普段《ふだん》どおりでいい。絶対に適当にボタンを押《お》してはダメだ。

指を動かすと同時に俺《おれ》は脳内で譜面《ふめん》を意識する。数が多すぎて一見出鱈目《でたらめ》に配置されているように見えるノーツの群れは、その実16分音符《ぶおんぷ》と三連符《ぶ》が複雑に入り組んだれっきとした「リズム」になっている。身体《からだ》の中心に4分のリズムをぶっ刺《さ》して、腰骨《こしぼね》で拍《はく》を取り、両手の指を画面上のノーツに合わせて動かせばリズムが崩《くず》れることはない。

ただ、問題は、その譜面《ふめん》に指の運動が対応できるかどうか。

「異常だぞ、これっ！」

多すぎるし、速すぎる。この譜《ふ》割りを作った奴《やつ》はおそらく人間の反射神経の限界を理解していない。

「うぅ……！」

ボタンは三発しかないはずなのに、片手では到底《とうてい》間に合わない。16分を刻み続ける赤のノーツを右手のピアノ連打で撃《う》ち落《お》とし、複雑なリズムで流れる緑と青のノーツを、左手の指で的確に処理する。

俺《おれ》と千鶴《ちづる》は全神経を総動員して、無限に湧《わ》いてくるノーツを一つ一つ潰《つぶ》していく。ノーツに合わせてボタンを押《お》した際に生じるアタック音は途切《とぎ》れることなく鳴《な》り響《ひび》き、途切《とぎ》れたかと思うと16分ウラや六連符《ぷ》の合間など実にいやらしい配置でブレイクが潜《ひそ》んでいる。前言撤回《てっかい》、これはもはやリズムではない。おそらく野生の猿《さる》がＤＴＭで適当に打《う》ちこんで作ったに違《ちが》いない。

「よし……抜《ぬ》けた！」

三十秒間続いたノーツの流星群を撃破《げきは》すると、〈みゆ〉と〈ちづる〉が踊《おど》るステージが一面の花畑へと姿を変えた。百花《ひやつか》繚乱《りようらん》の只中《ただなか》を二人《ふたり》は手を繋《つな》いで次なる観客の待つ巨大《きょだい》な城へと駆《か》けて行く。

「大丈夫《だいじょうぶ》か？」

「もちろん」

俺《おれ》と千鶴《ちづる》は目を合わせる。互《たが》いに体力と集中力の消耗《しょうもう》はない。

画面上では、〈みゆ〉と〈ちづる〉が花畑を抜《ぬ》け、城の門前に到着《とうちゃく》した。扉《とびら》が七色の光を放ち出す。二人《ふたり》は顔を見合わせ、頷《うなず》きあうと、目の前の扉《とびら》を押《お》す。そして――

「なんだ、と……？」

期待に血を滾《たぎ》らせていたのも束《つか》の間《ま》、開かれるはずの扉《とびら》は〈みゆ〉と〈ちづる〉が押《お》しても引いてもびくともしない。虹色《にじいろ》に輝《かがや》く扉《とびら》はみるみるうちに退色し、城の外まで溢《あふ》れかえっていたカクテル光線と観客の歓声《かんせい》は尻《しり》すぼみに消えていく。城の周囲を取り囲んでいた色とりどりの花々は悉《ことごと》く朽《く》ちていき、太陽が燦々《さんさん》と輝《かがや》いていた青空には煤《すす》を溶《と》かしたような黒い雲が垂れこめ、雷鳴《らいめい》が轟《とどろ》く。

そして、暗黒の空に――『ＧＡＭＥ ＯＶＥＲ』という血文字が禍々《まがまが》しく浮《う》かび上《あ》がった。

「「えっ……？」」

どういう、ことだ……？

画面がリザルト画面に切《き》り替《か》わる。混乱しながらゲーム結果を見つめる。ミスタッチはほとんど無い。体力ゲージは二割も削《けず》れていない。なのになぜゲームオーバーに……？

「……もしかしたら……足切りかも」

千鶴《ちづる》が冷静につぶやく。千鶴《ちづる》の声に我に返る。

「……最初のイベントでも同じ現象が起きたわ……序盤《じょばん》で規定のスコア値を稼《かせ》いでいないと城の扉《とびら》が開かないギミックになっているのよ。その時の突破《とっぱ》所要値は6500。今は二人分《ふたりぶん》だからおそらく倍の13000。そして今私達《わたしたち》が稼《かせ》いだスコアは……12550」

「……俺《おれ》のせいか」

膝《ひざ》に拳《こぶし》を打ちつける。ノーマルばかりのコーデを〈みゆ〉に施《ほどこ》しているため、SRを使用する千鶴《ちづる》と違《ちが》い、俺《おれ》はライブ前にボーナスポイントを稼《かせ》いでいない。平時はその不利を終盤《しゅうばん》のエストレアチェンジの連打で補っているが――序盤《じょばん》に、このようなフィルタリングを設置されては為《な》す術《すべ》がない。

「……」

ふと、足元《あしもと》にある、俺《おれ》の通学鞄《かばん》に目がいく。

半分開きかかっている鞄《かばん》の中には、一ヶ月前のイベントで入手した限定SRコーデが納められたカードファイルが入っている。

ただ、正直言って、このコーデはあまり好きではない。

というより、〈みゆ〉に着せても似合わないのだ。

しかし、今このSRコーデを用いれば、ライブ前にボーナスポイントを大幅《おおはば》に稼《かせ》ぐことができる。序盤《じょばん》のフィルタリングを簡単に突破《とっぱ》できるだろう。

――これを使えば……！　SSRサンタコーデが手に入る……！

視界の端《はし》に映る俺《おれ》の腕時計《うでどけい》の針は五時五十二分を示している。イベント終了《しゅうりょう》時刻まで残り八分。焦《あせ》る俺《おれ》の脳内で、SSRサンタコーデを手に入れた瞬間《しゅんかん》に訪《おとず》れるであろう強烈《きょうれつ》な多幸感が想起される。いや、きっとその気持ち良さは、想像を絶する。

——逆にもし、SSRを手に入れることができなければ？

俺《おれ》はどれほどの苦しみを味わうのだろう。おそらく、いや絶対に、その苦しみは永らく俺《おれ》の精神を蝕《むしば》む。

『後悔《こうかい》したくないだろう？　だったら、今のコーデを捨てて、SRコーデに変更《へんこう》すればいい。一度くらい自分のこだわりを捨てたってかまわないさ。それで欲《ほ》しいものが手に入るのなら』

脳に巣食う『合理性』という名の悪魔《あくま》がささやく。その甘《あま》い誘惑《ゆうわく》に身を委ねるように、鞄《かばん》の中のカードファイルに右手を伸《の》ばし——

「くっ……」

伸《の》ばした手首をもう片方の手できつく握《にぎ》り、そっと、鞄《かばん》のジッパーを閉じた。

「それでいいわ。……私は今『あなた』と最強のタッグを組んでいるのだから」

千鶴《ちづる》の声が、となりから聞こえた。透《す》き通《とお》ったその声は清澄《せいちょう》な風となって俺《おれ》の心に蛆虫《うじむし》のように湧《わ》いた不純物を綺麗《きれい》に取り去った。額に汗《あせ》を浮《う》かべながら俺《おれ》はニヤリと笑う。

そうだ。

好きでもないコーデを使ってクリアしても、それは『俺《おれ》』がクリアしたことにはならない。

今着用しているこのコーデを捨てた瞬間《しゅんかん》、俺《おれ》が俺《おれ》じゃなくなってしまう。

自分の好きなコーデを身にまとい、最高のライブをする。

それが、キラプリなのだ。

たとえそれが、エキストラハードだとしても、だ。

身体《からだ》に熱が再び宿る。

「よし、意地を見せてやるぜ」

俺《おれ》は両頰《りょうほお》を手でバシン！　と打ちつけ、気合を入れ直す。あやうく目先の誘惑《ゆうわく》に負けるところだった。制服の上着を脱《ぬ》ぐ。筐体《きょうたい》に再び百円玉を投入する。千鶴《ちづる》は不敵に微笑《ほほえ》み、俺《おれ》に続いて百円玉を投入した。

イベント終了《しゅうりょう》まで残り七分。まだ間に合う。焦《あせ》りそうになる気持ちを腹に沈《しず》めてマイカードをスキャン。もちろん、曲も先程《さきほど》と変えない。難易度選択《せんたく》画面で素早《すばや》くボタンを十回押《お》し、エキストラハードを選択《せんたく》。〈みゆ〉のコーデを選びながら、右側の画面で、幼い創造主の小さな指先により可愛《かわい》さの極北に至ろうとする〈ちづる〉を確認《かくにん》する。その創造主は、あいかわらずの氷の無表情で——しかしその瞳《ひとみ》は燃え盛《さか》る炎《ほのお》を宿して〈ちづる〉を陶然《とうぜん》と見つめている。まるで、その少女が自分の理想の姿であるかのように。

それにしても……千鶴《ちづる》め、嬉《うれ》しいじゃないか。

——『私は今「あなた」と最強のタッグを組んでいるのだから』、か。

千鶴《ちづる》の言葉を頭の中で反芻《はんすう》する。おもわず武者震《むしゃぶる》いが起きる。

ああ、やってやるよ。

もう一人《ひとり》の『最強』を見せてやるか。

ライブに突入《とつにゅう》すると、〈みゆ〉と〈ちづる〉に再び大量のノーツが襲《おそ》いかかった。

「さっきのライブで、ノーツの譜面《ふめん》はすべて暗記した」

三秒後に画面の端《はし》から出現するノーツの色を頭に浮《う》かべながらボタンを押《お》す。毎晩繰《く》り返《かえ》したメトロノーム練習を思い出す。

ミスタッチの原因。

それは、目で画面上のノーツを追いかけるからだ。

動体視力や反射神経に頼《たよ》ってはいけない。筐体《きょうたい》のコントロールパネルを楽器と思え。目ではなく、耳でプレイする。音に身を委ね、あとは指を自動で動かすことで、はじめて「リズム」は生まれる。

「……『きらめきアイドル』の〈みゆ〉が、一度味わった曲を踊《おど》れないわけねぇだろ！」

画面の四方から弾《はじ》き出《だ》されたノーツの大群を、俺《おれ》はすべてパーフェクト判定で撃《う》ち落《お》とす。

千鶴《ちづる》が俺《おれ》の指先を横目でチラリと見る。幼い頬《ほお》に汗《あせ》を滴《したた》らせながら、にやりと笑う。

「ふん。その暗記力……ちょっとは学校の勉強に活《い》かせばいいのに」

「バカめ。好きじゃなきゃこんなの覚えらんねーよ」

〈みゆ〉と〈ちづる〉は再び七色の扉《とびら》に手をかける。一度開かなかった扉《とびら》。しかし、今度こそ、

「開いた！」

城内からはまばゆい光が溢《あふ》れ出《だ》す。自身のコーデを七色に輝かせながら、〈みゆ〉と〈ちづる〉は赤い絨毯《じゅうたん》が敷《し》かれた階段を駆《か》け上《のぼ》る。階段を上り終え、〈みゆ〉と〈ちづる〉が観客の待つ天空の舞踏場《ぶとうじょう》に躍《おど》り出た瞬間《しゅんかん》、

「な、なにこれ⁉　ボタンが全然作動しないわよ⁉」

千鶴《ちづる》が目を白黒させる。1P側の〈みゆ〉のトップスが突如謎《とつじょなぞ》の点滅を開始。同時に〈みゆ〉と〈ちづる〉の歌声は翳《かげ》りゆき、ダンスは精彩《せいさい》を欠き、表情は曇《くも》っていく。観客席からは戸惑《とまど》いの声、罵声《ばせい》、そして励《はげ》ましの声で阿鼻叫喚《あびきょうかん》となっていく。

「ギミックがあるはずだ」

考えろ考えろ考えろ。筐体《きょうたい》の故障ではない。点滅する〈みゆ〉のトップスと、二人《ふたり》の落《お》ちこんだ顔を見ればわかる。意図的な演出だ。解決するためのなにかヒントがあるはずだ。

画面から目を離《はな》さず、混乱する頭を無理やり動かす。イベント、フレンドチケット、映画、映画。

——まさか……⁉

他のプレイヤー達《たち》は、この『ギミック』を『バグ』だと勘違《かんちが》いしてたんじゃないか……？

「千鶴《ちづる》！　コーデチェンジだ！」

千鶴《ちづる》はうろたえながら俺《おれ》を見上げる。

待てない、2P側のコントロールパネルに手を伸《の》ばす。

「ちょっと借りるぞ！」

「ま、待って」

無駄《むだ》かもしれない。でも、このまま手をこまぬいているよりは、少しでも可能性に懸《か》ける。

俺《おれ》は千鶴《ちづる》のトップスのアイテムカード【マーベラスプリンセスドリームワンピ】を筐体《きょうたい》にスキャンした。すると、画面の中で点滅していた〈みゆ〉のトップスが消失し、代わりに【マーベラスプリンセスドリームワンピ】を身にまとった。

翳《かげ》っていた〈みゆ〉の顔に明るさのようなものが兆《きざ》した。

「……わかった。あなたを信じる」

俺《おれ》が〈みゆ〉に〈ちづる〉のコーデを着せ終えると、千鶴《ちづる》は俺《おれ》のアイテムカードを順番にスキャンしていく。〈ちづる〉が〈みゆ〉のコーデをすべて着用し終えた瞬間《しゅんかん》、

「おい！　見ろ！」

〈みゆ〉と〈ちづる〉に、花が咲《さ》いたような笑顔《えがお》が弾《はじ》けた。コーデを交換《こうかん》した二人《ふたり》を見て、観客席からは予期せぬサプライズに反応して歓声《かんせい》が乱れ飛ぶ。そして、

「戻《もど》った！」

ボタンの反応が、正常に機能し始めた。

「どういうことだったの？」

「映画を思い出したんだ」

映画のクライマックスシーンで、キッコとミラはどうしたか。

舞《ぶ》踏場《とうじょう》であるお城の扉を二人《ふたり》で開けて、お互《たが》いのコーデを交換し、ライブに臨《のぞ》んだ。

喫茶《きっさ》店《てん》であの名場面のことを、千鶴《ちづる》と語り合ったではないか。

「やっぱもう一度映画観《み》た甲斐《かい》があったな……よし、抜《ぬ》けたぞ！」

画面上では、夜空から翼《つばさ》の生えた白馬の馬車が〈みゆ〉と〈ちづる〉のステージに降り立った。二人《ふたり》を乗せた馬車は粉雪の舞《ま》い散《ち》る夜空へと駆《か》け上《あ》がる。馬車は空の上で星のようにキラキラと消滅《しょうめつ》、夜空に投げ出された〈みゆ〉と〈ちづる〉の背中には白銀に輝《かがや》く翼《つばさ》が生えた。聖夜を駆《か》け巡《めぐ》る。観客はついに、眼下に見下ろす街そのものと、瞬《また》く宇宙の星々となった。夜空に舞《ま》い散《ち》る粉雪と、輝《かがや》く星々がノーツへと姿を変え、〈みゆ〉と〈ちづる〉に静かに降り注ぐ。

「なんだこれ、えらくノーツの速度が遅《おそ》くなったな……って⁉」

『PERFECT！』判定が一切《いっさい》取れず、二段低評価の『NICE』判定になってしまう。

「なぜだ⁉　なぜパーフェクト判定にならない⁉」

正確なタイミングでボタンを押《お》しているはずなのに、〈みゆ〉のターゲットマークに表示されるポップアップは『NICE』となっている。これでは点数も低く、コンボも繋《つな》がらず——

スコアの伸《の》びが止まってしまう！

千鶴《ちづる》ほどではないにせよ、リズム感にはそれなりの自信がある。平時ならば安定して『PERFECT！』、もしくは『GREAT』判定を取ることができるのに……またギミックか？

「……違《ちが》う。これはギミックじゃないわ。ただ、あなたはちょっとだけ『遅《おそ》い』のよ」

「『遅《おそ》い』？」

千鶴《ちづる》は指を動かしながら、

「ボタンを押《お》して、その反応を筐体《きょうたい》が受信する際、ゼロコンマの世界だけど、僅《わず》かに時差が生じているの。普段《ふだん》はそれでもパーフェクトの判定幅《はば》に収まるけど、今はその少しのズレすら許さないほど判定幅《はば》が狭《せば》まっている……それこそ、楽器演奏家並みのタイム感がなければパーフェクト判定から漏《も》れてしまうわ」

「……まじか」

すごい、こいつ、普段《ふだん》のライブでほぼ毎回『PERFECT！』判定でフルコンボを達成していたが……ここまでリズムに対してシビアに取り組んでいたのか。

リズム感を養うために毎晩メトロノーム練習を欠かさないでいたが……それでも、俺《おれ》はまだ甘《あま》かったのだ。

「あら、自らの不甲斐《ふがい》なさに落《お》ちこんでしまったかしら？」

「いいや、まったく。むしろ昂揚《こうよう》するぜ……！」

すげぇ。キラプリって、なんて面白《おもしろ》いんだ……！

リズムはひととおり極《きわ》めたと思ったのに、まだまだ越《こ》えられる壁《かべ》があったなんて。

「奥《おく》が深いぜ……！」

俺《おれ》は舌なめずりをして筐体《きょうたい》にかぶりつく。ターゲットマークにノーツが重なる瞬間《しゅんかん》、液晶《えきしょう》を食い入るように注視する。画素と画素が重なる寸前に、ボタンを押《お》す。

「よし……！　パーフェクト判定だ！」

「なかなか覚えが早いじゃない。見直したわ」

「おまえと組んでんだから当然だろ？」

二《に》の腕《うで》に千鶴《ちづる》の肩《かた》が触《ふ》れている。千鶴《ちづる》の息遣《いきづか》いが伝わってくる。その息遣《いきづか》いに合わせるように、俺《おれ》はボタンを押《お》し続ける。

体力ゲージに視線を転じる。

相当削《けず》られたとはいえ、まだ三割ほど残っている。

いける。

あとはスコアが40000に届くかどうか。現在の合計スコアは36230。

「さあ、気を抜《ぬ》くなよ——いつもの『アレ』が来るぞ！」

そして、ついに来た。

星々の光を集めて〈みゆ〉と〈ちづる〉のコーデが七色に輝《かがや》いていく。月が禍々《まがまが》しいほど照りつける。画面が一瞬《いっしゅん》暗転する。

エストレアチェンジの演出だ。

画面の右隅《みぎすみ》に、エストレアチェンジの所要時間が表示される。

息を呑《の》んだ。

「……あ」

興奮で紅潮していた千鶴《ちづる》の幼い頰《ほお》が、途端《とたん》に白くなった。

通常は『10』と表示される時間が、『30』と表示されている。

千鶴《ちづる》は泣きそうな声で、

「さ、三十秒も連打し続けないといけないの……?」

あまりにも絶望的な数字に千鶴《ちづる》の小さな肩《かた》が震《ふる》える。俺《おれ》と同様、千鶴《ちづる》も悟《さと》ったのだろう。そう、これは単に、いつもより長い時間スコアを稼《かせ》げるわけではない。キラプリを散々やってきた俺《おれ》にはわかる。ボタンを押《お》す前からわかる。おそらく、連打時間が三十秒になったことにより、スコアの入り方は通常時の3分の1になるはずだ。そうだろう? 運営よ。わかってるさ。エキストラハードの存在意義。徹底的《てっていてき》に廃《はい》プレイヤーをイジメ抜《ぬ》く。じゃないと『挑戦状《ちょうせんじょう》』にならないもんな。

「……無理、かも……」

「無理じゃない」

　三十秒の連打を乗り切る精神力と体力はもはや残っていない。しかし、だからこそ俺《おれ》は、身体《からだ》と身体《からだ》が触《ふ》れている、柄《がら》にもなく弱気になっている千鶴《ちづる》を勇気づける。

「ここだ……！　ここで一気にスコアを稼《かせ》ぐぞ！　おまえならできる！」

〈みゆ〉と〈ちづる〉のコーデの不利を補うための、ここが一番の稼《かせ》ぎどころ、そして、

　――最後の正念場。

「……うん！」

千鶴《ちづる》の瞳《ひとみ》に熱が宿る。

「やってやろうじゃねーか……！」

俺《おれ》は椅子《いす》を蹴《け》って席を立ち、腕《うで》をまくり、鍛《きた》え抜《ぬ》いた右腕《みぎうで》を露出《ろしゅつ》させる。

そして、一本拳《いっぽんけん》を形作る。

「……絶対に、勝つ」

俺《おれ》に釣《つ》りこまれるように千鶴《ちづる》も静かに腰《こし》を上げる。千鶴《ちづる》の放った言葉は、誰《だれ》に向けられたものだろう。俺《おれ》か、このゲームか、もしくは、自分自身か。おそらく、そのすべてだ。

「いくぜ、千鶴《ちづる》」

「わかった、翔吾《しょうご》」

俺《おれ》は目を閉じて、腰《こし》を沈《しず》めて赤いボタンに一本拳《いっぽんけん》の尖端《せんたん》を乗せた。

千鶴《ちづる》は画面に鼻先をつけるほど前かがみになり、赤いボタンに四本の指を乗せた。

そして、

「うおぉおおおおおおおおおおおおおおおおおおおおおおおおおお！」

「んんぅんんんんんんんんんんんんんんんんんんんんんんんんん！」

俺《おれ》は人型掘削《くっさく》機と化し、千鶴《ちづる》は古《いにしえ》に伝わる大妖怪《だいようかい》と化した。

俺《おれ》の一本拳《いっぽんけん》連打は冴《さ》えに冴《さ》え、赤いボタンを高速で穿《うが》ち続ける。肩《かた》から指の筋肉が過負荷《かふか》で悲鳴を上げる。いいさ、ＳＳＲと引《ひ》き換《か》えに、腕《うで》の一本くらいくれてやる。

対して千鶴《ちづる》のピアノ連打。高速で動く四本の指の軌道《きどう》は速すぎて人間の目にはもはや止まって見える。その動きは完全に人間の埒外《らちがい》だ。神ですら想定し得なかったであろう俺《おれ》と千鶴《ちづる》の人間の機能美に呼応して、スコアは凄《すさ》まじい上昇《じょうしょう》を見せる。筐体《きょうたい》は俺《おれ》と千鶴《ちづる》の連打信号を把握《はあく》できずパニックに陥《おちい》ったかのように上昇《じょうしょう》する数字と〈みゆ〉と〈ちづる〉の３Ｄモーションにラグを吐《は》き出《だ》す。

が、

「も、もうダメ」

残り16秒、千鶴《ちづる》がついに力尽《ちからつ》きた。小さな四本の指が死にかけの蜘蛛《くも》のように痙攣《けいれん》し、ボタンからズルリと垂れ落ちる。膝《ひざ》からその場に崩《くず》れ落《お》ちる。

「千鶴《ちづる》！」

コントロールパネルに小さな顔を打ちつけそうになったすんでのところで小さな腰《こし》に手を回

して体を支える。

「……おねがい」

大丈夫《だいじょうぶ》だ、俺《おれ》に任せろ。

残り14秒、空いた2P側のボタンに右手を置き、両手を一本拳《いっぽんけん》に構え、

「おおおおおおおおおおおおおおおおおおおおおおおおおおおおおおおおおおおお！」

残り12秒。常識外れの連打数に指の皮が抉《えぐ》れ、骨が露出《ろしゅつ》し、頭の血管が全部千切れる錯覚《さっかく》に陥《おちい》る。滝《たき》のような汗《あせ》が噴《ふ》き出《で》る。力みすぎて眼球が裏返りそうになる。永遠に終わらない地獄《じごく》を巡《めぐ》っている感覚。でも、なぜだろう――こんなに気持ちいいのは、生まれてはじめてだ。

そろそろ終わる。終わってくれなきゃたぶん死ぬ。脳に酸素がまったく無い。息がしたい。

狭《せば》まる視界が「残り8秒」という数字を捉《とら》えた。

――まだ8秒もあるのか……⁉

現実を知って、飛びかけていた現実の苦痛が身体《からだ》に再び襲《おそ》いかかる。

あと何秒だ？　見えない。息がしたい、一息だけでいいから、空気を吸わせてくれ。なんでもするから。頼《たの》む。目の前が暗い。

霞《かす》みゆく意識の中、これまでキラプリをやってきた記憶《きおく》が走馬《そうま》灯《とう》のように駆《か》け巡《めぐ》る。

俺《おれ》はこれまで、たった一人《ひとり》で、自分だけのために、連打をしていた。

だが、今は1P側では俺《おれ》の、そして、2P側では、力尽《ちからつ》きて筐体《きょうたい》にへばりついている千鶴《ちづる》

のために、連打をしている。

皮肉なものだ。己《おのれ》のことのみを考えて鍛《きた》え上《あ》げたこの右腕《みぎうで》を、今は他人のために使っている。

しかも、俺《おれ》の唯一《ゆいいつ》の誇《ほこ》りであるハイスコアをぶち抜《ぬ》いた、心底むかつく、愛想《あいそ》のない、憎《にく》たらしい、自分勝手でわがままな奴《やつ》のために。

いや、違《ちが》う。

ひょっとすると——

俺《おれ》が鍛《きた》え続けたこの右腕《みぎうで》は、今、この瞬間《しゅんかん》のためにこれまで存在していたんじゃないか？

あ……。

ふいに、目の前が、ただひたすら白い世界になった。

なにもない。

……音が聞こえる。

遠くから、かすかに聞こえてくる。自分の指が、筐体《きょうたい》のボタンを連打する音。

これだけでいい。

この音は、この世界にたしかに俺《おれ》が生きているという実感をもたらす、命の音だ。

いや——

それだけじゃない。

すぐとなりで、小さな声が聞こえてきた。

――がんばって。

任せろ。

「おらああああああああああああああああああああああああああああぁ！」

ついに、30秒間のエストレアチェンジを突破《とっぱ》した。弾《はじ》き出《だ》されたエストレアチェンジのスコアは5760。毎秒19連打という、自分でも信じられない奇跡《きせき》のような数字だ。

「はっ、はぁあ、はっ、はっ……はあっ、はぁ、はっ……は……………っ！」

俺《おれ》は眼《め》を剝《む》き出《だ》しにしてコントロールパネルに両手をつき、呼吸を再開する。が、うまくいかない。死ぬほど空気を吸いたいのに、うまく吸えない。視界が海の中に潜《もぐ》ったみたいに滲《にじ》むぞぞぞ、と聞いたことがないような音を立てながら、脳から身体《からだ》に血が下っていく。

ようやくまともに息が吸えるようになって、顔を上げる。滲《にじ》む視界がかろうじて捉《とら》えたのは、地獄《じごく》のライブステージを完走しきった〈みゆ〉と〈ちづる〉だった。二人《ふたり》はいつの間にか大気《たいき》圏《けん》を突破《とっぱ》し、宇宙に浮《う》かぶ月を背負い、星々の光を浴びながら、サイリウムの海に満たされた地球から放たれる爆発的《ばくはつてき》な歓声《かんせい》に笑顔《えがお》で応えていた。

俺《おれ》と千鶴《ちづる》が叩《たた》き出した合計スコアは41990。完全にSSRサンタコーデ排出圏内《はいしゅつけんない》だ。

やれることはすべてやった。

いよいよ、運命の審判《しんぱん》が下される時が来た。

「絶対に、諦《あきら》めない……！」

気を失う寸前の千鶴《ちづる》は、閉じそうになるまぶたを精一杯《せいいっぱい》開いて画面を凝視《ぎょうし》する。倒《たお》れこまないように、筐体《きょうたい》に小さなあごを乗せてへばりつく。

「頼《たの》む、出てくれっ……！」

俺《おれ》はコントロールパネルに肘《ひじ》を乗せ、力が入らなくなった膝《ひざ》の代わりに、全体重を預ける。画面を食い破るように見つめる。

確率は2分の1。

出るか、出ないか。

両手の指をからませて、神に祈《いの》る。

画面は眩《まばゆ》い光を放ち、天上からは神秘的な光を背に、サンタクロースの姿をしたキッコが舞《ま》い降《お》りる。

キッコの手からこちらに向けて差し出される二つの大きなプレゼント箱。赤いリボンがゆっくりと、ゆっくりと解かれていく。

「……来いッ！」

箱から飛び出したのは、光《ひか》り輝《かがや》く――

「……おねがい！」

ＳＳＲの、サンタコーデだった。

「「やったぁあああああああああああああああああああああ！」」

俺《おれ》と千鶴《ちづる》は、筐体《きようたい》の画面に釘付《くぎづ》けになったまま——お互《たが》いの手のひらを打ちつけ合った。

今、この手のひらに触《ふ》れた、千鶴《ちづる》の手の感触《かんしよく》と、耳に心地《ここち》よく響《ひび》いた音は、人生が終わり魂《たましい》が消えてなくなるその瞬間《しゆんかん》まで、決して忘れることはないだろう。

それほど嬉《うれ》しかったんだ、本当に。

「やっと、手に入れた……」

深い安堵《あんど》と多幸感に包まれる。目頭《めがしら》が熱くなる。気づけば滂沱《ぼうだ》の涙《なみだ》を流していた。嬉《うれ》しすぎて涙《なみだ》を流すのは、生まれて初めてだ。こんなに気持ちがいいものだとは知らなかった。

「おい、やったぞ、俺《おれ》たちやったぞ！」

興奮した手つきで筐体《きようたい》の排出口《はいしゆつこう》から出来立てのカードを取り出す。手の中にあるのは、光《ひか》り輝《かがや》く二枚のＳＳＲサンタコーデ。いますぐこれを千鶴《ちづる》に見せよう。この幸せを共有しよう。

「千鶴《ちづる》……？」

となりに目をやると——千鶴《ちづる》は、その小さな身に宿るすべての気力と体力を使い果たしたのか、幸福の極《きわ》みに到達《とうたつ》したのか、もしくはその両方が同時に訪《おとず》れたのか——筐体《きようたい》に小さな体を預けたまま、瞳《ひとみ》を閉じて、静かに寝息《ねいき》を立てていた。

＊＊＊

午後八時三十分。ＳＳＲサンタコーデをゲットして二時間半後、わくわくらんどを出て家の近所にある剣道場《けんどうじょう》の前に到着《とうちゃく》した俺《おれ》は、剣道《けんどう》着姿の夏希《なつき》を確認《かくにん》すると自転車を乗り捨てて駆《か》け寄《よ》った。

「夏希《なつき》！」

「……翔吾《しょうご》」

腕《うで》を組んで門の扉《とびら》に寄りかかっている夏希《なつき》の前まで来ると、俺《おれ》は両膝《りょうひざ》に手をつき、荒《あら》くなった呼吸を必死で整える。

「……どうしたの？　突然《とつぜん》メールなんてしてきて……わくわくらんどに行ったんじゃなかったの？」

「はぁ……はぁ……あの」

呼吸が整わない。

「……あのさ、おまえに、謝《あやま》りたいことが、あって」

「え？」

夏希《なつき》が不思議そうな表情を浮《う》かべる。俺《おれ》は顔を上げて、

「パーティー、誘《さそ》ってくれたのに、途中《とちゅう》で抜《ぬ》けだして……すまなかった」

夏希《なつき》は一瞬《いっしゅん》、呆気《あっけ》に取《と》られた顔になったが、すぐに表情を曇《くも》らせた。

「べつに……いいけど。あたしもあのあとすぐに抜《ぬ》けだしたから……ちょっと稽古《けいこ》したくなって……」

夏希《なつき》はそう言ってうつむくと、左手の竹刀《しない》ダコを指でいじる。

俺《おれ》は額の汗《あせ》を拭《ぬぐ》いながら、手に持っていたわくわくらんどのロゴの入った紙袋《かみぶくろ》を夏希《なつき》の前に差し出した。

「？　なにそれ？」

「これで許してくれってわけじゃないけど……せめて、お詫《わ》びの印、だ」

俺《おれ》が差し出した紙袋《かみぶくろ》を夏希《なつき》は怪訝《けげん》そうに受け取る。中身を確認《かくにん》して——その表情がみるみる明るくなった。

「翔吾《しょうご》、これ……！　まさか、取ってきてくれたの!?」

夏希《なつき》は紙袋《かみぶくろ》から取り出したパンダのぬいぐるみを見て、戸惑《とまど》いと驚《おどろ》きの声を上げる。

しばらく呆然《ぼうぜん》とした夏希《なつき》は、ぬいぐるみを両手に抱《だ》き締《し》めながら、

「……絶対に取れないんじゃなかったの？」

「ああ。無茶《むちゃ》した」

101回目で、奇跡的《きせきてき》にアームがパンダの耳についているタグに引っかかり、穴に落とすことができた。50回を超《こ》えたとき、疲労《ひろう》で寝込《ねこ》んでいる千鶴《ちづる》を介抱《かいほう》していた會田《かいだ》さんが「手伝《てつだ》ってあげよっかー？」と言ってきたが、断った。それでは意味が無いような気がしたから。おかげで排出口《はいしゅつこう》からぬいぐるみを手に取るときには気力と全財産を使い果たした。

「そっか」

夏希《なつき》はぬいぐるみを大切そうに抱《だ》き締《し》めて、嬉《うれ》しそうに頬《ほお》ずりする。

そして、ぬいぐるみに顔をうずめたまま、俺《おれ》を見つめて、

「……あいかわらずね、翔吾《しょうご》のやることとか、あのゲームのこととか、よくわかんないけど……今度、ぬいぐるみの取り方、あたしに教えて。わくわくらんどで。……芽衣《めい》もね、翔《しょう》吾《ご》にゲームのこと、もっとたくさん教えて欲《ほ》しいって言ってたよ」

「え、ああ……もちろん」

キラプリならともかく、クレーンゲームは……お金と根性《こんじょう》を総動員してたまたま取れただけだから、べつに上手《うま》いわけじゃない……でも、夏希《なつき》がこう言ってるのだ。ちょっと練習しておこう。

「あっ、それとね翔吾《しょうご》！」

「ん？」

「清盛《きよもり》くんが『キラプリ俺《おれ》にも教えてくれよ！』って言ってたよ！」

「清盛《きよもり》？」

「翔吾《しょうご》……ほんとクラスメイトの名前把握《はあく》してないなぁ……あの、アフロヘアーのアイドル好きの」

「あっ」

あいつには、パーティー会場で本当に世話になった。

あいつが大塚《おおつか》の気を引いてくれなければ、俺《おれ》は千鶴《ちづる》のもとへ向かうことができなかった。

パーティー会場で、行けよ、と合図を送る、やたら男前な表情が脳裏《のうり》によみがえる。

名前、覚えたぞ。清盛《きよもり》。

今度、お礼がてら、俺《おれ》から話しかけてみよう。

「結局、途中《とちゅう》で抜《ぬ》けちゃったけどさ」

「ん？」

夏希《なつき》は首をかしげる。俺《おれ》は頰《ほお》をかきながら、

「……次があったら、ちゃんと出るよ」

「……！」

夏希《なつき》は俺《おれ》の言葉を嚙《か》み締《し》めるように、嬉《うれ》しそうに俺《おれ》の背中をバシーン！と叩《たた》いて、

「翔吾《しょうご》！えらいっ！」

「い、いってぇよ！　おまえどんだけ力強いと思ってんだよ！」

「よしっ！　今から二人《ふたり》でパーティーの続きしよっ！　翔吾《しょうご》の納屋《なや》で！」

「ま、まじで……？　やるならもっと違《ちが》う場所で……」

「いいの！　あの納屋《なや》がいいのっ！　愛用のカラオケマイク持ってくから！　あたしだけのリサイタル！　ずっと歌わせてね！」

「……お手柔《てやわ》らかに頼《たの》むぜ」

月明かりの下、夏希《なつき》はしばらくの間、俺《おれ》の背中を叩《たた》き続けた。

すっげーヒリヒリしたけど、ちょっとだけ、心があたたかくなった。

エピローグ

「な、なんでっ、あなた、今日《きょう》も、いるの？」

「言っただろ、ここは俺《おれ》の庭《ホーム》だ……て、なんでおまえ息切れてんの？」

「はぁ……はぁっ……そ、そんなの……！　すぐキラプリやりたいからにっ……決まってるでしょっ……!?」

やっぱ、こいつも楽しみにしてたか。

翌日。学校生活から解き放たれた冬休み初日。

開店直後からわくわくらんどで〈みゆ〉にSSRサンタコーデを着せてライブをしていた俺《おれ》の背後に、全力疾走《しっそう》してきた様子の千鶴《ちづる》が現れた。せっかく午前九時の開店時間に合わせて早起きして、わくわくらんどに入ったのに。まだ十分ちょっとしか経《た》ってないぞ。来るの早すぎだろこいつ。どうなってんだよ一体。

「さ……ライブ終わったわよ。2位は早く1位の私に席を譲《ゆず》りなさい」

「くっ……ほんとむかつくなおまえ……せっかく連コインし放題だと思ったのに」

席を立った俺《おれ》に代わり、千鶴《ちづる》が筐体《きょうたい》の椅子《いす》に腰《こし》を下ろす。

俺《おれ》は千鶴《ちづる》の後ろで腕《うで》を組んで順番待ちをしながら、

「あいかわらず、すごいリズム感だな……」

「ふん。私を誰《だれ》だと思ってるのよ」

千鶴《ちづる》は昨日《きのう》のことなどなにもなかったかのように、高慢《こうまん》な表情でボタンを押《お》しては『PERFECT!』のコンボを紡《つむ》ぎだしている。しかし、画面の中で〈ちづる〉が着用しているコーデは、紛《まぎ》れもなく、昨日《きのう》手に入れたSSRサンタコーデだった。そのコーデがよほど嬉《うれ》しいのか、サイリウムで満《み》ち溢《あふ》れるステージを跳《は》ね回《まわ》る〈ちづる〉の笑顔《えがお》がいつもより一段と元気いっぱいに見える。

「おまえ、昨日《きのう》ぶっ倒《たお》れたけど、あのあとちゃんと帰れたのかよ」

「なんのことかしら」

俺《おれ》が何気なく声をかけると、千鶴《ちづる》のすました声が返ってきた。

……こいつ、ひょっとしてあれか。ライブ直後に眠《ねむ》ってしまったのが恥《は》ずかしいから、なかったことにしようとしてるのか。こいつらしいといえばこいつらしいな。

まあ、普段《ふだん》どおりにキラプリができてるってことは、無事家に帰れたんだろうな。

俺《おれ》がちょっとほくそ笑《え》んでいると、

「ん……おまえそれ」

俺《おれ》が千鶴《ちづる》の肩《かた》に乗っている物に気づいて声をかけると、

「なによ、気持ち悪い、私の肩《かた》をジロジロ見ないでくれる？　……あ」

千鶴《ちづる》は自分の右肩《みぎかた》を確認《かくにん》して、目を丸くする。

千鶴《ちづる》の肩《かた》には、小さな雪が、少し残っていた。

「気づかなかったわ……降ってたのね」

「いや、普通《ふつう》気づくだろ。どんだけキラプリのことしか考えずにここまで来たんだ」

まあ、俺《おれ》も人のこといえないけどな。

「そういえば、今日《きょう》クリスマスだったな」

サンタコーデを手に入れておいて、いまさらそんなことを思い出す。思わず苦笑いが漏《も》れる。

店内を見渡《みわた》すと、至る所に白や緑や赤のクリスマスの飾《かざ》り付《つ》けが施《ほどこ》されている。店内の小さなスピーカーからはクリスマスの定番曲のオルゴールの音色がゆったりと流れ、ガラス扉《とびら》の出入り口の横には、銀の星を頂いた樅《もみ》の木が鉢《はち》に植わっている。

「せっかくのホワイトクリスマスなのに、どうしてあなたみたいな人と一緒《いっしょ》に過ごさなければならないのかしら」

「こっちのセリフだ。小学生がませたこと言ってんじゃねーよ」

ガラス扉《とびら》の向こうで静かに降る雪をしばらく見つめて、
そして、

「千鶴《ちづる》」

「……なに？　気安く名前を呼ばないでくれるかしら」

俺《おれ》は頬《ほお》をかきながら、

「ところで、『あれ』、やらないか？」

「『あれ』って？」

千鶴《ちづる》は筐体《きようたい》から排出《はいしゆつ》されたカードを手に取ると、眉根《まゆね》を寄せて俺《おれ》を振《ふ》り返《かえ》った。

「ほら、これ」

俺《おれ》はポケットからサンタコーデのカードを取り出し、『上半分』をひらひらと千鶴《ちづる》に見せる。

「……」

しかし、千鶴《ちづる》は、そっぽを向いた。

……まあ、そうだよな。

あのときは心が通じあった気がしたんだけど……。

やっぱ、ガラじゃねーか。

あいかわらず、無愛想《ぶあいそう》な奴《やつ》。

俺《おれ》がカードをポケットにしまおうとすると、

「はい」

千鶴《ちづる》は、サンタコーデのカードを俺《おれ》に差し出した。

「え……？」

「だから……はい」

千鶴《ちづる》は白い頰《ほお》を桃色《ももいろ》に染めて、カードを俺《おれ》に差し出したまま、ぷいっと顔をそらした。

「千鶴《ちづる》……！」

幼い頰《ほお》に兆《きざ》した桃色《ももいろ》は徐々《じょじょ》に赤みを帯びていき、ついには林檎《りんご》みたいに真《ま》っ赤《か》になった。

俺《おれ》の胸に、言いようのない安堵《あんど》と、迸《ほとばし》るほどの熱さがこみ上げた。

千鶴《ちづる》は恥《は》ずかしそうに目をそらしたまま、

「べつに、私はやらなくてもいいんだから。そんなものがあってもたいしてスコアに影響《えいきょう》しないし……ほ、ほんとだからっ」

ほんと、かわいくねーな、こいつ。

「じゃあ、やめとくか、これは小倉《こくら》のゲーセン行ったときにそのへんにいるキラプリヤンキーに渡《わた》すとしよう」

「ま、待って」

俺《おれ》が再びカードをポケットにしまおうとすると、千鶴《ちづる》は慌《あわ》てて制止し、恥《は》ずかしそうに目をそらしながら、

「……する」

「……よし」

俺《おれ》はカードに付属していた半券を切《き》り離《はな》す。

千鶴《ちづる》もぎこちなくカードの半券を切《き》り離《はな》す。

「はじめてはずした、これ」

切《き》り離《はな》したカードを嬉《うれ》しそうな瞳《ひとみ》で見つめる千鶴《ちづる》は——いままで見たことのない、歳《とし》相応の、子どもみたいな顔で、笑った。

「……俺《おれ》もだ」

千鶴《ちづる》の笑顔《えがお》に見惚《みと》れていると、

「な、なにジロジロ見てるのよ。は、早くしなさいよっ」

「お、おう……なんか、いざとなったら照れるな」

そして、俺《おれ》と千鶴《ちづる》は生まれて初めて『フレンドチケット』を交換《こうかん》して、お互《たが》いのマイカードにぺたりと貼《は》りつけた。

千鶴《ちづる》はすぐに高慢《こうまん》な笑《え》みを浮《う》かべて、

「さ、次は私の番ね。私の後ろで〈ちづる〉の最高のライブをとくとご覧なさい」

「いやおまえ今さっきやったばっかじゃねーか！　次は俺《おれ》の番だぞ」

「あら、そうだったかしら。ごめんなさい、眼中《がんちゅう》になくて」

「……言っておくが、この冬休み中に、絶対にこの筐体《きょうたい》の1位を塗《ぬ》り替《か》えてやるからな」

「ふふ。あなたには2位がお似合いよ？」

「へっ、言ってろ」

まったく、小憎《こにく》たらしい幼女先輩《せんぱい》だぜ。

やっと見つけた、小さなライバル。
今日《きょう》こそは、絶対に勝ってやる。
そして、俺《おれ》は千鶴《ちづる》と席を交代し——筐体《きょうたい》に、百円玉を投入した。

（おわり）

あとがき

はじめまして。第二十三回電撃大賞《でんげき》にて銀賞を賜《たまわ》りました、岩沢藍《いわさわあい》と申します。

昨年四月の原稿応募《げんこうおうぼ》から今日《きょう》までを振《ふ》り返《かえ》りますと——喜びを現実的に受け止めることができたのは、一次選考に通過したときが最後でした。

好きなことだけを書《か》き綴《つづ》った原稿《げんこう》を、自分の知らない誰《だれ》かが読んでくださり、そのうえ認めていただいたことが、なによりも嬉《うれ》しかったのです。

しかし、選考がすすむにつれて、その喜びはキャパシティをあっけなくオーバーし、不安や驚愕《きょうがく》など様々な色彩《しきさい》を帯びた感情へと移ろっていきました。

最終選考の結果が通達される当日にいたっては、もはやすべてを忘れて近所のゲームセンターで某《ぼう》女児向けアイドルゲームに興じていました。休憩中、ふとスマホを確認《かくにん》すると着信が残っており、折り返すと担当編集の方から「銀賞です！」と言われて、うまく事態が飲みこめず、お電話を終えたあと、とりあえずゲームを再開しました。閉店までいました。

このあとがきを書いている今も、自分をとりまくあまりに幸福な環境《かんきょう》に現実感が伴《ともな》いませんが、もうそんなことは言っていられません。今後はこの幸福に恥《は》じない作品づくりができるよう、誠心誠意、精進《しょうじん》してまいります。

また、一つお伝えしたいことがあります。作中に登場するキャラクターがいくつか過激な言動を取っているシーンがありますが、現実の女児向けゲームプレイヤーは紳士《しんし》的な方ばかりですので、くれぐれも誤解のなきようお願いいたします。あと小倉《こくら》にお住いの皆様《みなさま》、本当にごめんなさい！　小倉《こくら》は優《やさ》しさにあふれた素敵《すてき》な街です。本当です。

以下、謝辞です。

この本を出版するにあたり尽力《じんりょく》してくださいましたすべての方々に、この場をお借りして、厚く御礼《おんれい》を申し上げます。

担当編集のお二方。ちょっとどうかと思うタイトルのついたこの物語が、立派に小説の体裁《ていさい》を整えることができたのも、お二方のご指導、ご鞭撻《べんたつ》の賜物《たまもの》です。ありがとうございました。

イラストを担当してくださったMika Pikazo先生。最初にラフをいただいたときの感動を、私は生涯《しょうがい》忘れません。千鶴《ちづる》たちを可愛《かわい》く彩《いろど》り、生命を宿してくださいまして、本当にありがとうございます。

そして、この本を最後まで読んでくれた、あなたへ。

このページまでお付き合いいただき、本当に、本当にありがとうございました。

できるだけ早く皆様《みなさま》と再びお会いできるよう、気合を入れて頑張《がんば》ります。

二〇一七年　一月一七日　岩沢藍《いわさわあい》

◉岩沢　藍著作リスト

「キラプリおじさんと幼女先輩」（電撃文庫）

本書に対するご意見、ご感想をお寄せください。

電撃文庫公式ホームページ 読者アンケートフォーム
http://dengekibunko.jp/
※メニューの「読者アンケート」よりお進みください。

ファンレターあて先
〒102-8584　東京都千代田区富士見1-8-19
アスキー・メディアワークス電撃文庫編集部
「岩沢 藍先生」係
「Mika Pikazo先生」係

初出

本書は第23回電撃小説大賞で《銀賞》を受賞した『キラプリおじさんと幼女先輩』に加筆・修正したものです。

電撃文庫

キラプリおじさんと幼女先輩《ようじょせんぱい》

岩沢《いわさわ》 藍《あい》

発行　2017年3月10日　初版発行

発行者　塚田正晃
発行所　株式会社KADOKAWA
〒102-8177　東京都千代田区富士見2-13-3
プロデュース　アスキー・メディアワークス
〒102-8584　東京都千代田区富士見1-8-19
03-5216-8399（編集）
03-3238-1854（営業）
装丁者　荻窪裕司 (META＋MANIERA)
印刷　株式会社暁印刷
製本　株式会社ビルディング・ブックセンター

ISBN978-4-04-892670-6　C0193　Printed in Japan

電撃文庫　http://dengekibunko.jp/
株式会社 KADOKAWA　http://www.kadokawa.co.jp/

電撃文庫創刊に際して

文庫は、我が国にとどまらず、世界の書籍の流れのなかで〝小さな巨人〟としての地位を築いてきた。古今東西の名著を、廉価で手に入りやすい形で提供してきたからこそ、人は文庫を自分の師として、また青春の想い出として、語りついできたのである。

その源を、文化的にはドイツのレクラム文庫に求めるにせよ、規模の上でイギリスのペンギンブックスに求めるにせよ、いま文庫は知識人の層の多様化に従って、ますますその意義を大きくしていると言ってよい。

文庫出版の意味するものは、激動の現代のみならず将来にわたって、大きくなることはあっても、小さくなることはないだろう。

「電撃文庫」は、そのように多様化した対象に応え、歴史に耐えうる作品を収録するのはもちろん、新しい世紀を迎えるにあたって、既成の枠をこえる新鮮で強烈なアイ・オープナーたりたい。

その特異さ故に、この存在は、かつて文庫がはじめて出版世界に登場したときと、同じ戸惑いを読書人に与えるかもしれない。

しかし、〈Changing Times,Changing Publishing〉時代は変わって、出版も変わる。時を重ねるなかで、精神の糧として、心の一隅を占めるものとして、次なる文化の担い手の若者たちに確かな評価を得られると信じて、ここに「電撃文庫」を出版する。

1993年6月10日
角川歴彦

電撃文庫DIGEST　3月の新刊

発売日2017年3月10日

★第23回電撃小説大賞《金賞》受賞作 **賭博師は祈らない** 【著】周藤 蓮　【イラスト】ニリツ	無気力な日々を過ごす孤独な賭博師ラザルスが手に入れたもの。それは心優しき奴隷の少女にほだされる、新しい生活だった。一世一代の勝負、すべては彼女を守るために。
★第23回電撃小説大賞《銀賞》受賞作 **キラプリおじさんと幼女先輩** 【著】岩沢 藍　【イラスト】Mika Pikazo	女児向けアーケードゲームに情熱を注ぐ高校生・翔吾。彼が保持していた地元一位の座は、突如現れた女子小学生に奪われ!?　俺と幼女先輩の激レアラブコメ!
★第23回電撃小説大賞《選考委員奨励賞》受賞作 **オリンポスの郵便ポスト** 【著】藻野多摩夫　【イラスト】いぬまち	目的地は霊峰・オリンポス。そこは天国に最も近い場所——。黄昏の火星で、自分の死に場所を探すアンドロイドと郵便配達員の少女が往く、8,635kmの旅路。
ソードアート・オンライン オルタナティブ **ガンゲイル・オンラインⅥ** —ワン・サマー・デイ— 【著】時雨沢恵一【イラスト】黒星紅白【原案・監修】川原 礫	スクワッド・ジャム入賞チームのみが招待される新ゲーム"20260816テストプレイ"。ゲーム用AI搭載の新型NPCが守る"拠点"攻略に挑むレンたちだが——。
新説 狼と香辛料 **狼と羊皮紙Ⅱ** 【著】支倉凍砂　【イラスト】文倉 十	青年コルと賢狼の娘ミューリの次なる任務は、北の群島に住む"海賊"の内偵。冒険に胸躍らせるミューリだが、コルは彼らの異端信仰疑惑に頭を悩ませており!?
天使の3P《スリーピース》!×9 【著】蒼山サグ　【イラスト】てぃんくる	春になりライブハウスで短期アルバイトを始めた響。全ては潤たちの活動に役立つアイデアを学ぶため!　でもそのノウハウがライブに役立つ前に事件が起こり——!?
最強をこじらせたレベルカンスト剣聖女ベアトリーチェの弱点④ その名は『ぶーぶー』 【著】鎌池和馬　【イラスト】真早	隠れ家を引き払い行方を眩ます謎多き【賢者】を追うベアトリーチェは目撃する。ふりふりウェイトレス服を纏う例の人を。まさかの金欠【賢者】、なのか!?
新作 ビブリア古書堂の事件手帖スピンオフ **こぐちさんと僕のビブリアファイト部活動日誌** 【著】峰守ひろかず【イラスト】おかだアンミツ 【原作・監修】三上 延	メディアワークス文庫の人気作『ビブリア古書堂の事件手帖』のスピンオフ。鎌倉の高校を舞台に、本好き少女と恋する少年が旧図書室を護るため書評バトルに挑む、青春の1ページ!
新作 **終奏のリフレイン** 【著】物草純平　【イラスト】藤ちょこ	歯車式機械と『歌唱人形』が一般的になった現代。機械しか愛せない壊れた少年と人間に近づきすぎた歌唱人形の運命が交錯するとき、世界を調律する戦いが幕を開ける——。
新作 **縫い上げ! 脱がして? 着せかえる!!** 彼女が高校デビューに失敗して引きこもりと化したので、俺が青春《ファッション》をコーディネートすることに。 【著】うわみくるま　【イラスト】かれい	俺、小野友永は女の子に服をあつらえるのが生きがいの、ごく普通の高校生だ。そんな俺の前にキメすぎた服で高校デビューを失敗した幼馴染、凛堂鳴が現れた!!
新作 **スティール!!** 最凶の人造魔術士と最強の魔術回収屋 【著】桜咲 良　【イラスト】狐印	「魔術は奪い合うもの」——そんな世界で、あちこちに拡散した強力な魔術を回収すべく旅する凸凹コンビの活躍を描く!　「その魔術、僕がいただく!!」

主人公はイノシシで『食材』……!?
第22回電撃小説大賞
《金賞》受賞作
ヴァルハラの晩ご飯
三鏡一敏
イラスト ファルまろ
神々の国を舞台に描かれる
“やわらか神話”ファンタジー!
電撃文庫

魔術は奪い合うもの——
そんな荒れた世界を旅する
最強の凸凹コンビを描く！
数え切れない魔術士を巻き込み、無数の街を破壊しつくしながら、
七十年も続いた魔術大戦が終結して六年。
魔術回収屋のユトとサラサは、危険な世界を旅していた——。
「その魔術、僕がいただく!!」
スティール!!
STEAL!!
最凶の人造魔術士《ラストナンバー》と最強の魔術回収屋《クリアーズ》
Sakurasaki ryo
桜咲 良
illustration 狐印
電撃文庫

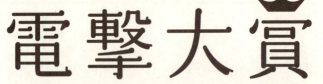